DREAMBOOKS

DREAMBOOKS

두 번 사는 랭커

사도연 판타지 장편소설

ORIGINAL FANTASY STORY & ADVENTURE

dream
books
드림북스

두 번 사는 랭커 8 악마의 숲

초판 1쇄 인쇄 2019년 10월 10일
초판 2쇄 발행 2020년 11월 30일

지은이 사도연
발행인 오영배
편집 편집부
일러스트 우문
표지·본문 디자인 오정인
제작 조하늬

펴낸 곳 (주)삼양출판사 · 드림북스
주소 서울시 강북구 도봉로 173
대표 전화 02-980-2112 **팩스** 02-983-0660
편집부 전화 02-987-9393 **팩스** 02-980-2115
블로그 blog.naver.com/dreambookss
출판등록 1999년 3월 11일 제9-00046호

ⓒ 사도연, 2019

ISBN 979-11-283-9667-0 (04810) / 979-11-283-9659-5 (세트)

드림북스는 (주)삼양출판사의 판타지 · 무협 문학 브랜드입니다.

ORIGINAL FANTASY STORY & ADVENTURE

사도연 판타지 장편소설

8

두 번 사는
랭커

| 악마의 숲 |

★
dream
books
드림북스

목차

Stage 28.
그림자 도장

"마음에 들었다고 하니 다행이구나."

헤노바는 껄껄 웃음을 터뜨렸다. 언제나 뿌루퉁하게 뭔가 못마땅한 표정을 짓고 있던 그였지만, 지금만큼은 기분이 아주 좋아 보였다.

연우는 그런 헤노바에게 감사하다는 인사밖에 해 줄 수 없었다.

*   *   *

[이곳은 22층, '그림자 도장'의 관입니다.]

모든 정비가 끝난 뒤.

연우는 외뿔부족에 짧은 인사를 하고, 나이트 워치에서 필요한 것들을 확인한 후에 다시 탑을 올랐다.

연우는 무왕과 몇 마디 나누는 것을 제외하면 거의 말이 없었다. 뭔가 깊게 생각에 잠긴 얼굴이었다.

샤논과 한령도 그동안 아무 말도 하지 않았다. 그들은 연우와 헤노바 사이에 뭔가 말 못 할 사연이 있다는 것을 눈치채고 있었다. 레베카만이 의문을 가지면서 물어봤다.

『그 영감님과는 무슨 사이인 거야?』

"은인."

『은인?』

레베카는 고개를 갸웃거렸다.

하지만 연우는 아무 대답도 하지 않았다. 동생을 그리워하는 유일한 사람. 당연히 은인이 아니라면 뭐라고 불러야 할까.

『꽤 아끼는 것 같더라. 너를.』

마치 부모처럼 말이지.

레베카는 그 말을 끝으로 더 이상 아무 말도 하지 않았다. 할 분위기가 아니란 걸 이제 읽었고, 굳이 하지 않아도 충분히 연우도 알 거라고 생각했다.

연우도 가볍게 손바닥으로 얼굴을 두들기면서 정신을 차리려고 했다. 힘을 내라면서 헤노바가 아끼던 재료까지 써서 그를 응원해 주고 있었다.

지금은 층계 공략에 집중할 때였다. 그리고 이곳 21층은 여러모로 연우에게 중요한 곳이었다.

마당으로 향하는 정문을 통과하자, 메시지가 떠올랐다.

[21층의 시련을 시작합니다.]
[시련: 그림자는 언제나 묵묵히 당신의 뒤를 따라다니는 충실한 동행자의 역할을 맡아 왔습니다. 하지만 그런 그림자들 중에서도 때때로 자신의 의지로 일어서고, 사고하며, 행동하고 싶어 하는 그림자들이 있습니다.

그들은 언제나 같은 장소에 서서 지나는 사람들의 몸을 빼앗으려 합니다.

그림자들이 머무는 거처는 총 5개의 관문과 각 관문당 33개의 구획으로 나뉘어 있습니다.

지금부터 하나의 관문을 선택해, 자신의 의지로 일어서려는 그림자들과 겨뤄서 20개 이상의 구획을 통과하세요.

그림자들을 많이 꺾으면 많이 꺾을수록 그들의 야

육도 같이 사라질 것입니다.]

연우는 메시지를 확인하고 안쪽으로 걸어갔다. 어차피 무슨 내용인지 알고 있는 데다가, 도장에 있는 모든 구역을 돌려면 시간이 아주 많이 필요했다.

그때, 연우 앞으로 녹색 포탈이 열렸다. 연우는 우뚝 걸음을 멈췄다. 누군가의 공간 이동을 뜻하는 녹색. 대부분 관리자들이 쓰는 포탈이었다. 누가 오려는 걸까?

16층에서 라플라스를 만난 이후, 여태 다른 관리자는 만난 적이 없기 때문에 궁금증은 더 커졌다. 위쪽 층계로 올라가면 올라갈수록 위급 상황이나 도움이 필요한 경우가 아니면 관리자들도 잘 나타나지 않을 텐데.

이윽고 녹색 포탈 위로 작은 꼬마 아이가 잔뜩 겁먹은 얼굴로 올라왔다. 동글동글한 눈에 눈물이 가득 고여 있었다. 연우에게 다가가기를 꺼려 하는 투였다.

연우의 눈이 살짝 빛났다.

'12지신의 해(亥), 루피.'

최고 등급의 관리자들은 원래 하이 랭커들도 쉽게 덤비지 못할 힘을 갖고 있다고 알려져 있었다. 그래서 대부분 자신만만하거나, 속을 알 수 없는 경우가 많았다.

하지만 루피는 조금 달랐다.

유약해 보이는 생김새처럼 겁과 눈물이 많았다. 툭 하면 제자리에 주저앉아 펑펑 울어 대서 다른 관리자들도 골치 아파할 정도였다.

그래서 플레이어들 사이에서도 루피는 골칫거리로 취급 받았다. 관리자라면 스테이지에 대한 작은 힌트라도 주기 마련인데, 그는 울기만 할 뿐 정작 그런 건 죽어도 없었으니까.

물론, 여자들 중에는 그런 루피를 귀여워하는 사람들도 더러 있었다.

하지만 정작 루피를 잘 아는 사람들은 녀석을 피해 다니기 바빴다.

행동은 겁이 많고 소심해 보이지만, 정말 그것뿐이라면 탑이 그를 최고 관리자로 선별하지도 않았을 테니까.

사실 루피는 쾌락주의자였다. 다른 건 전혀 관심이 없고, 오로지 자극적인 것만 찾아 대는. 눈물을 흘리는 건 그런 무대를 만들기 위한 보조 장치밖엔 되지 않았다.

그런 녀석이 여기는 왜 온 걸까? 그것도 자신을 찾아온 것처럼 보이는데.

"#, ### 님이 맞으신가요?"

"그런데?"

"여, 역시 드, 늘던 대로 낳이 부, 무서우신 것 가, 깉네요."

자신에 대해서 무슨 소문이 퍼진 걸까. 연우는 아무 대답도 하지 않고 고요한 시선으로 루피를 빤히 쳐다봤다.

"그, 그렇게 보시면 제가 너무 무, 무서운데……."

그래도 연우는 아무 대답도 하지 않았다. 관리자들은 되도록 엮이지 않는 게 좋다. 루피는 더 그랬다. 차라리 혼자서 마음을 정리하고 용건을 꺼낼 수 있게 놔두는 게 좋았다.

루피는 몸을 배배 꼬면서 한참 동안이나 말하기를 주저하다가, 천천히 말했다.

"### 님, 혹시 라, 라플라스가 다녀가, 갔었나요?"

"라플라스?"

연우는 이게 무슨 말인가 싶어 고개를 갸웃거렸다. 갑자기 녀석을 왜 찾는 걸까?

루피는 의아해하는 연우의 눈빛을 읽고 살짝 어깨를 움츠렸다.

"아, 아무래도 여기에 오, 오지 않았었나 보, 보네요."

"무슨 일이라도 있나?"

"라, 라플라스는 현재 타, 탄핵이 되고 구금…… 주, 중이거든요. 그, 그래서 전방위로 조, 조사를 하고 있어요."

"……?"

최고 관리자가 탄핵을 당해? 연우는 이런 경우는 처음 듣기 때문에 살짝 눈을 크게 떴다가, 잠시 어딘가에 생각이

미쳤다.

'혹시 그때 전령 역할을 했던 것이?'

16층에 처음 발을 들였을 무렵. 라플라스는 어떤 악마의 전언이라면서 우르드를 조심하라는 말만 남기고 사라졌었다. 혹시 그 일과 관련이 있는 걸까?

하지만 관리자는 98층에 억류 중인 신과 악마들을 견제하기도, 때로는 전령 역할도 하면서 같이 상부상조를 하는 자들이었다.

그런데 고작 말을 전한 일로 탄핵이 되었다는 건 뭔가 말이 되질 않았다. 그 뒤에 다른 뭔가가 개입된 걸까. 아니면 전혀 틀린 사실을 짚고 있는 것일까.

하지만 그렇다면 루피가 자신을 찾아올 이유가 더 없었기 때문에 이상했다.

"없었다면…… 되, 되었습니다. 가, 감사합니다."

루피는 그 말만 하고 녹색 포탈을 다시 열었다. 그리고 발을 얹다가 뭔가 떠올린 듯, 조심스레 고개를 돌렸다.

"저, 그, 그리고 혹시 21층 안내 피, 필요하신가요?"

"전혀."

"그, 그럼."

루피는 잘되었다는 듯이 허리를 꾸벅 숙이고 포탈을 타고 황급히 사라졌다.

연우는 눈을 가늘게 좁혔다. 12간지 중 하나인 라플라스가 탄핵되었다는 건 아주 큰 사건이었다. 무슨 일이 벌어진 건지 궁금증이 가시질 않았다.

하지만 관리자의 일은 플레이어들에게 크게 영향을 미치지 않는다. 그것이 탑이 가진 시스템이었으니까.

연우도 곧 생각을 접고, 마당으로 깊숙하게 들어섰다.

* * *

"독식자……."

"한동안 보이지 않는다 싶더니. 결국 다시 왔어."

"20층에서 꽤 오랫동안 머물렀다던데. 무슨 일이 있었던 걸까? 거기 있던 사두들도 갑자기 전부 사라졌다던데."

언제나 그렇듯, 연우가 가는 곳에는 그에게 따라붙는 눈길들이 있었다.

이미 20층에서의 사건도 꽤 많이 퍼져 나갔는지 거기에 관련된 말들도 있었다.

연우는 마장철면을 고쳐 쓰면서 슬쩍 주변을 둘러보다가 고개를 털었다.

'역시 여기도 없나.'

연우는 초감각으로 주변을 쓱 훑어보고 쓰게 웃었다. 역시 이번에도 칸과 빅토리아의 흔적은 찾아볼 수가 없었다.

20층에서 나온 이후, 연우는 나이트 워치에게 두 사람의 행방에 대해서 알아보라고 따로 지시를 했었다.

하지만 돌아오는 대답은 소식을 찾을 수 없다는 것이었다. 그 뒤로 보름을 더 탑 외 지역에서 체류했지만, 역시나 찾을 수 없었다.

'마군을 피해 도망치고 있는 건가? 하지만 그건 아닌 것 같은데.'

한 가지 더 걸리는 점은 그때 이후로 마군이 자신에게도 이렇다 할 어떤 행동을 보이지 않는다는 점이었다.

자신과 외뿔부족 간의 관계 때문에 섣불리 접근하지 못하는 것일 수도 있지만.

'마군이 그렇게 앞뒤를 재면서 움직이는 놈들이었다면 괜히 미친놈들 소리를 듣지는 않았겠지.'

결국 미후왕의 궁전과 관련된 일에 대해서는 명확하게 해소된 것이 하나도 없는 셈이었다.

그래도 방심을 해서 안 된다는 걸 알기 때문에, 언제나 촉각은 곤두세우고 있었다.

그렇게 이런저런 생각을 할 무렵, 연우는 어느새 건물의 내성(內城)까지 도착했다.

그런데 연우를 살피던 사람들의 시선이 묘하게 변했다.

연우가 선 곳이 다섯 개의 관문 중에서 가장 난이도가 낮은 5번 관문이었기 때문이다.

21층은 총 5개의 관문으로 나눠져 있고, 이 중에 하나 이상의 관문만 통과하면 된다.

언제나 그가 가장 어려운 길만 골라서 움직인다는 것을 잘 알던 사람들로서는 의견이 분분할 수밖에 없었기에 시끄러워졌지만.

연우는 그런 눈들에 아랑곳하지 않고 5번 관문의 문을 활짝 열었다.

[5번 관문을 선택했습니다.]

[21층 명예의 전당에 기록된 165위부터 133위까지 플레이어들의 그림자들이 차례대로 나타나게 됩니다. 각 그림자들을 상대로 이기거나, 5분 이상 버틸 수 있다면 다음 구획으로 넘어가게 됩니다. 총 20개의 그림자를 쓰러뜨리면 시련을 통과할 자격을 획득하게 됩니다.]

메시지의 내용만 봤을 때, 5분이라는 시간은 아주 짧아 보인다. 그리고 누구나 '그 정도는 어떻게든 버틸 수 있지 않을까?' 하는 생각을 가지게 된다.

하지만 상대는 탑이 생성된 이래로 최고 점수만 기록했다던 자들의 환영이었다.

세월이 흐르면서 플레이어들의 전체적인 평균 수준도 계속 상향했다지만, 그렇다고 해서 명예의 전당에 오른 환영들과 쉽게 겨룰 수 있을 정도는 아니었다.

더구나 장소도 협소하기 때문에 쉽게 도망칠 수 있는 것도 아니었다.

그래서 플레이어들은 구획을 하나씩 통과하려 할 때마다 여러 차례 도전을 하는 편이었다. 그리고 그때마다 크게 부상을 입고, 몸을 회복하면서 환영의 약점을 어떻게든 파악하려 애썼다.

하지만 연우는 그들과 똑같은 방법을 써서는 발전이 없다는 것을 알기 때문에, 다른 방식으로 스스로에게 제약을 걸 생각이었다.

'우선 쉬지 않고 5번 관문을 전부 통과해 보자. 환영들을 전부 꺾는 방향으로.'

연우가 아무리 각 층계에 있는 모든 명예의 전당 기록들을 싹 갈아 치우는 중이라고 해도, 역대 기록자들을 연거푸 상대하는 건 쉽지 않은 일이었다.

그것도 제한 시간인 5분 안에 쓰러뜨린다는 것은 더더욱.

화아악—

곧 연우 앞으로 빛무리가 번지면서 새로운 장소가 나타
났다. 그리 넓지 않은 평수에 사방이 각진 벽돌로 꽉 막힌
밀실이었다.

21층의 관문은 플레이어 각 개개인에 맞춰서 전부 인스
턴트 던전 형태로 진행되었다. 그렇지 않으면 때로 너무 많
은 사람들 때문에 스테이지가 붐빌 수 있어서였다.

그리고 그건 연우가 마음 놓고 제 기량을 발휘할 수 있다
는 뜻이기도 했다.

　　[곧 165위 '쿄라덴'과의 싸움이 시작됩니다. 대기
　　시간 동안 전투를 준비하세요.]
　　[00:10:00]
　　[00:09:59_99]
　　……

츠츠츠—

그때, 메시지와 함께 밀실의 가장 끄트머리에서 검은 아
지랑이가 피어오르더니 천천히 사람의 형상을 갖췄다.

희멀건 낯빛에 요사스럽게 반짝이는 붉은색 눈동자가 인
상적이었다.

연우도 일기장을 통해 몇 번 본 적이 있는 낯익은 얼굴이었다.

하이 랭커, 그리드.

'젊은 시절에는 이렇게 생긴 얼굴이었나?'

본명을 버리고 이제는 탐욕(Greed)이라는 별칭을 이름처럼 쓰는 녀석은 동생이 있을 때에도 상당히 골칫거리로 여겨지던 자였다.

어느 곳에도 이렇다 하게 소속을 두지 않고, 승냥이처럼 떠돌아다니면서 필요한 것만 쟁탈하는 녀석.

'특기는 가짜 검술을 이용한 기습적인 투검(投劍)이었지, 아마?'

그리드는 천천히 허리춤에 달린 검집에서 검을 뽑았다. 하지만 연우는 녀석이 왼손을 허리 뒤쪽으로 몰래 가져가는 것을 놓치지 않았다. 아마 허리띠 뒤쪽에 아주 작은 단검들이 숨겨져 있을 것이다.

여러모로 연우가 원래 주로 쓰던 싸움 방식과 비슷했다. 연우도 허리띠에서 크라슈나의 단검을 뽑아 쥐었다.

크라슈나의 단검은 그동안 연우의 손길을 타면서 크게 변한 상태. 사실 이름만 그대로 크라슈나의 단검일 뿐이지, 이미 구체적인 내용물은 대부분 바뀐 지 오래였다.

대기 시간 동안에는 기습 공격이 불가능했다. 공격을 쏟아 봤자 환영을 그냥 통과하기 때문이었다.

대신에 미리 마법을 설치하거나, 유리한 장소를 선점하는 정도의 이점은 가질 수 있었다.

물론, 연우는 두 개의 검을 빼는 것 외에 이렇다 할 준비는 하지 않았지만.

『난, 어떻게 할까?』

그때, 레베카가 슬쩍 팔짱을 끼면서 물었다.

사실 정령과 언데드, 괴이 군단도 연우가 가진 여러 능력에 해당했다. 원한다면 얼마든지 개입이 가능했지만.

"그냥 거기 있어. 이건 나 혼자서 할 문제니까."

연우는 단호하게 고개를 가로저었다. 예전부터 층계 공략은 오로지 자신만의 몫이었다.

레베카도 알겠다는 듯이 고개를 끄덕이며 슬쩍 뒤로 물러섰다. 그리고 팔짱을 끼며 연우를 주시했다. 연우가 숨겨 둔 힘이 많다는 건 알고 있었지만, 그가 어떤 실력을 지니고 있었는지는 몰랐으니 확인해 둬야만 했다.

앞으로 모시게 된 자신의 주인이니. 여러모로 자신이 어떻게 해야 도움이 될지 미리미리 파악해 둬야 하는 것이다.

그리고.

[00:00:00_02]

[00:00:00_01]

[대기 시간이 종료되었습니다. 첫 번째 구획의 시
련이 시작됩니다.]

카운트가 끝나자마자 연우는 즉각 땅을 박찼다.

팟―

그가 지난 자리로 후끈한 열기가 휘몰아쳤다.

연우가 움직이는 것과 비슷하게 그리드도 함께 앞으로
튕겨 나오듯이 움직였다.

쾅!

분명 칼과 칼이 부딪쳤는데도 불구하고 쇳소리는 들리지
않았다. 자잘한 폭발 소리가 귓가를 왱왱 울렸다.

'역시. 모든 게 제대로 구현되어 있어. 단순한 잔상으로
만 봐서는 안 되겠는데.'

연우는 크라슈나의 단검을 따라 울리는 충격파를 느끼고
눈을 반짝였다.

'검이나 장비들도 꽤 좋아 보이고.'

탐욕이라는 별칭이 붙은 건 다른 것 때문이 아니다. 보물
에 대한 집착. 더 좋은 물건을 갖기 위해 동료의 뒤통수도
지는 악랄함 때문이었다.

그리고 확실히 그리드가 착용하고 있는 장비들은 뭔가 옵션을 작동시킬 때마다 표면에 갖가지 마법진이 올라왔다.

대략적으로 용마안에 짚이는 것만 따져도 열댓 가지. 충격 흡수, 충격 일부 반사, 내구도 수복, 투기 증가 등등. 딱 봐도 얼마나 많은 투자를 했을지 눈에 보였다.

하지만 연우도 자신이 가진 장비가 뒤떨어질 거라고 생각하지는 않았다.

하이 랭커 급은 되어야 겨우 장만할 수 있다는 명작 급의 아티팩트를 착용하고 있지 않은가. 마장은 연우의 움직임을 한없이 원활하게 만들어 줬다.

자신의 손으로 재탄생한 크라슈나의 단검도 마찬가지. 스스로도 내심 흡족할 정도였다.

[+3 크라슈나의 단검]
분류: 한 손 무기
등급: A
설명: 원래는 어느 수행자가 즐겨 사용하던 단검이었다. 하지만 이후 여러 사람의 손을 전전하다가, 어느 이름 모를 플레이어의 손에 들어가 크게 변화하였다.

정념이 깃든 칼은 기본 뼈대만 남고, 나머지는 여러 번의 개조 끝에 기존의 모습을 거의 잊어버리게 되었다.

특히 칼등 부분은 아다만티움으로 단단히 고정되어 있어 뛰어난 내구도를 자랑하고, 날에는 갖가지 신비 광석과 마법 보석으로 특수 가공되어 예리함을 자랑한다.

* 수행자의 정념

무기에 깃든 정념은 자체적인 영성으로 변화되며 사용자와의 숙련도에 호응해 큰 변화를 일으킨다. 무기에 대한 애착도와 숙련도가 오를수록 공격 속도와 공격력이 대폭 증가한다.

* 흑의 칼날

'칠흑왕의 절망'과 연계되도록 특수 제작되어, 어둠 계통의 속성에 가장 알맞게 되었다. 흑기를 수용할 경우 공격력을 15—20%가량 높여 준다.

**현재 사용자와의 상성이 가장 잘 어울리게 제작되었습니다. 더 많은 정념을 불어 넣어 기능을 강화시키세요.

**총 3번의 강화가 이루어졌습니다. 강화가 세속

이어질수록 더 단단한 내구도와 뛰어난 효과를 지니
게 됩니다.

새롭게 개조된 크라슈나의 단검은 여러모로 연우가 새롭
게 시도해 본 기술이 아주 많았다.

그중에서 가장 많이 투입된 기술은 두 가지였다.

보석 가공과 자체 강화.

보석은 순도가 맑은 결정체일수록 마법의 효력을 증대시
키는 효과를 갖고 있다. 연금술의 기초 재료 중 하나이기도
하기 때문에, 마탑 내에도 보석만 전문적으로 다루는 마법
학파가 따로 있을 정도였다.

다행히 헤노바는 뛰어난 대장장이답게 보석을 다루는 법
에 대한 기술도 알고 있었다.

연우는 헤노바를 돕는 내내 바로 이 기술을 오롯이 전수
받는 데 집중했다. 낮에는 헤노바의 일을 돕고, 밤에는 기
술을 전수받아 그것을 단련하는 방식이었다.

그리고 당연한 말이지만, 연우는 여기에도 시차 괴리를
사용했다.

기술적 이론을 똑바로 숙지하고, 20층에서 빅토리아로
부터 배웠던 마법적 지식을 같이 접목시키고자 노력했다.

처음에는 방향이 잘 보이지 않았지만, 용의 지식을 적절

하게 사용하다 보니 어느새 틀을 잡아 보석 가공에 대해서 나름대로의 체계를 잡을 수 있었다.

방법은 간단했다.

빅토리아에게 배웠던 대로 검면에다 필요한 룬 문자를 빼곡하게 새겨 넣고, 그 위에다 마법 효과를 부여한 보석 가루를 곱게 뿌려 단단히 고정시켰다.

당연하지만 여기서 쓰인 보석은 하나같이 순도가 90%가 넘는 최상급이었다. 어차피 연우에게 남는 건 돈이었고, 구하기 어려운 물건이라도 헤노바의 인맥을 통하면 얼마든지 대량으로 쉽게 구할 수 있었다.

연우는 보석 가공을 완벽하게 터득하기 위해 그야말로 돈지랄을 해 댔고, 헤노바의 갖은 잔소리를 들은 끝에 기술을 완벽하게 습득할 수 있었다.

그렇게 단검에 새겨진 룬 문자의 내용은 총 두 가지였다.

—어두운 것을 더 어둡게.

—뜨거운 것을 더 뜨겁게.

아예 연우가 가진 마력의 속성에 맞춰 새겨진 것이다.

그리고 사체 강화도 마찬가지.

인챈트 계통인 보석 가공을 다룰 줄 알게 되었으니, 아티팩트의 효과를 증폭시키는 자체 강화를 익히는 것도 크게 어렵지 않았다.

그렇게.

연우는 갖가지 연구 끝에, 머릿속에 잡은 설계 도안대로 쇠를 밤새 두들겨 크라슈나의 단검을 완성할 수 있었다.

그 외에 단검의 쇠심은 단단한 아다만티움으로, 겉면은 미스릴과 곤오철을 적절한 비율로 혼합시킨 합금을 사용하긴 했지만.

그건 헤노바가 자신이 오랜 대장장이 생활 끝에 만든 노하우를 토대로 만든 것들이라, 큰 어려움을 주지는 않았다.

하지만 그렇다고 해서 그런 부분을 자잘하게 다룬 건 아니었다.

아니, 오히려 헤노바의 노하우를 모두 훔치겠다는 일념 하나로 깊게 몰두했다.

용마안으로 헤노바를 쉴 새 없이 관찰하고, 초감각으로 관찰한 것들을 고스란히 녹여 보고자 했으며, 용의 지식으로 그 행동들의 의미를 파악해 보려 애썼다.

그래서.

연우는 비록 처음으로 만든 아티팩트에 불과했지만. 아직 미숙한 초보 대장장이의 서툰 결과물에 지나지 않은 것이어도, 자신하고 있었다.

그리드가 가진 검이 대단하다고 한들, 여기에 비교할 만한 건 안 될 것이라고.

콰앙!

그리고 그런 연우의 생각을 그대로 반영하듯이, 세차게 휘두른 크라슈나의 단검을 버티지 못하고 그리드가 뒤로 멀찍이 떨어졌다.

아무 감정도, 의사 표현도 할 수 없는 환영에 불과하지만.

연우는 녀석이 적잖게 당황하고 있는 것 같다는 느낌을 받았다. 그래서 한 번 잡은 승기를 놓치지 않기 위해 지면을 다시 한번 더 거세게 박찼다.

녀석이 오지 말라는 듯 뒤쪽 허리춤에 숨기고 있던 비수 다섯 개를 재빨리 던졌지만.

따다당!

연우는 가볍게 비수들을 옆으로 치워 내고 금세 녀석 앞에 다다랐다. 까가강, 눈 깜짝할 사이에 단검과 검이 수차례 부딪쳤다.

그러다 연우가 허리 쪽으로 찔러 오던 녀석의 검을 옆으로 크게 밀면서 균형이 흐트러졌고, 연우는 그 틈을 놓치지 않고 크라슈나의 단검에 오러를 잔뜩 실었다.

그리고 그 위를 성화로 뜨겁게 불태우면서 측면으로 세

게 돌렸다.

콰콰콰—

불길이 지면을 뜨겁게 태우면서 금세 밀실을 가득 메웠다. 그 속에 갇힌 그리드는 너무 위태롭게만 보였다.

*　　*　　*

"대체 왜 5번 관문으로 간 걸까? 저 사람……?"

오늘 하루 동안, 21층의 시련에 도전하는 플레이어들 사이에서 가장 큰 관심사는 바로 연우에 대한 것이었다.

20층에서 사두들과 어울리던 독식자가 다시 층계 공략을 시작했다.

그런데 모두가 예상했던 것과 다르게, 그가 도전한 곳은 1번이 아닌 5번 관문.

당연히 모두가 의아함을 가질 수밖에 없었다.

최근에 각 층계 명예의 전당에 1위로 기록된 '비공개'가 그라는 건, 누구나 다 알고 있는 사실이었다.

그래서 당연히 이번에도 1위를 기록하기 위해 가장 높은 관문인 1번으로 갈 줄 알았는데. 뒤도 안 돌아보고 5번으로 향하니 당혹스러울 수밖에 없었다.

그건 트리니티의 세 멤버들도 마찬가지였다.

연우는 자신들의 정체를 전혀 모르고 있겠지만, 사실 그들은 그와 몇 번 다른 층계에서 작게나마 인연을 맺은 적이 있었다. 따지자면 그들에게만 일방적인 악연이었지만.

연우가 알을 부화시키기 위해 히든 피스들을 쓸어 갈 당시, 그림자 뱀의 땅굴에서 손가락만 빨아야 했기도 했고.

부족해진 공적치를 쌓기 위해 투신했던 레드 드래곤의 외인부대에서 그를 잠시 조장으로 모시기도 했었다.

하지만 그때마다 안 좋은 기억밖에는 없어서, 이제는 더 이상 그와 엮이고 싶지 않았는데.

빌어먹을 악연은 아직도 사라지질 않은 건지, 그들이 한창 고생하고 있는 21층에서 또 마주치고 말았다.

하지만 악연이라고 해도—비록 그들만 일방적으로 가지게 된 악감정이라지만— 평소 눈여겨보고 있던 사람이 이해 못 할 행동을 하니, 의문이 커질 수밖에 없었다.

"독식자, 대체 무슨 생각일까?"

"혹시 정말 소문대로 20층에서 손가락만 빨았나?"

연우가 잠시 층계 공략을 멈춘 것 때문에, 한때 그런 소문이 돈 적이 있었다.

여태 승승장구만 하던 그가 처음으로 난관에 부딪쳤고, 그 때문에 깊은 슬럼프에 빠져서 가지고 있던 실력을 대부분 잃어버렸다는 내용이었다.

만약 그 소문이 사실이라면. 좀 더 편한 공략을 위해서 5번 관문을 통과했다고 해도 이상하진 않았다.

"저 악독한 인간을 그렇게 겪고도 그딴 헛소문을 믿니, 너희들은?"

그때, 가만히 델란과 준의 대화를 지켜보고 있던 하이디가 한심하다는 표정으로 그들을 보면서 혀를 찼다.

델란과 준의 시선이 뒤쪽으로 향했다.

엘프인 하이디는 종족 스킬인 '요정안'을 갖고 있어서 진실을 어렴풋하게나마 엿볼 수 있었다. 그 덕분에 여러 차례 위기에서 빠져나올 수 있었던 그들로서는 관심이 갈 수밖에 없었다.

"뭐라도 보이는 거냐?"

"뭐가 꼭 보여야만 생각이 정리되니?"

"무슨 소리야? 알아듣게 설명해 줘."

"독식자가 뭘 노리는지가 안 보이냐는 거지. 이 멍청이들아."

"음?"

"……?"

델란과 준이 무슨 말인지 모르겠다는 표정으로 고개를 갸웃거렸고, 하이디는 주먹으로 가슴을 두들기면서 빽 소리를 질렀다.

"당연히 처음부터 끝까지, 모든 관문을 통과하려고 그러는 거지!"

그제야 둘의 눈빛도 달라졌다.

원래부터 둔해 빠진 멜란이야 그렇다 치더라도, 평소에는 머리가 영민한 편이던 준은 또 왜 이렇게 된 건지.

21층에 너무 오랫동안 묶여 있어서 그런지, 최근 들어 녀석도 머리가 많이 딱딱해진 것 같았다.

아니, 어쩌면 예측할 수 있으면서도, 거기까지 생각을 일부러 하지 않았던 건지도 몰랐다.

아무리 잔상이라 해도, 한창 젊었던 시절에 남은 데이터에 불과하다 해도, 그래도 저 안에 있는 것들은 하나같이 '괴물'이라 불리는 것들이다.

현재 탑을 좌지우지한다는 자들은 이미 저층 구간을 통과하던 젊은 시절에도 랭커에 못지않던 활약을 보였었다.

특히 아홉 왕이라 불리는 절대자들은 '진짜'라고 불릴 만했다. 하이 랭커들조차 그들과 직접적으로 부딪치기를 꺼려 했다고 했으니까.

실제로 무왕이 본격적으로 각광을 받기 시작한 것은 하이 랭커 빙왕과의 싸움에서 무승부를 이루면서부터였다.

그러니 연우가 아무리 대단하다고 해도, 그런 괴물들을 '연속적'으로 부딪칠 거란 생각은 하기 힘들었다.

하지만 하이디는 자신의 말이 맞을 거라는 듯, 팔짱을 끼면서 살짝 도도하게 턱을 높이 들었다.

결국 델란과 준의 시선도 5번 관문으로 향했다. 하이디의 예측이 틀린 경우가 거의 없었다는 것을 감안한다면, 충분히 일리가 있는 말이었다.

"두고 봐. 아마 하루만 있으면 딱 알게 될 테니까."

하이디의 그런 호언장담도 들어맞는 데는 그리 오랜 시간이 걸리지 않았다.

쿵!

쿵!

"무, 뭐야, 이거?"

갑자기 지반이 요란하게 들썩였다. 주요 시련의 무대가 인스턴트 던전 내이기 때문에 비교적 소란스럽지 않은 스테이지가 21층인데. 대체 무슨 일이 벌어진 걸까.

플레이어들은 진원지를 찾기 위해서 재빨리 고개를 돌렸다. 감각을 이리저리 뿌려 봤지만, 이렇다 할 진원지는 나오지 않았다.

잡히는 것이라고는 5번 관문뿐.

하지만 상식적으로 인스턴트 던전이 흔들릴 거라고 생각하기는 힘들기 때문에, 착각했거니 하고 여기면서 다시 다른 쪽을 확인하려 했다.

하지만 하이디에게서 이미 언질을 들었던 델란과 준의 표정에는 '설마?' 하는 당혹감이 어렸다.

그리고.

쾅!

콰앙!

처음에는 잠시 들썩이기만 하던 지진이, 이제는 크게 요동치기 시작했다.

다른 진원지를 찾아 헤매던 플레이어들도. 굉음을 무시하고 저마다 대련에 빠져 있던 플레이어들도. 자신이 싸우고 있던 잔상들의 약점을 연구하던 플레이어들도.

모두 경악에 찬 얼굴이 되어 5번 관문을 쳐다보기 시작했다.

길쭉하게 이어지는 관문이 위아래로 흔들렸다. 여태껏 내부에서 아무리 강한 충돌이 벌어져도, 외부에는 아무 영향도 끼치지 않았었지만. 이제는 그런 상식들이 전부 거짓말이었다는 듯 뒤바뀌고 말았다.

마치 거인이 먼 곳에서부터 아주 빠르게 이곳으로 달려오는 느낌이었다.

폭발 소리는 계속 커졌고, 주기도 점차 빨라졌다. 나중에는 마치 바로 근처에서 천둥이 터진 것처럼 너무 시끄러워서 귀를 막기까지 해야 할 정도였다.

델란과 준은 이제 아예 입을 꾹 다물었다. 하이디는 눈을 가늘게 좁혔다. 마력이 잔뜩 투입되면서 요정안이 어느 때보다 크게 발현되고 있는 중이었다. 5번 관문을 따라 퍼져나오는 마력의 파장들이 눈에 자꾸만 밟혔다.

'6분 31초, 6분 32초…….'

또한, 하이디는 속으로 초시계를 외고 있는 중이었다. 저런 말도 안 되는 마력 파장을 가진 새로운 괴물이, 대체 얼마나 빨리 관문을 통과할까 싶어서.

그리고.

콰아앙!

포탄 수십 대가 동시에 터진 것처럼, 5번 관문의 마지막 출구가 그대로 박살 나면서 검은 연기가 밖으로 매섭게 쏟아졌다. 코가 마비될 것 같은 탄내도 함께.

뚜벅뚜벅, 연우는 그사이로 아무 일도 없었다는 듯이 고요하게 걸어 나왔다.

플레이어들은 저마다 입을 쩍 벌리면서 그런 연우를 쳐다봐야만 했다.

단 한 차례도 쉬지 않고, 5번 관문을 그대로 주파한 셈이었으니까.

거기에 소요된 시간은.

'……9분 51초.'

단 10분도 걸리지 않았다.

*　　　*　　　*

"그럼 그것에 대해서는 너도 아는 게 전혀 없다는 건가?"

"그, 그래! 그러니까 이제 제발……!"

궁무신, 장웨이는 피투성이가 되어 자신의 발밑에서 꿈틀대는 물체를 보며 혀를 찼다. 이번에도 잘못 짚었다는 생각이 스쳐 지나갔다.

대체 몇 번을 헛발질히는 건지. 여름여왕으로부터 의뢰를 받은 지도 벌써 반년이 훨씬 지났다.

그동안 장웨이는 바할의 주변을 샅샅이 뒤겼다. 여름여왕은 클랜의 중요한 임무를 녀석에게 맡겨 놨다고 했었다. 그렇다면 여기에 관련되어서 누군가가 일을 치렀을 거라고 판단, 그와 관련된 인물들 중에 범인이 있거나, 끄나풀이 있을 거라 생각했다.

특히 바할은 당시에 레드 드래곤 내에서 한창 각광을 받던 입장. 당연히 그에게 줄을 대려는 자들은 꽤 많았다.

여름여왕은 장웨이에게 그들을 마음대로 처분할 수 있는 권한을 넘겼다. 애초 레드 드래곤 내에 비힐과 관련된 자들은 하나도 남겨 두고 싶지 않았던 마음도 컸다.

그리고 장웨이는 허락이 떨어지자마자, 그들을 일일이 뒷조사했다.

수상한 부분이 있으면 더 집요하게 캤고, 그들의 주변 인물이며 만나는 사람들, 그리고 거기에 관련된 것들까지 고구마 줄기처럼 촘촘하게 엮어 나갔다.

그러다 다른 81개의 눈 3명이 걸려들기도 했지만, 개의치 않았다. 아니, 오히려 주기적으로 보고를 받은 여름여왕이 이튿날이면 그들의 목을 전부 날려 버릴 정도로 강한 분노를 드러냈다.

하지만 그런데도 장웨이는 어떤 비밀도 찾을 수가 없었다.

이따금 바할이 가장 최근에 아꼈다는 '카인'이라는 플레이어가 눈에 밟히긴 했다.

갑자기 탑에서 손꼽히는 루키가 된 점이나, 이번 전쟁에서 도무신의 아들을 찾아내는 큰 공과를 세운 점이나.

하지만.

'이딴 잔챙이가 그런 큰일에 관련되기는 힘들다. 그리고 외인부대에 들어온 것도 전쟁이 시작된 후다. 지난 행적들도 너무 뚜렷해. 이번 일에 관련이 있으려면 최소한 그 전부터 연관이 있어야 해.'

여름여왕은 이번 전쟁이 누군가가 깔아 둔 판 위에서 레드 드래곤과 청화도가 놀아난 것으로 여기고 있었다.

그렇다면 아주 오랫동안 철저한 준비를 해야 했을 텐데. 장웨이는 이번 배후에 다른 8대 클랜이나 그에 준하는 녀석들이 있을 거라 판단하고 있었다. 그리고 그게 당연한 '상식'이었다.

그런 면에서 보자면, 독식자 카인은 전혀 용의점을 찾을 수가 없었다.

튜토리얼에서 넘어온 시간이 얼마 되지 않았고, 누군가와 엮일 만한 시간도 없었다. 각 층계에서 이룬 업적들이나 행적들도 너무 선명했다.

더구나 여름여왕은 외뿔부족과 다시 엮이는 것을 아주 꺼려 하는 분위기였다.

이미 카인이 차기 외뿔부족의 왕으로 거론되는 판트 남매와 의형제 사이이며, 무왕의 제자라는 사실은 알 사람은 다 아는 사실.

여름여왕은 아예 카인에 대한 보고는 받지도 않았다. 장웨이도 그다지 가망이 없다고 판단되어 카인에 대한 의심은 가장 옆으로 치워 버렸다.

어차피 녀석 외에도 바할이 말로 부리던 놈들은 많았고, 그중에 수상한 낌새를 가진 놈들도 아주 많았다. 그중에는 정말 다른 클랜들이 심어 둔 끄나풀로 의심되는 정황도 찾을 수가 있었다.

하지만 그들을 모두 샅샅이 뒤지고, 연결 고리까지 싹 털었지만. 결국 아무것도 찾을 수가 없었다.

꼬리 자르기를 잘한 건지, 아니면 정말 어디론가 감쪽같이 사라져 버린 건지. 이쯤 되면 여름여왕이 말한 '배후자'가 진짜 있는지 의문이 들 정도였다.

이 과정에서 레드 드래곤 내에 심어져 있던 세작들이며, 바할과 관련된 라인들이 싹 정리가 되긴 했다지만.

여기에 흡족한 건 81개의 눈뿐. 여름여왕도 장웨이도 도저히 만족할 수가 없었다.

하지만.

장웨이는 여름여왕이 가진 '촉'을 믿었다.

용종은 한때 진리를 꿰뚫는 눈을 가진 현인의 종족이라고 불렸다. 그런 용종의 최후로 남은 후예가 하는 말이니 절대 틀릴 리가 없었다.

'비록 지금은 그 촉도 거의 무뎌진 것 같지만.'

그렇다면 대체 어디서부터 다시 뒤져야 할까.

장웨이는 여전히 살려 달라며 팔딱거리는 플레이어의 명줄을 끊고, 근처 의자에 앉아 다시 생각에 잠겼다.

그동안 그는 이 일의 배후자가 어떻게든 '물건'을 노리고,

바할과의 접점을 만들었을 거란 가정에서 추격을 시작했다.

하지만 애당초 가정을 잘못 내렸던 것은 아닐까?

여름여왕이 말하는 어떤 '물건' 이 아니라, 바할과의 개인적인 원한에서 이 일을 시작했고, 그 과정에서 '물건' 에 대한 정보를 알아내어 그것을 가로챌 생각을 했던 것이라면.

너무 비약적인 가정이 아닐까 하는 생각도 들었지만, 당장 이보다 나은 생각이 나지도 않았다.

그리고 실제로 바할과 원한 관계에 놓인 사람들은 많기도 했다. 특히 그중에 가장 유명한 자들이 있다.

'아르티야.'

팀 아르티야는 장웨이도 강한 기억으로 남아 있었다. 궁무신으로 있던 시절, 그들과 몇 번이고 충돌하면서 위기를 겪기도 했었으니까.

비록 다른 거대 클랜에 비하면 너무 적은 인원수였지만, 그것을 만회하고도 남을 만큼 개개인이 강했던 것으로 기억이 남아 있었다.

'서로 욕심에 눈이 멀어 자기들 대장의 등에다 칼을 꽂은 녀석들이긴 하지만.'

그리고 그 과정에서, 멤버들은 서로 원수가 된 것으로 알고 있다.

여기에 어떤 관련이 있지는 않을까?

증거는 없지만, 당장 시도해 볼 만한 가치는 있다고 생각했다. 녀석들만큼 바할을 잘 알고 있는 사람들도 없었고, 각자 다른 클랜에서 큰 자리를 하나씩 꿰차고 있었으니.

하지만 아무것도 없이 뒤를 밟기엔 너무 조사해야 할 게 많았다. 우선 한 명을 짚고, 그것을 따라 거슬러 올라가는 방식을 택해야만 했다.

장웨이는 여름여왕이 넘겨준 바할과 관련된 정보 창을 이리저리 뒤지다가, 한 가지 눈에 띄는 점을 발견할 수 있었다.

스승: 드워프 헤노바

'5대 명장, 불의 모루 헤노바?'

한때 손꼽히는 명장이었지만, 아르티야와의 연관성으로 모두가 등을 돌렸던 드워프.

우선 여기부터 뒤져 보면 좋을 것 같았다.

장웨이는 손으로 턱을 쓰다듬으면서 바할과 헤노바 간의 관계 자료를 뒤지기 시작했다.

　　　　*　　　*　　　*

컹!

컹!

2미터 크기의 커다란 몸집을 자랑하는 헬 하운드 다섯 마리가 몰려왔다.

지옥에서 손꼽히는 투견이라는 명칭에 걸맞게, 녀석들은 아주 사납고 거칠었다. 간간이 뱉어 대는 지옥불은 그리 넓지 않은 밀실의 벽을 전부 새카맣게 만들어 버릴 정도였다.

웬만한 플레이어들이라면 사방을 에워싸는 녀석들의 끈질긴 공격에 노이로제라도 걸릴 테지만.

'나와는 상성이 너무 안 맞지.'

물론, 헬 하운드의 기준점에서였다.

연우는 오러가 잔뜩 응집된 크라슈나의 단검을 안쪽으로 돌렸다가, 성화와 함께 폭발시켰다. 실험해 볼 목적으로 흑기도 일부 섞었다.

'쇄(碎).'

콰콰콰—

모든 정신이 칼끝으로 쏠린다는 느낌과 함께, 뒤죽박죽 섞였던 여러 기예들이 하나로 합쳐졌다. 이념과 정신, 오러와 흑기 등 여러 유무형의 에너지들을 일점(一點)에 집중시키는 힘. 연우는 선술을 그렇게 정의내리고 있었다.

그리고 그렇게 집중된 힘은 강한 폭발을 일으켰다. 앞에서 달려오던 세 마리가 그대로 잘게 부서졌고, 남은 두 마리는 머리가 으깨지거나 몸뚱이의 절반이 날아가는 피해를 받아야만 했다.

쿠쿠쿠!

인스턴트 던전도 크게 위아래로 요동쳤다.

　　[세 번째 선술, '쇄'를 성공적으로 풀어냈습니다.]

　　[현재 습득한 선술: 절, 혼, 쇄]

연우는 어느덧 네 번째 관문인 2번 관문을 통과하는 중이었다.

그동안 연우는 단순히 환영들만 상대하지 않았다. 그보다 선술을 수련하는 데 더 집중했다.

'이렇게 뛰어난 대련 상대가 많은데도, 그냥 지나치는 건 멍청한 짓이지.'

적절한 사고 가속과 병렬 연산을 이용하면서 이동하다 보니 어느새 세 번째 선술을 터득할 수 있었다.

'혼(混)'은 뒤섞는다는 뜻으로 선술을 풀어내는 데 중요한 보조 역할을 했고, 방금 터득한 '쇄'는 부순다는 뜻으로 압축시킨 힘을 폭발시켜 주변을 초토화시키는 데 큰 도움이 되었다.

다만, 미후왕의 궁전에서 보였던 효율은 나오지 않았다. 그때만큼 긴장되지 않아서일까, 아니면 20층이 주는 속박의 영향을 덜 받아서일까.

하지만 그래도 연우는 어떻게든 두 가지를 풀어낼 수 있었고, 이제 그것을 완벽하게 습득하기 위해서 연습하는 쪽으로 가닥을 잡았다.

아직 첫 번째 선술인 '설'도 제대로 손에 익지 않아서, 펼치기 위해서는 상당한 집중력을 필요로 했다. 마력도 마찬가지였다.

쾅!

다시 한번 더 휘두른 칼날에 머리 위를 덮쳐 오던 괴조 세 마리가 그대로 박살 나면서 살점이 후두둑 쏟아졌다.

연우는 이미 바닥에 수북하게 쌓인 소환수 시체들을 지나며 앞으로 다가섰다.

그러자 여태껏 의기양양하게 싸워 대던 녀석이 뒤로 주춤거렸다. 비록 환영이지만 적잖게 당황해하는 눈치가 보였다.

소환술사, 하나비.

탑 내에서는 한때 '마물왕'이라는 별칭으로 유명했던 자였다. 원래 어떤 이상한 마왕을 모시는 교단의 마지막 남은 후예로서, 지옥의 갖가지 소환수들을 부리고, 이따금 전장에서는 시체들을 일으키는 것으로 악명이 자자했다.

어딘지 모르게 부와 비슷한 면도 많았다. 풍기는 기운도. 가진 성격도. 아마 가지고 있는 스킬들에 여러모로 공통점이 많아서일 것이다.

'부, 잘 봐 둬. 앞으로 네가 따라가야 할 녀석이니까.'

「명심. 하겠. 습니다.」

연우는 부의 목소리를 들으면서 다시 달려들었다. 용마안과 초감각을 활짝 열었다.

21층의 장점은 선술 수련만 있는 게 아니었다. 다른 여러 플레이어들의 기술을 보고 훔쳐 배울 수도 있었다.

쏴아악—

*   *   *

[2번 관문이 종료되었습니다.]

[총 소요 시간: 02:31:25_66]

'이번에는 꽤 많이 잡아먹었어.'

연우는 2번 관문을 나오면서 머리를 손으로 쓸어 올렸다.

5번 관문에서는 10분, 4번에서는 30분, 3번에서 1시간 정도였던가? 관문을 하나씩 통과할 때마다 소요 시간이 2배씩 늘어나더니 이번에는 훨씬 더 많이 잡아먹었다.

그럴 수밖에 없겠다는 생각은 들었다.

처음과 다르게 피로는 계속 누적되는데, 나타나는 환영들은 강한 녀석들이었으니까. 거기다 선술 훈련도 병행했고, 하나비 같은 환영들은 일부러 시간을 좀 더 끌면서 행동 패턴들을 외우기도 했다.

덕분에. 이미 몸은 온통 그을림과 땀으로 흠뻑 젖어 있었다. 입가에서 단내도 풀풀 날렸다.

100명도 넘는 뛰어난 실력자들과 한 번도 쉬지 않고 싸워 댔다. 지치지 않는다면 이상했다.

용체가 빠른 회복을 돕는다지만, 정신적 피로까지 낫는 건 아니었다.

'큐어. 큐어.'

그래도 연우는 조금이라도 나아질까 싶어 왼쪽 팔뚝에 새겼던 새로운 룬 마법을 계속 발동시켰다.

힐 마법이 상처 회복을 돕는다면, 큐어는 피로를 더는 데 효과가 좋았다. 육체의 피로를 더니 기분도 한결 좋아지는 것 같았다.

그렇게 가만히 서 있기를 30분여.

연우는 어느 정도 정신이 맑아진다 싶은 뒤에야, 마지막 남은 1번 관문으로 향했다.

사람들의 시선이 저절로 따라붙는 게 느껴졌다. 하지만 무시했다. 이번 층계 공략이 끝나고 나면 한바탕 떠들썩해질 게 뻔했다.

되도록 유명세를 치르고 싶은 마음은 없었지만, 그래도 피할 수 없다면 더 크고 요란하게 일을 벌이는 게 나을지도 몰랐다.

[1번 관문을 선택했습니다.]

[21층 명예의 전당에 기록된 33위부터 1위까지 플레이어들의 그림자들이 차례대로 나타나게 됩니다. 각 그림자들을 상대로 이긴다면 다음 구획으로 넘어가게 됩니다.]

[이미 시련을 통과할 자격을 획득했으므로, 이후의 대결은 모두 공적치로 환산되어 기록됩니다.]

곧 빛무리가 가시면서 눈앞으로 새로운 인스턴트 던전이 나타났다.

하지만 이번에 마련된 인스턴트 던전은 여태껏 지나쳤던

관문들과는 많이 달랐다.

5번에서 2번 관문까지는 크기가 한정된 밀실 공간이었지만, 지금 연우가 선 곳은 드넓은 평원이었다.

주변이 온통 높은 산으로 둘러싸인 분지이긴 했지만, 워낙에 구역이 넓어 그런 느낌도 거의 들지 않았다.

충분히 도망칠 수도, 숨어서 휴식을 취할 수도 있게 만들어진 공간.

하지만 그만큼 서로가 가진 전력을 다해 부딪칠 수도 있는 공간이었다.

그동안 협소한 공간 때문에 펼칠 수 없었던 광역기도 이제는 가능했으니까. 그 외에 다양한 전술과 전략도 동원할 수 있었다. 플레이어와 환영이 가진 기량을 총동원해야 하는 것이다.

1번 관문은 이전 네 개의 관문과 전혀 난이도가 다를 것이란 의미이기도 했다.

'여기서부터는 환영들의 수준이 다른 관문들과는 달라. 난이도도 대폭 조정되고.'

연우는 눈을 가늘게 좁혔다.

2번 관문까지는 제한 시간까지 버티기만 해도 구획 통과가 인정되었다. 그리고 도중에 포기하고 나와서 휴식을 취하고, 공략법을 연구한 다음에 해당 구획에 재도진힐 수 있었다.

하지만 1번 관문은 달랐다.

한 번 구획에 입장하고 나면 절대 포기할 수가 없었다. 나올 수 있는 방법은 딱 두 가지였다. 이기거나, 죽거나.

이전처럼 각 환영들을 따로 분석할 시간이 없는 것이다. 이것은 1번 관문에 들 정도로 실력이 뛰어난 플레이어들을 시스템이 존중하는 차원에서 만들어진 규율이기도 했다.

그러니 도전자는 절대 재미라는 목적으로 1번 관문에 입장할 수가 없었다.

철저하게 강해지고자 하거나, 자신의 실력을 증명하고 싶은 자들만이 올 수 있었다.

연우도 그걸 잘 알고 있었다. 그래서 쉬지 않고 바로 다음 관문에 입장했던 이전과 다르게, 이번에는 따로 휴식시간을 가졌다.

그리고 각 구획을 통과할 때마다 주어진 휴식 시간을 충분히 활용할 생각이었다.

이제부터 만나는 녀석들은 정말 괴물이라 할 만한 놈들. 절대 허투루 상대할 수 없었다.

전심전력으로 부딪칠 생각이었다. 필요하다면 용혈 각성까지 사용해서라도.

무엇보다.

1번 관문의 첫 번째 상대는 연우가 반드시 파악해야 하는 녀석 중 한 명이었다.

바할과 리언트 다음 차례로 잡을 계획을 가진 녀석이었으니까.

[곧 33위 '발데비히'와의 싸움이 시작됩니다. 대기 시간 동안 전투를 준비하세요.]
[00:15:00]
[00:14:59_99]
……

그때, 저 멀리 그림자가 올라오면서 거대한 형상을 갖췄다. 5미터는 될 것 같은 어마어마한 몸집의 사내가 나타났다.

머리와 수염을 짧게 깎고, 각진 턱과 부리부리한 눈매가 인상적이었다.

쿵!

녀석은 그렇지 않아도 큰 자신의 몸집보다도 훨씬 커다란 6미터짜리 자이언트 바스타드 소드를 바닥에다 내리찍었다.

지면이 그대로 움푹 내려앉으면서, 살벌한 투기가 밀실을 가득 메웠다.

「크! 미친개는 저 때도 미친개였네.」

「저자가 33위였습니까? 머리 아프실 것 같습니다.」

샤논과 한령은 녀석을 보고 혀를 가볍게 찼다. 상대가 누군지 그들도 너무 잘 알고 있었으니까.

'검야차 발데비히.'

거인족과 인간 사이에서 태어난 혼혈로서, 타고난 용력으로 탑에 입성하자마자 동생과 함께 가장 큰 돌풍을 일으켰던 주역.

그리고 단 세 명밖에 되지 않는 팀 아르티야의 창립 멤버이기도 했다.

처음 튜토리얼에 입장했을 때. 난 그저 눈앞이 캄캄하기만 했다. 분명 저 앞에 엘릭서를 구할 수 있는 탑으로 가는 길이 있다고 하는데, 도저히 어떻게 통과해야 할지 알 수가 없었으니까.

그냥 이대로 포기하고 집으로 돌아가야 하나 싶었을 때. 녀석을 만났다.

발데비히. 미우면서도 고마웠던, 나의 첫 번째 친구.

동생이 발데비히를 보고 처음 느꼈던 인상은 '무섭다'였다.

그도 그럴 것이 지성체라고는 인간밖에 없는 지구에서 태어난 녀석에게, 5미터나 되는 반거인은 괴물처럼 느껴질 수밖에 없었다.

하지만 그런 첫인상과 다르게, 발데비히는 A구획 앞에서 쩔쩔매는 동생에게 다가가 이것저것을 가르쳐 줬다.

동생은 발데비히와의 대화에서 많은 것을 배울 수 있었다. 시스템 창을 켜는 법, 그것을 다루는 법, 특성을 확인하고 적응하는 법까지.

덕분에 고유 특성이었던 만통을 재빨리 깨닫고, 발데비히와 함께 A구획을 통과하면서 마나를 터득했다.

반거인과 어수룩한 인간 콤비는 튜토리얼 내에서도 제법 유명했고, 이런 모습에 호기심을 갖고 접근한 사람이 비에라 듄이었다. 별의 마녀이자 나중에 동생의 연인이 되었던.

그렇게 3명에서 시작한 팀은 각 구획을 통과하면서 여러 우여곡절을 겪었고, 그때마다 다른 팀이나 플레이어들과 손을 잡으면서 겨우겨우 튜토리얼을 마칠 수 있었다.

그 과정에서 생긴 여러 인연은 결국 팀 아르티야가 만들어지는 기반이 되었다.

9명 인원의 소수 정예 팀. 어디서나 쉽게 볼 수 있을 팀이었지만, 후에 그들이 8대 클랜의 아성까지 위협할 거대 클랜으로 거듭날 것이라 생각한 사람은 당시만 해도 아무도 없었다.

오로지 솔로 플레이로 7개 구획을 모두 통파했던 연우와는 많이 달랐던 셈이다.

그렇듯.

발데비히는 비에라 듄과 함께 동생에게 여러모로 애틋할 수밖에 없는 존재였다.

거기다 더 이상한 점은 동생이 세상을 등지고 난 뒤, 발데비히는 완전히 종적을 감췄다는 점이었다.

다른 멤버들은 저마다 각자 살길을 찾아 떠나거나, 아니면 다른 거대 클랜에 큰 자리를 꿰차고 앉았었다. 하지만 발데비히는 오로지 홀로 지내면서 우연히 목격되기만 할 뿐, 그 외에 대외적인 활동은 전혀 하지 않았다.

다만, 한 가지 확실한 것은 녀석이 아르티야가 무너지는 데 가장 먼저 방아쇠를 당긴 놈이라는 것.

그러니 자세한 사정은 알지 못하더라도, 직접 동생의 등에다 칼을 꽂았던 바할이나 리언트까지는 아니더라도, 연우에게는 이 녀석도 별다를 게 없는 녀석이었다.

[00:00:00_02]

[00:00:00_01]

[대기 시간이 종료되었습니다. 1번 관문, 첫 번째 구획의 시련이 시작됩니다.]

보이지 않던 장벽이 사라졌다.

발데비히의 환영이 바스타드 소드를 들면서 우렁찬 포효를 내질렀다.

쿠와아아!

「나왔네. 저 미친 함성. 저거 들을 때마다 짜증 나 죽겠더라니까.」

샤논이 짜증 섞인 목소리로 중얼거렸다.

〈워 크라이〉. 발데비히가 가진 고유 스킬로, 전투가 시작되기 전에 터뜨리는 함성인데, 적의 기세를 죽이는 데 효과가 좋았다. 원래는 거인족의 종족 스킬인 '요툰하임의 함성'에서 기인한 힘.

하지만 냉혈 특성을 갖고 있는 연우에게는 별 효과가 없었다.

녀석도 그 점을 느꼈는지, 곧바로 붉은 투기를 줄줄 흘리면서 지면을 박찼다. 〈광폭화〉. '버서커'라는 단어로도 유명한 스킬이었다. 스스로 혼란과 착란 상태에 빠지는 대신에, 민첩과 공격력을 300%—500% 이상으로 끌어올리는 효과가 있었다.

가뜩이나 반거인이 가진 무지막지한 용력에 광폭화의 효과까지 더해지니. 전쟁터에서 녀석과 직접 칼을 맞댈 수 있는 사람은 거의 없다시피 했었다.

검야차라는 별칭이 붙은 것도 바로 이런 이유 때문이었다.

야차는 지옥에서 산다는 괴물. 그런 녀석이 검을 들었다는 뜻이었다. 워 크라이와 광폭화를 이용한 전투는 발데비히를 상징하는 트레이드 마크이자, 적들에게는 피해를 양산하는 상당한 골칫거리였다.

샤논과 한령이 짜증 섞인 한숨을 내쉰 것도 바로 그런 이유 때문이었다.

아르티야와 부딪친 적이 있던 한령으로서는 발데비히와의 격전에서 피해를 입기도 했었고, 샤논은 녀석에게 수하들을 여럿 잃어야 했기 때문이었다.

'마법 무장.'

화아아—

하지만 연우는 그런 녀석을 앞에 두고도 긴장한 기색을 보이지 않았다.

달라진 점이 있다면, 여태 크라슈나의 단검만 들었던 것과 다르게 다른 손에 마장대검도 같이 빼 들었다는 것.

쾅!

연우는 불의 날개를 한껏 펼치면서 녀석에게 쇄도했다. 그리고 거칠게 날린 일격은 지반이 내려앉는 충격파와 함께, 발데비히를 반대편으로 날려 버렸다.

　　　　*　　　*　　　*

　연우는 다시 달리기 시작했다.

　여태껏 되도록 마법 무장은 쓰지 않았지만, 한 번 개방한 뒤부터는 줄곧 마력회로를 돌리면서 각 구획을 격파해 나갔다.

　두 번째 구획에는 블랙 스컬이라는 충술사(蟲術士)가 나타났지만, 성화를 크게 태워 쉽게 격퇴할 수 있었다. 세 번째 구획에는 8대 클랜, '나인 테일'의 첫 번째 꼬리가 나타났고, 네 번째 구획에는 마군의 두 번째 주교인 킨드레드가 가면 쓴 모습으로 나타났었다.

　하나같이 현재 이름을 날리고 있고, 한때 탑을 떠들썩하게 만들었던 자들이 거기에 다 모여 있었다.

　1번 관문은 시간을 빨리 끊는 게 더 이상 중요하지 않았다. 한 번을 싸우더라도 전력을 다해서. 그리고 되도록 환영이 가진 모든 것을 엿보고자 했다.

　그리고 스물한 번째 구획에 도착했을 때, 검무신의 환영을 만났다.

　아직 이기어검을 부리기 전이었던 그는 매서운 검술을 가지고 있었다. 연우의 눈에도 낯이 익은 검술. 팔극권이었다.

다만, 기초 뼈대만 같을 뿐. 연우가 다루는 팔극권과는 여러모로 모양새가 많이 달랐다.

조금 더 정형화되고, 깊이가 있었다. 연우가 모르는 변칙 초식도 섞여 있어 상대하기가 아주 까다로웠다.

「비록 같은 스승으로부터 파생되었다고는 하지만, 주인님의 검술과 검무신의 검술을 동등선상에 봐서는 안 될 것입니다. 냉정하게 말씀드려서, 검술 면에서 저 때의 검무신은 이미 달인을 넘어 명인 급에 다다라 있었습니다.」

도무신은 냉정하게 연우와 검무신의 차이를 설명했다.

여러 기예를 한꺼번에 다루는 연우와 다르게, 검무신에게는 아주 오래전부터 오로지 검 한 자루밖에 없었다.

당연히 검에 투자한 시간이 다를 수밖에 없었고, 이해도도 검무신이 훨씬 깊었다. 그리고 이미 저 때 검무신은 팔극권을 완전히 자신의 것으로 삼아, 입맛대로 뜯어고치기까지 했다.

연우도 '팔극검'이라는 새로운 이름을 얻었다지만, 그래도 여전히 팔극권의 범주를 벗어나지 못했다. 하지만 검무신은 그것을 넘어 새로운 경지를 개척했던 것이다.

「어쩌면 무도에서도, '검'이라는 아주 협소한 부분에만 국한시킨다면, 무왕도 검무신을 이기지 못할지 모릅니다.」

도무신은 검무신을 가리켜 이렇게 말했다.

불세출의 기재.

무왕이 그를 제자로 받아들인 건, 바로 그런 이유 때문이라고.

그리고 나아가 검무신이 사라진 통천교주의 비전을 전부 습득할 수 있었던 것도, 사선검을 멋대로 다룰 수 있는 것도 그런 이유 때문이라고 했다.

「하지만 그렇기에 주인께서 배울 점도 많을 거라 생각합니다.」

도무신의 말대로 검무신이 개척한 길은 연우에게도 많은 영감을 가져다줬다.

특히 8대 비기를 5개끼지만 익히고, 나머지 3개는 아직 가닥도 잡을 수 없는 지금. 그 3개도 함께 열 수 있는 단초가 조금씩 보이는 것 같았다.

그래서 검무신과의 대결에서는 조금 시간을 길게 잡았다. 그가 개척한 길을 조금이라도 더 엿보기 위해서.

하지만 그래도.

당연히 승리는 연우의 것이었다.

콰직!

마장대검의 칼날이 검무신의 목덜미에 틀어박혔다. 그대로 검을 돌리자 환영의 머리통이 허공으로 튀었다.

[스물한 번째 구획의 시련이 종료되었습니다.]
[다음 구획으로 이동합니다.]

*　　　*　　　*

연우가 달리는 만큼, 외부에서는 한창 난리가 난 상태였다.

"미, 미쳤어."

[21층 랭킹]

1위. 비바스바트

2위. 나유

……

8위. 비공개

"부, 분명히 아까 전에 15위 아녔어?"

"그런데 벌써 8위라고? 미친……!"

'비공개'가 연우를 뜻한다는 것을 모르는 사람은 없었다. 그들의 관심사는 100위권에서 갑자기 나타났던 연우의 순위가 어디까지 올라가느냐는 것이었다.

그런데 오늘 하루. 연우의 순위는 미친 듯이 계속 위로 올라가는 중이었다.

불과 하루였다. 하루. 아니, 정확하게 따진다면 한나절을 조금 넘을 뿐인 시간.

남들은 며칠, 혹은 몇 달, 길게는 몇 년까지 투자해서 관문을 공략하는 데 비해, 연우는 5번 관문에서부터 시작해서 쉬지 않고 1번 관문까지 쭉 일로 직진을 하는 중이었다.

그리고 당연한 말이지만, 이러한 업적은 시스템이 그만큼 높은 공적치로 평가하기 때문에, 연우에게 매겨진 공적치도 계속 가산점이 붙는 중이었다.

"이러다 정말 21층의 랭킹까지 1위 하는 거 아냐?"

"그럴 리가……."

누군가가 던진 질문에, 플레이어들은 '그래도 설마?' 하는 표정을 지었다.

다른 층계의 명예의 전당과 다르게 21층의 명예의 전당은 조금 의미가 남달랐다.

1위에 기록된 비바스바트. 그 이름은 모든 하이 랭커와 거대 클랜의 영원한 장벽으로 군림하고 있는 올포원의 이름이었으니까.

2위에 기록된 무왕조차도 결국 1위의 벽을 넘지 못한 상황에서. 만약 연우가 그것을 넘어 버린다면? 여태껏 저층 구간이라며 애써 무시했던 다른 랭커들이며 클랜들도 다시 연우를 집중해 볼 수밖에 없었다.

올포원이라는 장벽을 넘을 수 있을지도 모르는 인물이 생긴다는 뜻이었으니.

그래서 플레이어들은 아무리 독식자라고 해도 거기까지는 아닐 것이라고 생각했다.

하지만.

그들은 그렇게 말을 하면서도, 한편으로는 불안한 눈빛을 떴다. 여태껏 말도 안 되는 짓을 저질렀던 독식자니, 이번에도 뭔가 일을 저지르는 게 아닐까 하고.

"하이디. 너는 어떻게 생각해?"

델란도 같은 생각이었기에, 하이디를 돌아보았다.

"글쎄."

하이디는 입술을 삐죽 내밀면서 투덜거렸다.

"그걸 알면 내가 점집 차렸지, 이런 거 하고 있겠냐?"

하지만 요정안을 열고 있는 하이디의 두 눈은 깊게 가라앉아 긴장을 놓지 않았다.

* * *

스물네 번째 구획에서 만난 환영은 연우가 처음 보는 얼굴이었다.

일기장에서도 볼 수 없었던 얼굴.

과거 인물은 확실히 아니었다.

'그새 새로운 실력자가 나타났었나?'

비교적 최근에 명예의 전당을 갈아 치울 정도의 실력자라면, 연우로서도 외워 둘 필요가 있었다. 언제 어떻게 만나게 될지 몰랐다.

호리호리한 체구에 얼굴을 긴 머리로 가리고 있어 전체적으로 유약한 인상이 강했다. 얼굴선도 고와서 남자인지 여자인지 구분 짓기 어려울 정도였다.

하지만 녀석이 검을 쥐었을 때. 연우는 보이지 않는 압박감을 느꼈다. 부드러운 칼집 속에 숨겨진 칼날처럼, 예리한 기세가 느껴졌던 것이다.

더구나 풍기는 기세는 어딘지 모르게 낯이 익었다.

'스승님?'

아니, 정확하게는 무왕과 검무신의 중간이었다. 팔극권의 냄새가 진하게 풍겼지만, 그것을 조금씩 벗어나고 있는 걸로 보였다.

그 순간, 연우는 예전에 무왕이 흘러가듯이 했던 말을 떠올렸다. 네가 세 번째 제자라고 했던 말. 첫 번째는 검무신이었고, 두 번째는 너무 짧은 인연이라 이름을 말해 줘도 모를 거라고 했었다.

그때 말했던 두 번째 제자가 이 사람이 아닐까?

연우는 상대의 이름을 다시 확인했다.

11위. 녹턴

'녹턴이라.'

원래 10위였지만, 자신이 8위가 되면서 순위가 밀린 것 같았다. 그런데 검무신보다도 더 위에 있는 걸 보면, 기재라던 그보다도 훨씬 재능이 깊은 걸까.

연우는 난생처음 본 사형제에게 8대 비기, 파공을 뿌리는 것으로 싸움을 시작했다.

*　　　　*　　　　*

스물여덟 번째 구획은 오래전에 죽었다고 알려진, 엘로힘의 옛 수장 하야테였다.

토르라는 신의 사도로서, 갖가지 벼락을 뿌려 대는 것을 장기로 삼아 당시에 최강자로 군림했었다고 들었다.

불벼락이라는 비슷한 스킬을 가진 연우로서는 여러모로 배울 점이 많은 자였다.

수십 개의 벼락이 응집되어 떨어지는 장관 아래에서, 연우는 이대로는 위험하겠다는 생각에 처음으로 용혈 각성을 시도했다.

좌륵, 좌르륵—

용의 비늘이 잔뜩 피부 위로 솟아오르면서 불벼락이 위로 튀어 올랐다.

＊　　　＊　　　＊

콰아앙—

"하아, 하아…… 아무리 용종이라지만, 이건 좀 너무한데."

여우는 용마안을 연 두 눈을 가늘게 좁혔다. 남색 비늘이 크게 부풀었다가 가라앉길 반복했다.

좌륵, 좌르륵.

그리고 거기에 반응하듯, 저 먼 곳에 앉은 존재는 자신의 비늘과 살갗을 함께 가르고 간 상처를 보고 인상을 크게 찌푸렸다.

10미터에 달하는 크기. 포악한 눈매와 날개, 그리고 꼬리가 위압적으로 흔들렸다.

여름여왕의 환영은 감히 자신에게 상처를 입힌 적에게 잔뜩 분노를 토했다.

크와앙!

비록 청화도와의 전쟁에서 봤던 여름여왕에 비교하면 크기도 작고, 품고 있는 힘은 훨씬 적었지만. 그래도 녀석이 내뿜는 드래곤 피어는 냉혈 특성을 갖고 있는 연우의 살갗도 오소소 소름이 돋을 정도였다.

아무리 환영에 불과하다고 해도, 당시의 여름여왕이 가진 데이터를 바탕으로 만들어졌다 보니 성격은 그대로일 수밖에 없었다.

만물을 아래로 내려다보는 오만한 눈빛. 용종만이 가질 수 있는 눈이었다.

여름여왕은 입에 불길을 잔뜩 머금으면서 브레스를 내뿜었다.

화아악—

연우는 크라슈나의 단검과 마장대검을 인트레니안에 밀어 넣고, 비그리드와 아이기스를 뽑았다.

이젠 정말로 가진 능력이며 장비를 총동원해야 했다. 그렇지 않으면 정말 자신의 목숨이 위험했다.

무엇보다.

'이 뒤에…… 녀석이 있어.'

5위인 여름여왕의 다음 차례는 4위의 차정우.

당연히 더 악착같이 힘을 낼 수밖에 없었다. 비록 단순한 환영이라고 해도, 동생이 탑을 한창 오를 때의 모습이다.

일기장이 아닌, 직접 자신의 눈으로 그 모습을 보고 싶었다. 조금이라도 빨리. 하지만 한편으로는 최대한 늦게 보고 싶다는 모순된 마음도 함께 부딪쳤다.

촤아악—

           *   *   *

[서른 번째 구획의 시련이 시작됩니다.]

[곧 4위 '차정우'와의 싸움이 시작됩니다. 대기 시간 동안 전투를 준비하세요.]

[도선자의 상태를 고려하여 조금 더 긴 대기 시간이 주어집니다.]

[00:30:00]

……

넓은 분지를 따라, 보이지 않는 벽 너머로 아지랑이가 피어났다. 아지랑이는 한데 뭉치면서 서서히 사람의 형상을 갖췄다.

그리고 드러나는 모습에, 연우는 입을 꾹 다물었다.

사진으로만 봤던 동생의 모습이 그곳에 있었다. 밝은 표정을 짓고 있어 누구나 호감을 가질 인상이었고, 몸에 두른 푸른 갑주에서는 영험한 기운이 풍겼다.

비록 사고를 지니지는 않지만, 금방이라도 '형'이라고 부를 것 같았다.

『……주인.』

"알아. 걱정 마."

그리고 그런 연우의 생각을 읽기라도 한 듯, 네메시스가 가만히 그를 불렀다.

너무 감정적으로 동요하지 말라는 뜻이었다.

연우는 마른침을 삼키면서 고개를 끄덕였다. 어떻게든 머리를 비우고자 했다.

하지만 쉽지는 않았다.

['냉혈' 특성이 알 수 없는 이유로 불발됩니다.]
['냉혈' 특성이 알 수 없는 이유로 불발됩니다.]

몇 년 만에 본 얼굴이었다.

그토록 찾고자 애썼지만 결코 찾을 수 없었던 얼굴. 자신과 똑같은 얼굴이지만, 다른 인상을 주는 저 얼굴이 무척이나 보고 싶었다. 어머니도, 자신도.

[00:27:59_83]

[00:27:59_82]

그리고 저 얼굴이 단순한 모방에 지나지 않는다는 것을 알면서도 자꾸만 눈길이 가는 이유는. 아마도 애틋함과 미안함 때문일 것이다.

그동안 자신은 동생이 어디론가 도망쳤다고만 생각했었고, 그 사실을 원망하기만 했다.

한국을 등질 때에도 마찬가지였다. 더 이상 한국에 남은 미련이 없었다. 아버지는 기억도 남지 않은 아주 어린 시절에 돌아가셨다. 친척들은 가난한 그들 가족과 연을 끊은 지 오래였다.

그런 모든 것들이 싫었다.

그런 흔적들이 싫어서. 그런 기억들이 자꾸만 발을 붙잡는 것 같아서. 그래서 잊고자 했고, 버리자는 생각에 한국을 떠나는 비행기에 몸을 실었다.

[00:19:02_31]

그리고 거기서 미친 듯이 살았다.

사실 지금 와서 돌이켜 보면, 언우가 한국을 떠난 이유는 단순히 한국을 버리고 싶어서가 아닐지도 몰랐다.

어쩌면 아무것도 남지 않은 자신의 처지를 떠올리고 싶지 않아서, 죽을 자리를 찾아 떠난 건지도 몰랐다.

그래서 미친 듯이 뛰어다녔다. 살겠다는 의지는 없었다. 그저 임무가 있으면 제 목숨이 없는 것처럼 미쳐 날뛰었고, 주변의 만류에도 불구하고 언제나 가장 먼저 적진에 뛰어들었다. 위험한 일이 있으면 늘 혼자서 자처했다.

그러다 보니 정신을 차렸을 때쯤에는 '미친개'라는 소리를 듣기도 했다. 한 번 물면 절대 놓치지 않는다고 해서 붙은 별명이었다. 그리고 자조적인 표현이어도 아군에게는 큰 힘이었고, 적군에게는 학을 떼게 만드는 이름이었다.

그리고 더 시간이 지났을 때에는 카인이라는 코드 네임이 더 유명해져, 다른 여기저기서 찾기도 했다.

그럴 때면 상부에서는 좋아하고, 유일하게 그를 지켜 줬던 부대장만이 안타까운 시선으로 바라봤지만.

그런 건 전혀 개의치 않았다.

그렇게라도 움직여야 자신이 살아 있다는 느낌을 받았다. 포상이랍시고 휴가를 줘 봤자, 방 안에 틀어박혀 혼자만의 세상에 갇힐 뿐이었다.

죽기 위해서 간 곳에서 죽기는커녕 괴물 소리나 듣고. 참 어이가 없는 짓이긴 했다.

하지만 어디선가 총구가 자신을 겨눌 때면, 늘 어머니께서 눈을 감으시기 전에 남기셨던 마지막 목소리가 떠올라, 차마 그대로 죽을 수가 없었다. 결국 유언이 부적처럼 따라다니며 그를 지켰다.

　　—네 동생이 돌아올 때까지. 그 자리를 지켜 주렴.

한국을 떠나면서 가족들이 살던 집을 계속 놔뒀던 것도 바로 그런 이유 때문이었다.

하지만.

어머니의 바람과 달리 못난 녀석은 저곳에만 저렇게 남아 있었다.

[00:10:07_83]

연우는 손으로 천천히 머리를 쓸어 올렸다. 그리고 길게 숨을 고르면서 천천히 가면을 벗었다. 환영과 똑같되, 다른 인상을 주는 얼굴이 나타났다.

마치 거울을 보듯이. 두 개의 같은 얼굴이 서로를 마주 봤다.

"······."

"······."

둘 사이에 침묵이 흘렀다.

환영은 원래 말을 할 줄 몰랐고, 연우는 가만히 환영을 지켜봤다. 조금이라도 더 세세하게 녀석을 머릿속에 담고 싶어서. 이럴 때는 기억력이 뛰어나다는 사실이 너무나 감사했다.

[00:05:55_10]

지금 이 순간에는 다른 사람들도 아무 말을 하지 않았다.

늘 시끄럽게 떠들던 샤논도, 이따금 조언을 던져 주던 한령도, 연우를 관찰하던 레베카도, 네메시스도, 니케도, 부, 괴이 집단 모두가 연우의 마음을 읽고, 그가 마음 정리를 끝낼 수 있도록 도왔다.

그러면서도 새롭게 안 사실에 샤논, 한령, 레베카는 속으로 적잖게 놀라는 중이기도 했다.

그동안 연우는 샤논과 한령에게도 자신의 사연에 대해서 설명해 주지 않았었다.

그래도 간간이 연우가 가면을 벗은 모습을 봤기에, 그리고 연우의 표층 의식을 공유하고 있기에, 대강이나마 사연을 짐작하고 있었다.

하지만 이렇게 차정우와 직접 비교하게 되니 다시 한번 더 놀랄 수밖에 없었다.

헤븐윙. 한때 탑을 떠들썩하게 만들었고, 돌풍을 일으켰던 남자가 다시 되돌아온 것으로만 보였으니까. 어떻게 형제가 이렇게 나란히 서로 다른 길을 걸으면서, 뛰어난 성장을 이룰 수 있는 건지 놀랍기만 했다.

그리고 한편으로는 가슴이 미어지기도 했다.

동생의 발자취를 따라 탑에 오르는 형의 모습은. 그들에게도 안타깝게 다가왔다.

레베카는 입을 꾹 다물면서 애틋한 시선으로 연우를 바라봤다.

[00:02:47_35]

연우는 대기 시간으로 주어진 30분이 너무 짧다고 생각했다.

그저 여기에 앉아, 이렇게 가만히 녀석을 지켜보고 싶은데. 단순한 환영이라는 것을 알면서도, 연우는 동생의 모습에 자꾸 눈길이 갔다.

사고 가속을 돕는 시차 괴리는 일부러 쓰지 않았다. 지금은 세상을 유리시키기보다는, 그저 주어진 대로 생각을 정리하고 싶었다.

하지만 이제는 그런 시선을 거둬야만 한다.

[00:00:58_21]

시간은 자꾸 흘러가고, 자신을 따르는 녀석들도 그가 다시 상념에서 깨어나기만을 바라고 있었으니까.

그러다 연우는 천천히 자리에서 일어났다. 엉덩이에 묻은 먼지를 가볍게 털고 인트레니안에서 비그리드를 뽑았다.

『생각은? 좀 정리되었나?』

그때, 다른 이들과는 다른 이유로 침묵을 지키던 네메시스가 말을 걸어왔다.

"어. 조금은."

['냉혈' 특성으로 이성을 유지하는 데 성공했습니다.]
['혼란' 상태에서 벗어납니다.]

특성이 적용되면서 복잡했던 머릿속이 맑아졌다. 피로도

같이 날아간 것처럼 개운했다.

"너도 마음이 심란할 텐데. 미안하다."

『그래도 주인만 할까.』

네메시스는 괜찮다는 식으로 둘러댔지만, 그래도 연결 고리를 통해 전해지는 사념은 그렇지 못했다. 녀석도 감정적 동요가 심했다. 다만, 겉으로 표현만 하지 않을 뿐.

『그나저나 정말이지 똑같군. 하! 21층을 설계한 신이 누군지는 몰라도 참 악취미야. 아무리 봐도.』

"동감이야."

『거기다 당시에 갖고 있던 데이터도 그대로 적용되는 것 같고. 말하는 것까지 적용했으면…….』

"짜증 났겠지."

시간이 30초가량 남았을 무렵. 연우는 시차 괴리를 사용해 사고 가속을 일으켰다. 각 구획을 통과하면서 잦은 사용으로 숙련도가 대폭 올라 이제 시간 배율은 자신도 감이 잡히질 않을 정도였다.

한 가지 확실한 건, 남은 시간 동안 전략을 짜기엔 충분하다는 것.

네메시스도 그런 시간 배율로 들어와 의견을 내놓았다.

『우선 말해 주자면. 전 주인…… 정우의 특기는 항마력에 있다.』

연우도 알고 있는 사실이었기에 고개를 끄덕였다.

동생은 11층에서 환룡을 통해 고룡 칼라투스와 계약을 맺은 뒤, 언제나 용의 가호를 받으면서 성장을 해 왔다.

이리저리 굴러다니면서 용체 각성을 겨우겨우 마쳤던 연우와 다르게, 체계적인 발전 방향을 잡은 칼라투스의 인도에 따라 수련을 거듭하면서 빠른 성장이 가능했다.

튜토리얼에서 이미 마나를 자유롭게 다루는 뛰어난 재능과 만통이라는 사기적인 특성이 있어서이기도 했다.

그 덕분에, 동생은 마력을 다루는 데에 있어서는 남들과 비교도 할 수 없는 수준까지 이르게 되었다.

마나를 인위적으로 비틀어서 몸 주변에다 두르고, 여기다 용의 가호를 덧대며, 나아가서는 만통을 역으로 작용시켜 모든 마력을 일절 차단시키는 '불통(不通)'이라는 스킬까지 만들어서 사용했다.

이렇다 보니, 마력이 중점을 이루는 마법 및 주술 계통의 스킬들은 죄다 동생에게 다가오기도 전에 위력이 현저히 약화되는 참사를 일으키고 말았다.

여기다 환룡의 힘까지 더해졌을 때에는…… 적으로 만나는 마법사 및 주술사들은 모두 그를 피해 다녀야 할 지경이었다. 심지어 신관들까지도. 마법 학살자라는 칭호가 괜히 붙은 게 아니었다.

'웃긴 건, 그런 주제에 본인은 그런 제약을 전혀 받지 않았다는 점이었지.'

외부에서의 유입만 불통으로 차단시킬 뿐, 내부에서의 방출은 만통을 적용시켰던 것이다.

동생은 21층에 들어섰을 때에 이미 다양한 분야에 걸쳐 두루두루 재능을 꽃피운 상태였다.

마법은 하이 랭커부터 가능하다던 트리플 캐스팅이 가능했고, 주술에 대한 이해도도 깊었다. 정령술, 강령, 흑마, 소환, 연금, 원소, 신성…… 이 외에 자체적인 마법 무장을 통한 육체적인 능력도 뛰어난 편이었다.

그리고 당연한 말이지만, 마나의 축복을 받은 용의 가호가 더해지니 마력의 효율과 능률은 말로 표현할 수가 없었다.

광역, 불특정 다수, 일대일 교전 등등, 다양한 전술과 전략도 가능했다.

동생이 가깝게 다가가지 못한 건, 오러뿐.

하지만 그렇다고 해서 무술에서 완전히 동떨어진 것도 아니었다. 타고난 전사였던 발데비히가 제 몸을 지키는 정도는 되어야 한다면서 이리저리 굴린 덕분에, 간단한 체술 정도는 익힐 수 있었다.

물론, 여기서 말하는 간단한 체술이란 건, 타고난 전사 종족인 거인족의 체술이었다. 외뿔부족의 무공에는 미치지 못하더라도, 웬만한 무도가들을 찜 쪄 먹을 정도는 되었다.

결국 마법이면 마법, 가호면 가호, 체술이면 체술. 재능이면 재능까지. 다양한 분야에 능통하니, 비슷한 층계에 있는 누구도 그를 넘볼 수가 없었다. 심지어 랭커들조차 그를 피해 다닐 정도였다.

그리고.

무엇보다 가장 골치 아픈 점은.

'하늘 날개. 저게 문제지.'

헤븐윙이라는 별칭을 얻게 했던 유니크 스킬이 골칫거리였다.

동생이 용종의 권능과 가호를 바탕으로, 그리고 자신이 터득한 갖가지 지식과 특성을 복잡하게 버무리면서 직접 '창안' 한 스킬은 대표적인 사기 스킬이라고 불릴 만한 것이었다.

하늘 날개는 발동되는 동안 고룡 칼라투스와의 링크를 강화시켜 그의 능력을 일부 갖고 올 수 있었다. 마력 강화를 비롯해 신체적 능력도 대폭 향상되어서 갖가지 마법적 효과를 누릴 수가 있었다. 또한, 물리적인 행동도 가능해서 자유로운 비행이 가능했고, 내구도도 뛰어나서 여차하면 몸에다 둘러 방패 대용으로 쓰는 등, 다양한 용도로의 사용이 가능했다.

연우가 천익기공을 사용해서 인위적으로 만들어 내는 불의 날개도, 사실 하늘 날개에서 모티브를 따왔던 것이었다.

하지만 불의 날개는 한계가 명확한 데 비해, 하늘 날개는 동생이 가진 특성과 권능, 스킬들을 모두 하나로 엮는 완전한 스킬로 자리 잡으면서 시스템으로부터 인정을 받기까지 했다.

부여된 넘버링도 002.

비교 자체가 불가능한 것이다.

이러니 동생을 두고 모두가 천재라고 할 수밖에.

어쩌면 남들은 수십 년을 들여서도 오르지 못한 경지를 단 몇 년 만에 올라, 아홉 왕의 아성을 위협할 수 있었던 것도 이런 재능 때문인지 몰랐다.

그리고 21층은 그런 재능이 제대로 꽃을 피우기 시작한 시기였다.

최후의 용, 여름여왕마저도 순위가 한 단계 밀려날 정도였으니.

『그리고. 용체 각성은…….』

"2단계까지 가능하지."

『맞다.』

연우는 아직 1단계 드래고닉 블러드를 벗어나지 못한 상태였지만, 동생은 이미 2단계인 프레셔를 넘어 3단계를 바라보던 중이었다.

3단계를 완전히 이룬 건 22층이었으니, 아마 여기서 적용된 건 2단계까지일 것이다. 하지만 다행이라고 할 수는 없었다. 그것도 완숙한 경지일 테니까.

『자신, 있나?』

네메시스는 걱정스러운 목소리로 물었다.

만약 힘들다면 자신들의 도움을 받아도 된다는 뉘앙스가 담겨 있었다.

어쨌건 신수와 괴이, 정령까지 전부 따지고 보면 연우가 가진 전력. 당연히 동원을 해도 전혀 문제가 없었다.

게다가 연우는 큰 휴식 없이 계속 전투만 연속적으로 벌여 정신적으로 상당히 피곤한 상태였다.

하지만.

"한 가지 가르쳐 줄까?"

피식 웃으면서 연우가 천천히 입을 열었다. 가면은 쓰지 않았다. 어차피 보는 눈도 없으니, 이번만큼은 자신의 얼굴 그대로 동생과 겨뤄 보고 싶었다.

『뭔가?』

"난 말이야."

성, 성, 성—

인트레니안이 열리면서 7개의 아이기스가 올라와 주변을 맴돌고, 가슴팍에서부터 용의 비늘이 잔뜩 올라와 상반신을 뒤덮었다.

영역 선포.

1단계 권능이 열리면서 몸에 막대한 힘이 실렸다.

"동생한테 진 적이 없어."

그리고 그 말을 끝으로, 시차 괴리를 거뒀다. 카운터가
빠르게 하락했다.

[00:00:00_01]
[00:00:00]

[대기 시간이 종료되었습니다. 서른 번째 구획의
시련을 시작합니다.]

그때, 보이지 않는 장벽이 사라졌다.

콰아아―

그 순간, 동생의 환영이 용체 각성을 시도하면서 하늘 날
개를 활짝 펼쳤다. 마치 천사가 강림한 듯, 새하얀 날개가
달리면서 엄청난 마력 폭풍이 사방으로 뻗쳐 나갔다.

그리고 그것은 엄청난 해일이 되어 스테이지의 하늘을
가득 물들였다.

드래고닉 프레서.

달리, 용살기(龍殺氣)라고도 불리는 힘이 연우를 속박하기 위해서 공간을 차츰 메우면서 다가왔다. 20층의 오행산이 주는 제약과도 비슷해 보였다.

연우는 그런 마력 폭풍을 보면서 시니컬하게 중얼거렸다.

"그런데 이번에 지면 쪽팔리지 않을까?"

네메시스는 전혀 생각지도 못했던 말이었던지, 잠시 말이 없다가 곧 크게 웃음을 터뜨리고 말았다.

『푸핫! 그것도 맞는 말이긴 하겠군! 비록 형제가 없는 나로서는 완전히 이해할 수는 없지만.』

츠츠츠.

연우의 뒤편으로 공간이 일렁이면서 네메시스가 거대한 몸집을 드러냈다.

『그래도 어느 정도 짐작이 가. 저놈에게 지고 싶지 않은 내 마음과 비슷하지 않을까 싶은데?』

네메시스는 어느새 동생의 환영 위로 떠오른 환수를 노려보고 있었다.

황금색에 가까운 주황색 몸집과 길쭉한 몸. 네메시스의 전생, 환룡 미리내가 이쪽을 노려보는 중이었다.

환영이 가진 모든 비밀이 드러나는 스테이지이다 보니, 동생이 거닐고 있던 환수까지 나타난 것이다.

눈이 마주친 네메시스와 미리내는 누가 먼저랄 것도 없이 눈길을 살짝 찌푸리더니, 곧 허공으로 녹아들며 하늘에서 강하게 충돌했다.

그리고 그 아래.

연우와 동생의 환영도 충돌했다.

쾅!

그것은 용종의 권역과 권역이 부딪치는 것과 같았다. 일정한 영역에 걸쳐 막대한 권능을 발휘하는 종족이 용종이었고, 그런 용종들이 부딪치는 건 자신의 영역이 상대의 영역을 침범하고 찬탈하는 과정이었다.

마치 일정한 영역을 두고 맹수들끼리 서열 싸움을 하는 것처럼. 현인의 종족이라는 용종도 그런 면에서는 크게 다르지 않았다.

하지만 용종에게 '영역'이라는 것은 아주 중요한 개념이었다.

법칙을 제 입맛대로 바꿀 수 있는 권한 범위. 이치를 탐구하는 용종에게 있어 그런 범위는 소중할 수밖에 없었고, 영역을 지키고 확장시키려 하는 욕망은 아예 종족의 본능으로 남아 있을 정도였다.

다만, 그렇기 때문에, 아이러니하게도 용종의 영역 싸움은 더 큰 물리적인 충돌로 빚어졌다.

영역은 절대 겹쳐지지 않는다. 권능과 권능도 겹치지 않는다. 그렇다 보니 결국 서열을 가릴 수 있는 방법은 육체적인 힘밖에 없었던 것이다.

연우와 동생의 환영도 마찬가지였다.

둘은 이미 용종의 후예라 할 수 있는 몸이었고, 당연히 서로가 선포한 영역이 충돌하면서 물리적인 충돌로 번져 나갔다.

하지만 환영이 가진 권능의 단계가 훨씬 높기 때문에, 연우는 움직이는 데 있어 알게 모르게 큰 제약을 받고 있었다.

드래고닉 프레셔는 드래곤 피어와 비슷하면서도, 개념이 조금 달랐다.

두 개 전부, 용종이 가진 기운으로 주변에 있는 존재들을 압도적으로 찍어 누른다는 점에서는 같았다.

하지만 드래곤 피어는 단순히 영혼이 가진 존재감을 은연중에 발산하는 행동에 불과했다.

초월종이 가진 영압을 이용해, 상대와의 격차를 확인시키고, 서열을 각인시키는 과정이라고도 할 수 있었다.

반면에 드래고닉 프레셔는 주변 영역을 용종의 색으로 물들이는 과정이었다.

맹수가 영역 다툼으로 빼앗은 영역을 자신의 분비물로 채워 선임자의 흔적을 지우듯이, 드래고닉 프레셔는 권역을 더 공고히 하는 과정이라고 할 수 있었다.

의념이 투영되고, 권능이 강화된다. 법칙이 용종을 중심으로 돌아가기 시작한다.

연우가 20층에서 깨달았던 의념이 구체화되는 단계라고도 할 수 있었다. 다만, 차이점이 있다면, 용종이 가진 의념이니 만큼 일반 플레이어들이 보일 수 있는 힘과는 엄청난 격차가 있다는 것이지만.

애초 가진 영혼의 격이 달라, 영압에서 큰 차이를 보이기 때문이었다.

그래서 연우는 환영과 검을 부딪치는 순간, 거센 압박감을 느껴야만 했다.

마치 바늘로 피부를 쿡쿡 쑤셔대는 듯한 통증. 서열이 더 높은 용이 위압감만으로 서열 낮은 용을 주눅 들게 만들 듯, 드래고닉 프레셔는 아직까지 자기 영역밖에 구축하지 못한 어린 용체를 짓누르려 하고 있었다.

하지만.

[잠시간 스턴 상태에 빠집니다.]
['냉혈' 특성으로 이성을 유지합니다.]
[스턴 상태가 해지되었습니다. '용의 영압'에 대한 내성이 생겼습니다.]

['용체' 특성도 함께 작용되어, '용의 영압'에 대
한 면역력이 생성되었습니다.]

동생에게 만통이라는 사기적인 특성이 있었듯이, 연우에
게도 정신적 면역력에 있어서는 최강이라고 해도 될 냉혈
이 있었다.

드래고닉 프레셔의 압박을 견뎌 낸 연우의 기세가 사방
으로 뻗쳐 나갔다.

이때를 기회라 여긴 갖가지 옵션이 중첩되었다.

[검의 정화]
[여신의 창칼]

비그리드의 옵션으로 환영을 적수로 지정, 녀석이 가진
힘에 비례해 막대한 투기가 발생했다. 여기에 아이기스의
옵션까지 더해져 투기는 몇 배로 불어났다.

드래고닉 프레셔와 비교해도 절대 뒤지지 않을 힘이, 환
영의 힘을 단번에 튕겨 냈다.

뒤처지는 권능의 단계를, 아티팩트의 옵션으로 메운 것
이다.

콰앙—

환영이 큰 충격파에 뒤로 크게 주르륵 밀려났다. 인스턴트 던전을 이루던 드넓은 분지를 절반 이상이나 가로지를 만큼.

연우는 지면을 박차며 녀석을 뒤쫓았다. 오러와 성화, 흑기를 뒤섞은 검붉은 기운이 비그리드를 따라 길쭉하게 솟았다가, 환영의 가슴팍으로 날아들었다.

환영은 재빨리 하늘 날개를 퍼덕이면서 가까스로 균형을 바로잡았다. 그리고 자세를 낮춰 한 손으로 지면을 찍고, 하늘 날개는 높게 쫙 펼쳤다. 크기가 2미터는 되는 것 같았다.

마치 적을 만난 고양잇과 짐승이 최대한 몸을 부풀리듯, 환영의 투기도 좀 더 날카로워졌다.

녀석 앞으로 서너 개의 마법진이 동시에 떠오르고, 화려한 이펙트와 함께 갖가지 마법이 난사되었다.

〈무차별 난사〉. 동생이 생전에 자랑하던 스킬이었다. 용의 지식에 기대어, 미리 메모라이즈해 둔 마법들을 연달아 발동시킨다.

여기서 생기는 계산 착오나 상성 충돌은 걱정하지 않아도 되었다.

용의 권능이 닿는 권역 내에서는 대부분의 법칙이 용종을 중심으로, 그에게 유리하게 작동하도록 되어 있었으니까.

그리고 저기에 노출되면, 갑작스러운 갖가지 마법 때문에 미처 제대로 응대하지 못하고 큰 부상을 입는 경우가 많았다. 서로 다른 마법 하나하나에 대처하기엔, 동생의 캐스팅 속도가 훨씬 빨랐으니까.

다행히 연우에게는 헤노바가 준 마장이 있었고, 아이기스도 있었다. 응집된 힘을 폭사시켜 마법을 전부 정면에서 부수는 방법도 있었다.

하지만 연우는 방어를 시도하지 않았다. 대신에 뼈에 새겨 놨던 블링크를 발동시켰다.

스륵—

연우가 사라진 자리로 무차별 난사가 허망하게 스쳐 지나갔다. 콰콰쾅. 귀가 멀 것 같은 갖가지 폭음과 함께 뒤쪽으로 깊은 크레이터가 파이고, 모래 기둥이 치솟았다.

환영은 몸을 재빨리 뒤쪽으로 돌려야만 했다. 어느새 연우가 등 뒤에서 나타나며 비그리드로 그의 목을 찌르고 있었다.

쾅!

환영은 가까스로 기습을 막아 내고 뒷걸음질을 쳤다. 녀석의 안색이 딱딱하게 굳었다. 하늘 날개를 둘러서 겨우 막아 내고, 검으로 쳐 내긴 했지만. 팔이 떨어질 것처럼 아팠다.

새하얗던 하늘 날개도 절반가량이 부서지고 까맣게 그을렸다. 마력이 흘러 들어가면서 다시 수복되긴 했지만, 그래도 이런 말도 안 되는 위력일 줄은 생각도 하지 못했다.

연우는 헤이스트를 중첩시켜 밀려나는 환영에게 끝까지 따라붙었다.

절대 자세를 바로잡을 시간을 줘서는 안 된다. 캐스팅을 할 겨를도 내주지 않을 생각이었다.

채채챙—

달인 급에 이른 팔극검이 잇달아 풀려 나오면서 환영을 정신없이 휘몰아쳤다. 간간이 선술도 적용되어 환영의 목숨을 위협했다.

하지만 환영은 크게 당황하는 것 없이, 침착하게 비그리드를 거둬 냈다.

녀석은 어차피 검술 실력으로는 연우를 이기지 못한다는 것을 자각하고 있었다.

반거인 발데비히로부터 배운 체술을 사용해서 방어에만 신경 쓰고, 미처 읽어 내지 못한 투로는 하늘 날개를 적절하게 방어구처럼 사용해서 막아 내거나, 결계 마법을 발동시켜 빗겨 냈다.

그리고 용마안을 통해 간간이 빈틈이 보일 때마다 무차별 난사를 사용하면서 최대한 거리를 벌리고자 했다.

쾅! 쾅!

콰아앙—

검과 검이 부딪칠 때마다, 화려한 이펙트가 터지고 폭발로 지반이 내려앉았다.

연우는 서서히 자세를 갖춰 가는 환영을 보면서 살짝 이맛살을 찌푸렸다.

'아무리 봐도 미친 스펙이야.'

연우는 사실 자신이 가진 무구가 저층 구간 플레이어에게는 말도 안 되는 수준이라는 걸 아주 잘 알고 있었다. 하지만 동생이 착용하고 있는 장비도 그에 못지않은 수준이었다.

하나하나가 전부 고룡 칼라투스가 오랜 세월 동안 수집했던 보물이거나, 헤노바가 전력을 다해 만들었던 '명작'이었으니까.

특히 환영이 들고 있는 투박하게 생긴 검은 칼라투스와 헤노바의 합작품이라고 해도 될 정도였다.

드래곤 슬레이어.

고룡 칼라투스가 자신의 늑골을 직접 뽑아 갖가지 마법 효과를 부여해서 제공했고, 헤노바는 이것을 석 달 내내 쉬지 않고 두들겨서 자신의 최고 작품을 만들어 냈다.

드래곤 본으로 만든 주제에 '용 살해자'라는 이상한 이름이 붙은 검은 사실상 비그리드와 동급이거나, 그보다 위였다.

그래서 드래곤 슬레이어와 하늘 날개만 가지고도 환영은 연우의 거센 공세에서도 버틸 수 있었고, 이제는 반격까지 시도하는 여유까지 가지게 되었다.

연우는 녀석이 학습 능력이 있다는 사실을 깨달았다. 이제는 자신의 투로에 대해서도 어느 정도 패턴을 읽어 가고 있었으니까. 이따금 터지는 반격은 간담이 서늘할 때도 있었다.

어느새 둘의 충돌은 팽팽한 접전으로 치달았다.

한편으로, 어이가 없기도 했다.

분명 자신이 알기로 동생에게는 시차 괴리처럼, 사고 가속이나 병렬 연산이 가능한 스킬이 없었다. 용의 지식으로 사고 속도가 빠르긴 하다지만, 그래도 자신에 비하면 훨씬 낮을 수밖에 없을 텐데.

이렇게 정신없이 휘몰아치는 공격을 방어하던 와중에 패턴을 읽고, 약점을 파악해 반격기까지 마련하는 과정들이 빨라도 너무 빨랐다.

게다가 간간이 녀석은 연우의 팔극검과 비슷한 제스처를 취하기도 했다. 상대의 기술을 일부 훔쳐서 적용까지 시킨다는 듯이었다.

이대로 있다가는 얼마 있지 않아 기세를 역전시킬 테지.

'이래서 재능충이란.'

연우는 어째 어린 시절이 떠오르는 것 같아 조금 짜증이 났다. 동생은 원래 머리가 명석한 편이었다. 한번 본 걸 잘 잊지 않고, 이해도가 높아 공부도 꽤 잘했다.

비록 몸이 약해 방에 있는 시간이 훨씬 많았다지만. 그래도 체육에만 특화되었던 연우가 이따금 동생에게 부러움과 열등감을 가지지 않았다면 거짓말이었다.

게다가 이따금 성적표를 가져와서 실실 웃으며 자신의 속을 박박 긁을 때는 그렇게 얄미울 수가 없었다.

물론, 그 뒤에는 게임 같은 걸로 실컷 괴롭혔지만.

지금도 딱 그랬다.

자신과 똑같은 얼굴로, 무표정한 모습을 하고 있지만 왠지 모르게 실실 웃던 그때의 모습이 살짝 겹쳐지는 것 같았다.

'틈을 내줘서는 안 돼.'

그래서 연우는 더 가차 없이 환영을 몰아붙였다.

360개의 코어가 과열될 때까지 마구 회전시켜 마력회로가 뜨겁게 타올랐다. 불의 날개가 2배 이상 커지면서 더 큰 화력이 실리고, 마법 무장이 중첩되면서 속도가 훨씬 빨라졌다.

콰콰콰—

비교적 팽팽했던 기세가 다시 연우 쪽으로 기울었다.

환영의 손발이 어지러워지면서 자꾸 뒤로 밀려났다. 하지만 녀석은 여전히 침착하게 용마안으로 연우의 흐름을 좇았다. 속도만 빨라졌을 뿐, 패턴은 그대로다. 그렇다면 얼마든지 기회를 엿볼 수 있었다.

그때, 연우가 크게 몸을 돌리면서 비그리드로 환영의 복부를 갈라 나갔고, 환영은 그때가 기회라고 판단했다.

활짝 펼쳤던 하늘 날개를 접어 몸에다 둘렀다. 누에고치처럼 둘둘 말린 하늘 날개 위로 공간에 녹아든 비그리드가 선술 절을 풀어냈다.

콰아앙!

하늘 날개가 처음으로 부서졌다. 날개 조각들은 보석처럼 반짝이면서 산산이 흩어졌고, 그사이 환영은 준비해 뒀던 스킬을 터뜨렸다.

〈빛의 파도〉

연우가 불 속성에 특화되었다면, 동생은 빛 속성에 올인한 스타일이었다. 빛은 어둠과 악 속성을 물리치고, 벼락은 여러 속성 중에서 가장 큰 파괴력을 지녔기 때문이었다.

빛의 파도는 수십 개의 벼락과 막대한 마력을 한데 응축 시켰다가 무차별적으로 터뜨리는 기술.

파괴력이 너무 대단해서 일대를 모조리 '갈아 버리는' 특징을 지니고 있었다.

문제는 정도가 너무 심한 나머지, 정작 시전자도 피해를 입을 만큼 감당할 수준을 훨씬 넘었다는 점이었다.

물론, 더 크게 성장한 뒤에는 그런 힘도 전부 제어할 수 있었지만, 이때까지만 해도 그러지 못해서 제대로 쓰질 못했다. 자신이 직접 만들어 놓고도.

그랬다. 이것도 하늘 날개와 함께, 동생이 직접 여러 마법과 권능을 조합해서 만든 유니크 스킬이었다.

20층대 구간의 플레이어 주제에 벌써 이딴 것을 만들었다니. 아무리 생각해도 정말 미친 재능이었다.

콰아아아―

샛노랗고 새하얀 번개가 넓은 영역에 걸쳐 사방으로 뻗쳐 나갔다.

분지를 태울 정도로 강렬한 번개들은 다시 서로 저들끼리 전하(電荷)가 연결되어 마치 그물망처럼 아주 촘촘해졌고, 그 사이사이에 있던 것들은 모조리 갈려 나가고 말았다.

만약 이처럼 공간이 따로 설정된 것이 아니었다면 얼마나 더 멀리 퍼져 나갔을지는 상상도 가질 않는 범위.

이대로 귀가 찢어지는 게 아닐까 싶을 정도로 엄청난 폭음도 바로 그 뒤를 따랐다. 소리는 절대 빛의 속도를 따라잡지 못하는 법이었다.

연우는 재빨리 청각을 차단시키고, 헤이스트와 블링크를 잇달아 전개해서 지면에서 최대한 멀리 벗어났다. 불의 날개도 크게 키우고, 아이기스도 넓게 펼쳤다.

하지만 그러고도 연우도 완전히 피해에서 벗어날 수가 없었다. 떠밀리는 대기에 크게 튕겨 나고, 고열로 장비가 일부 손상되었다. 몸에도 막대한 피해가 가해졌다.

그래도 다행히 중심부에서 멀찍이 떨어질 수 있어 비교적 피해는 덜했다.

상공에서 가까스로 균형을 되찾고, 냉혈로 흔들리는 이성을 바로잡았다. 그리고 시차 괴리를 발동시켜 자신의 피해와 주변 상황을 빠르게 판단했다.

다행히 용의 피가 재빨리 돌면서 상처를 회복시켰다. 하지만 단단했던 용의 비늘이 잔뜩 벗겨지고, 뼈가 훤히 드러날 정도로 큰 중상이라 빠른 회복은 힘들 것 같았다.

다행히 마력회로나 코어는 크게 망가진 곳이 없었다. 고열로 인한 내상은 있었지만, 금세 아물었다.

연우는 몸을 움직일 정도는 된다고 생각하고, 이번에는 주변을 체크했다.

상공에서 내려다보는 스테이지는 이미 처참하게 망가진 상태였다. 엄청난 고열로 대기가 이리저리 휘고, 곳곳에 남은 불씨들이 사방으로 튀어 올랐다.

연우는 '미친놈'이라는 말을 저절로 입에 담을 뻔했다.

일기장을 통해 녀석이 가진 기술과 효과에 대해 이미 알고 있었지만. 그래도 이렇게 눈으로 직접 보게 되니 제대로 말이 나오질 않았다.

다시 한번 더 동생이 가졌던 재능에 욕이 나오면서도, 제대로 제어하지도 못할 이딴 기술을 사용한 전술에 혀를 찼다.

환영은 원주인의 성격도 같이 카피한다. 원래 침착한 동생의 성격대로라면, 자신도 피해를 면치 못할 이딴 도박을 절대 하지 않을 텐데.

뭔가를 떠올리고, 따라 한 것일까?

'혹시 날……?'

순간, 연우는 환영이 자신을 따라 한 게 아닐까 하는 생각이 문득 들었다. 정확하게는 어린 시절에 남아 있는 연우에 대한 기억을 떠올린 것 같았다.

아프리카로 넘어가기 전까지만 해도, 연우는 이성적이기보다는 감성적인 편이었다.

꽂히는 게 있으면 어떻게든 해 봐야 직성이 풀렸고, 고민을 하기보다는 먼저 행동으로 옮기는 편이었다.

그러다 보니 이런저런 사고도 많이 쳐서, 언제나 뒷수습은 동생의 몫이었다. 허구한 날, 철없는 형을 두고 잔소리를 해 대기도 했다. 제발 뭔가를 하기 전에 한 번 생각을 정리하라고.

어쩌면 아프리카에서도, 탑에서도, 어떤 계획을 실행하기에 앞서 여러 번 생각을 정리하고, 실행하는 와중에도 거듭 의심을 반복하는 습관은 그때 받았던 잔소리의 영향인지도 몰랐다.

그런데 그랬던 녀석이 여기서는 싸울 때에 이성적인 모습보다는 감성적인 모습을 보여 주고 있다. 일단 저질러 버리고, 그 뒤에 수습하는 과정을 보이는 것이다.

그 모습에서.

연우는 어쩐지 어린 시절의 자신이 오버랩되는 것 같아, 묘한 기시감을 받아야만 했다.

서로가 서로를 닮아 갔던 걸까.

연우는 자기도 모르게 헛웃음이 나와 고개를 절레절레 흔들다가, 어느새 자신의 머리 위로 느껴지는 인기척에 재빨리 자세를 바로 갖췄다.

어느새 하늘 날개까지 수복한 환영이 나타나 다시 한번 더 빛의 파도를 터뜨리고 있었다. 그런데 이번에 전개하는 빛의 파노는 이선에 사용하던 것보다 훨씬 세기가 대난한 것 같았다.

트리플 캐스팅. 스킬을 마법처럼 다뤄, 빛의 파도를 몇 개씩이나 한 번에 압축시켜 버린 것이다. 이대로 눈이 멀어 버리는 게 아닐까 싶을 정도로 밝은 빛이 하늘을 물들였다.

연우는 그런 녀석의 시도에 어이가 없었다. 자신도 하늘 날개 외에는 전부 피해가 큰 상태이면서, 또 무작정 돌진만 해 대는 것이다.

[시차 괴리]

한없이 느려진 현실 시간 속에서, 연우는 여기에 맞설 준비를 했다.

이번에는 피하지 않았다. 조금 전과 다르게 이미 피하기는 그른 데다가, 피하더라도 또 뒤쫓아 와서 빛의 파도를 터뜨릴 것이 분명했다.

그렇다면 거기에 대응해, 빛의 파도에 걸맞은 공격을 보여야만 했다.

연우에게는 빛의 파도에 대항할 만한 광역 스킬은 없었지만, 때마침 머릿속으로 거기에 버금가는 파괴력을 낼 만한 기술이 한 가지 떠올랐다.

탑 외 지역에서 니케의 고유 스킬을 확인할 당시. 화령을 사용해서 몸을 극한의 속도로 몰아넣고, 검을 휘둘렀을 때에 일어났던 충격파. 몇 겹으로 둘렀던 결계가 부서질 정도로 위력이 대단했다.

그때 했던 생각이 있었다.

여기다 오러와 흑기를 실을 수 있다면. 용혈 각성으로 힘을 부가시키기고, 불벼락을 압축시켜 터뜨린다면. 어떻게 될까?

한령은 전성기 시절의 자신이 돌아와도 위험할 거라고 단언했다.

하지만 제어할 수 없는 힘은 없는 것만 못하다고 피할 것을 조언했다.

그래서 연우는 그 모든 힘을 선술 절에다 압축시키는 방법을 고려했다. 다만, 그 뒤로 몇 번 시도해 본 연습에서 그런 막대한 에너지를 단번에 압축시키는 과정이 너무 힘들어 잠시 미뤄 두고 있었는데.

이것을 다른 방법으로 풀어낸다면.

때마침 좋은 방법도 있었다.

선술, 혼과 쇄.

혼으로 그런 잡다한 힘들을 뒤섞고, 거친 폭발을 일으키는 쇄로 풀어낸다면. 빛의 파도에 버금가는, 아니, 어쩌면 그것을 뛰어넘는 위력을 만들어 낼 수 있을지도 몰랐다.

물론, 그만큼 자신의 안전 따위는 발로 걷어차야겠지만. 어쩌면 갑작스레 기술을 만들어 내야 해서 불발로 그칠지도 몰랐다.

하지만 연우에게는 다른 것을 떠올릴 여유 따윈 없었다. 빛의 파도에 맞서기 위해서는 다른 방법은 떠오르지 않았다.

그때 느려졌던 현실 시간이 원래대로 돌아왔다.

연우는 단숨에 헤이스트와 블링크, 순보를 잇달아 한계까지 쥐어짜 가속도를 검 끝으로 실고, 뒤도 돌아보지 않고 불벼락과 오러, 흑기 따위를 전부 뒤섞어 그대로 날렸다.

'쇄.'

콰아아앙!

콰콰콰—

세상이 눈부신 빛으로 뒤덮였다.

그리고 그 순간.

연우는 생각했다. 너무 지치고 피곤했지만. 자칫 이대로 여기서 폭발에 휘말려 죽을지도 몰랐지만.

동생과 한데 어울리는 지금 이 순간이, 너무나 재미있다고.

하지만 그런 기쁜 마음과 다르게, 연우의 사고는 빠르게 현재 상황을 쫓기 시작했다.

검 끝에서 폭발한 화마(火魔)가 상공을 가득 뒤덮었다. 대기가 떠밀려 나면서 세상이 붉은빛으로 물들고, 고열과 후폭풍을 만들어 내면서 빛의 파도를 덮쳤다.

빛의 파도는 화마를 찢어 놓기 위해 안쪽 깊숙하게 들어와 이리저리 구멍을 냈다.

그럴수록 불줄기가 사방으로 뻗쳐 나가고, 샛노란 불똥이 크고 작은 연쇄 폭발을 잇달아 만들어 내면서 인스턴트 던전을 뒤덮었다.

대기가 고열로 일렁였다. 연우를 덮고 있던 용의 비늘까지 녹여 화상을 입힐 정도로 뜨거운 온도. 폭발은 저 아래에 지면까지 닿아 남아 있던 흔적들을 모두 밀어 버릴 정도였다.

연우는 그런 폭발 속에서 부서진 불줄기와 벼락의 궤적을 파악하고, 그 사이사이로 빠르게 이동했다.

하지만 이리저리 흔들리는 난류가 비행을 어렵게 만드는 데다가, 아주 작은 불똥이라도 피부에 닿으면 끔찍한 고통이 뒤따랐다.

하지만 그런 혼란한 상황 속에서도, 환영은 연거푸 블링크를 발동시키면서 연우가 있는 곳까지 다가와 빛의 파도를 터뜨려 댔다.

벼락은 다시 그런 폭발 사이사이로 잔뜩 퍼져 나가면서,

어느덧 인스턴트 던전을 이루던 공간 구석구석에다 강한 흔적을 남기기까지 했다.

'아예 다 죽자는 건가?'

연우는 쇄를 잇달아 풀어내면서 빛의 파도를 막긴 했지만, 폭발은 방향만 바꿨을 뿐 오히려 더 큰 열풍과 화기를 동반하면서 사방으로 퍼져 나가는 중이었다.

동생의 환영과 검을 맞대는 게 즐겁긴 했지만, 그것과는 별개로 환영이 가진 생각이 뭔지를 유추할 수가 없어 힘들었다. 분명 자폭기를 터뜨리려는 것은 아닐 텐데.

하지만 당장의 상황 속에서, 폭발로부터 완전히 벗어날 수 있는 방법은 없었다. 오로지 자신에게 닥치는 피해를 최소화하는 것밖에는.

그래서 연우는 이 들끓는 지옥 속에서 피해를 최소화할 수 있는 방법에 대해 수없이 고민했다.

찰나에 불과한 순간이었지만, 최대로 발현되기 시작한 사고 가속과 병렬 연산은 수많은 가정과 예측을 내놓고, 검토하기를 반복했다.

하지만 그럴 때마다 내려지는 결론은 단 하나. 불가.

아무리 재주 좋게 피한다고 하더라도 중상을 면치 못했다. 그리고 당연한 말이지만, 그런 기회를 절대 놓칠 환영이 아니었다.

결국 폭발에서 자유로울 수 있는 방법은 인스턴트 던전에서 빠져나오거나, 던전이 부서지는 수밖에는 없었다.

하지만 스테이지가 신도 악마도 아닌 한낱 플레이어들에게 부서질 정도로 허술하게 만들어졌을 리는 없다.

그렇다면 남은 방법은 단 하나.

'권역.'

자신만의 영역을 공고하게 설정해서, 그 내부에서만이라도 최대한 폭발을 빗겨 나가게 하는 수밖에는 없었다.

'니케.'

『응! 기다렸어!』

그래서 연우는 여전히 현자의 돌 안에서 부름을 기다리던 니케를 수용해서 화령을 이루고, 불 속성에 대한 지배력을 한껏 끌어올렸다.

그리고 마침 자신에게로 날아오던 불길을 잡아, 그대로 공간을 잡아 비틀 듯이 크게 돌렸다. 의념을 사용하던 방식을 그대로 응용했다.

불길이 그대로 따라와 연우를 빗겨 나갔다.

막대한 양의 화기가 체내로 흡수되어 화령 속에 녹았다. 그리고 녹이지 못한 나머지는 밖으로 조금씩 방출시키면서 뒤이어 오는 화기를 조절하고자 했다.

덕분에 팔이 이대로 녹아 버리는 게 아닐까 싶을 정도로

지글지글 끓었다. 웬만한 열에는 끄떡도 않는다는 용골이 흐물흐물해지고, 피부와 근육이 그대로 증발했다.

고열은 마력회로로 스며들어 코어까지 망가뜨리려 했다. 마력회로가 뜨겁게 달아오르고, 마력이 끓어 금세 증발할 것 같았다.

정말이지 이대로 영혼이 녹는 게 아닐까 싶을 정도로 끔찍한 고통이 뒤따랐다.

하지만 그러면 그럴수록.

연우의 세포 하나하나에 각인된 용의 인자가 자극을 받아 조금씩 깨어나기 시작했다.

[경고! 버티기 힘든 환경에 노출되었습니다. 장소를 이탈할 것을 권고합니다.]

[특정 영역에 걸쳐 불과 열에 대한 지배력을 행사하고자 합니다.]

[지배력이 턱없이 부족합니다.]

[지배력이 턱없이 부족합니다.]

……

[잠시간 스턴 상태에 빠집니다.]

[용의 인자가 작용합니다.]

['냉혈' 특성으로 이성을 유지합니다.]

[스턴 상태가 해지되었습니다. 화상에 대한 강한 내성이 생겼습니다. 고열에 대한 뛰어난 내성이 생겼습니다.]

[화 속성에 대한 지배력이 5만큼 상승합니다.]

[화 속성에 대한 지배력이 17만큼 상승합니다.]

……

['냉혈' 특성으로 이성을 유지합니다.]

[빛 속성에 대한 지배력이 21만큼 상승합니다.]

[빛 속성에 대한 지배력이 16만큼 상승합니다.]

……

[강인한 의지를 이용해 화 속성과 빛 속성 대한 강인한 지배력을 갖췄습니다. 특정 영역에 대한 법칙이 강화됩니다.]

[용의 인자 속에 불 속성과 빛 속성의 각인되기 시작했습니다. 인자가 불과 빛의 속성을 띠기 시작합니다.]

[불과 빛에 대한 섭리를 깨우쳤습니다. 더 깊은 이해도를 통해 지배력을 더 향상시키세요.]

['화령'의 스킬 숙련도가 대폭 상승했습니다.]

['영역화(領域化)'에 대한 개념을 깨우쳤습니다.

용의 지식에 대한 권한이 확장됩니다. 새로운 권능
에 대한 정보가 제공됩니다.]

[드래고닉 프레셔에 대한 개념을 깨우쳤습니다.]

[스킬 '성화'가 미치는 영향력이 더 견고해집니
다. 숙련도가 대폭 상승했습니다. 25.9%]

연우가 선택한 것은 특정 속성에 대한 강화였다. 아니,
강화를 넘은 지배였다.

이미 니케를 통해 불 속성에 대한 지배력을 어느 정도 갖
고 있던 연우는 이것을 더 키우는 도박을 선택했다.

당장 인스턴트 던전을 뒤덮는 폭발과 열기를 한꺼번에
다스리지는 못하더라도, 최소한 권역 내에서는 지배를 통
해 피해를 비껴 낼 수 있지 않을까 하는 생각이 들었던 것
이다.

그렇게 던진 도박은 절반의 성공이었다.

폭발이 너무 강한 나머지 완전한 지배는 불가능했지만,
최소한 권역에서만큼은 위력을 최소한으로 낮출 수 있었
다. 그리고 불 속성에 더해 빛 속성까지 대폭 상승했고, 성
화의 스킬 숙련도도 괄목할 만한 성취를 볼 수 있었다.

용의 인자. 오만했던 용종의 정보가 새겨진 만큼, 효과도

대단했다.

특히, 권역에 대한 지배력도 덩달아 상승하면서, 2단계 권능도 일부 열렸다는 사실이 가장 중요했다.

위기 속에서 던진 도박으로 인한 성장. 이것만 본다면 충분한 성공이라고도 할 수 있었다.

쾅!

그렇게 몇 번이고 휘몰아치는 열 폭풍 아래로, 연우가 그대로 튕겨 났다.

"미칠…… 노릇이군."

연우는 가까스로 자세를 잡으면서 지면에 착지했다.

이미 분지는 아주 깊숙하게 내려앉은 크레이터만 남아 여전히 뜨거운 아지랑이를 줄줄 뿜어 댔고, 분지를 두르던 산들은 모두 화마에 휩쓸려 새카만 잔해로 뒤덮여 있었다.

연우의 상태도 그리 좋지 않았다.

지배를 시도했던 오른팔은 흉측하게 녹아 형체도 알아볼 수 없었고, 다른 부위의 용의 비늘이며 피부와 근육도 곳곳에 화상으로 엉망이 된 상태였다. 특히 열기를 삼키면서 내부 장기가 잔뜩 화상을 입어 숨을 쉬기가 버거웠다. 얕은 날숨을 내쉴 때마다 검은 연기가 났다.

용의 피가 빠르게 회전하면서 겨우 숨을 붙여 주지 않았나면, 진즉에 목숨을 잃었을지도 모르는 일이있다.

시전자의 목숨을 위협하는 힘이라니. 특히 이번 공격은 연우가 병렬 연산으로 예측했던 것보다 훨씬 강렬해서, 큰 피해를 입을 수밖에 없었다.

'이거, 헤노바한테 또 크게 한 소리 듣겠는데.'

불현듯 50층까지 아껴 쓰라면서 등을 다독여 주던 헤노바가 떠올라 너무 미안했다. 착용한 지 불과 하루 만에 이딴 꼴로 만들어 버렸으니.

다행히 자체적으로 내장된 수복 기능이 작동해서 부서진 부분을 자체 수리하고, 내구도를 올리긴 했지만 제 기능을 되찾기에는 턱없이 부족해 보였다.

결국 절반의 성공이란 게 이 때문이었다.

이런 중상을 입은 상태로는, 이제 더 싸우려야 싸우기도 힘들었다. 왼팔로 비그리드를 들고 있는 것도 버거울 정도였다.

자신도 이런 꼴이니, 환영도 당연히 중상을 입어야만 했지만.

쏴아아—

그때, 연우 앞으로, 환영이 어느덧 수복을 완료한 하늘 날개를 활짝 편 채로 천천히 내려왔다.

연우보다는 비교적 숨소리가 골랐다. 다만, 녀석은 좀 전과 모습이 많이 달라져 있었다.

상반신과 목 언저리까지 돋았던 용의 비늘은 목을 넘어 오른쪽 눈 밑까지 확장되어 있었고, 하늘 날개 아래로 얇은 피막 같은 게 작게 나 있었다. 용의 날개가 분명했다.

용체를 이은 자들은 권능의 권한이 높아질수록, 생김새도 점차 용종에 가까워진다.

용의 비늘을 넘어 날개까지 꺼냈다는 뜻은 단 하나.

3단계 권능인 '원소 접촉(Elemental Contact)'을 깨우쳤다는 뜻이었다.

"……저 빌어먹을 재능충 새끼가."

연우는 어이가 없어서 헛웃음이 저절로 나왔다.

누구는 폭발에서 살아남기 위해 죽자 살자 노력해서 겨우 지배력을 올리고도 이딴 꼴이 되었는데.

다른 누구는 그 위험에서 새로운 권능을 깨우쳐서 비교적 쉽게 폭발을 빗겨 버릴 줄이야.

저 말도 안 되는 재능이, 오히려 한계를 자극해서 새로운 경지를 개척해 버린 것 같았다.

원소 접촉은 권역 내에 돌아다니는 특정 원소를 끌어당겨 인위적으로 사용한다. 원소들을 모아 간단한 마법을 구성하거나, 일정 시간 동안 속성력을 올리는 등, 다양한 용도로 쓰일 수 있었다.

아마도 저 녀석은 불과 빛의 원소를 끌어와 대부분의 피해를 흘려 버리는 데 사용한 것 같았다.

　물론, 녀석도 완전한 지배는 힘들어서 어느 정도의 부상은 피할 수 없었지만.

　그래도 최소한 연우보다는 훨씬 상태가 괜찮아 보였다.

　환영은 움직이기도 버거운 연우를 마저 잡겠다는 듯, 드래곤 슬레이어를 높이 들었다. 자신과 똑같은 얼굴로 자신을 죽이려 하니, 왠지 모르게 이상한 느낌으로 다가왔다.

　「야!」

　「주인님, 저희도 동참하는 것이……..」

　위기감을 느낀 샤논과 한령이 머릿속으로 사념을 보내왔다. 자신들도 동참하겠다고. 검은 팔찌도 연우가 가진 능력 중 하나이지만, 여태껏 꺼내지 않았으니 이제 그러지 말라는 의미였다.

　하지만.

　"말했지만."

　연우는 이번에도 딱 잘라 거절했다. 환룡이야 어쩔 수 없다 치더라도, 동생의 환영만큼은 여전히 자신의 힘으로 넘고 싶었다. 그래야만 앞으로 길을 걸을 때, 더 크게 성장할 수 있을 것 같았다.

　그리고 다행히 연우가 숨겨 둔 패는 아직 끝난 게 아니었다.

"쪽팔리는 짓은 하고 싶지 않아."

화아아─

연우의 발목을 따라 푸르고 샛노란 성화가 피어올라 연우를 휘감았다. 그러자 불꽃이 그대로 스며들면서 망가졌던 팔을 원상 복구시키고, 새로운 비늘을 살갗 위로 토해 냈다.

그리고 용의 비늘은 점차 두꺼워지고 질겨지면서 위로 번지다가, 어느새 연우의 오른쪽 눈 밑까지 다다랐다.

촤륵, 촤르륵─

[2단계 권능이 개방됩니다.]
[권능: 드래고닉 프레셔]

[드래고닉 프레셔]
설명: 고룡 칼라투스는 계약자가 용체에 빠르게 적응할 수 있도록 8단계에 걸쳐 권능을 세분화시켰다. 그중 두 번째 단계.

용의 의지는 한때 법칙을 다스리는 신과 악마마저 위협할 정도로 강렬했다. 이러한 의지를 외부로 투영시켜 선포된 영역에 걸쳐 더 견고한 지배력을 구축한다.

* 용살기

용종은 모든 종족에 앞서는 초월종이다. 그들의 오만함을 닮은 막대한 영압을 뿌려 영역에 놓인 자 중 적에게는 위압감을, 그리고 아군에게는 강한 지배력을 행사한다.

* 용의 성벽

권능에 대한 이해도가 깊어질수록, 영역에 주어지는 부가 효과도 덩달아 상승한다. 나아가서는 초보적인 심상 세계의 구축까지 가능하다.

[용의 영역, '비나'가 강화되었습니다. 일정 영역에 걸쳐 권능과 속성 지배를 행사할 수 있게 되었습니다.]

[일정 시간에 걸쳐 모든 능력치가 일정 수치만큼 증가합니다.]

……

['영역화'가 성공적으로 이뤄졌습니다.]

환영이 새로운 권능을 열었듯이, 연우도 영역화에 대한 개념을 얻으면서 2단계의 권능을 연 것이다.

게다가 성화에 대한 숙련도도 함께 깊어지면서, 오히려 환영이 달성했던 2단계 권능보다 더 높은 경지를 개척할 수 있었으니.

연우는 다시 한번 더 비그리드를 휘두르면서 화마를 일으켰다. 이번에는 정말 제대로 환영을 잡아 볼 생각이었다.

녀석도 하늘 날개와 용의 날개를 활짝 펼쳐 단숨에 상공으로 날면서 빛의 파도를 터뜨렸다. 하늘에서부터 떨어진 수십 개의 뇌전이 화마를 찢기 위해 작렬했다.

콰콰콰—

＊　　　＊　　　＊

일시적으로 진공 상태가 발생했다가, 외곽으로 떠밀려 났던 대기가 도로 안쪽으로 몰려오면서 거대한 소용돌이를 일으켰다.

자연재해나 다름없는 폭풍 속에서는 쉴 새 없이 벼락이 치고, 불줄기가 튀었다. 난류가 이리저리 엉키면서 소멸했다가 다시 생성되기를 반복했다.

콰앙!

그때, 소용돌이 한쪽 옆구리가 터지면서 뭔가가 튀어나왔다.

환영은 여태껏 자신을 보호해 주던 하늘 날개와 용의 날개가 전부 부서진 채, 힘없이 바닥으로 추락했다.

그리고 그 위로 연우가 올라타 환영을 강하게 찍어 눌렀다. 비그리드가 오른쪽 어깨를 관통해 땅바닥에 깊숙하게 꽂혔다.

"하아. 하아."

연우와 환영은 서로 호흡이 느껴질 정도로 가깝게 얼굴이 붙었다. 똑같이 생긴 얼굴이, 서로를 보며 뜨거운 단내를 토해 냈다. 연우도, 환영도, 누구 하나 먼저 쓰러져도 이상하지 않을 만큼 거친 격전이었다.

하지만 결국 승기는 연우 쪽으로 기울었다.

이유는 간단했다.

가진 재능이나 스킬의 위력은 동생의 환영 쪽이 뛰어났지만, 기술의 숙련도는 연우 쪽이 훨씬 우세했다.

특히 몸을 온전히 가누기 힘든 폭발 속에서 맹렬하게 뛰어다닐 수 있는 건, 오히려 무공을 단련한 연우 쪽이 유리했다. 또한, 마력량도 4대 신수의 내단을 흡수한 연우가 우세했다.

무엇보다.

시간이 지날수록, 연우는 거듭 지배력을 높이면서 선술쇄를 이용한 폭발을 자유자재로 다루기 시작했고, 어느새 그것을 스킬로 정착시키기까지 했다.

　[서른 번째 구획의 시련을 무사히 통과했습니다.]
　[이번 시련을 통해 다양한 영감과 성취를 이뤘습
니다. 믿을 수 없는 업적을 이뤘습니다. 추가 공적치
와 보상이 주어집니다.]
　[공적치를 5,000만큼 획득했습니다.]
　[추가 공적치를 3,000만큼 획득했습니다.]
　[추가 보상으로 유니크 스킬 '불의 파도'가 생성
되었습니다.]
　[스킬 '불벼락'이 '불의 파도'와 합쳐져 귀속되
었습니다. '불의 파도'의 스킬 숙련도가 상승했습니
다. 3.2%]

　불의 파도는 연우가 빛의 파도에서 강한 영감을 받아, 폭
발을 계속 가다듬어 나가면서 만들어 낼 수 있었다.
　여전히 시전 후의 자기 피해를 완전히 벗어날 수 없어 아
직 더 가다듬을 필요가 있었지만, 이것만 하더라도 이미 빛
의 파도가 가진 위력을 뛰어넘고 있었다.
　다양한 기술이 혼재된 덕분이었고, 그 차이로 연우는 겨
우 승기를 따낼 수 있었다.

따지자면 막상막하, 백중세였다고 봐야 할 것이다. 차이점이 있다면 전장의 차이뿐.

하지만.

연우는 이것이 동생이 그에게 준 선물이라고 생각했다. 어디 가서 쪽팔리게 얻어맞고 다니지 말라며 준 선물.

화아아ㅡ

시련을 극복했다는 메시지가 사라지면서 인스턴트 던전이 점차 가라앉기 시작했다. 그리도 덩달아 동생의 환영도 노이즈가 낀 것처럼 크게 흔들렸다.

연우는 사라지려는 동생의 모습을 조금이라도 더 많이 눈에 담고자 했다.

이대로 가 버리면, 더 이상 이 모습을 볼 수 없을 테니까. 던전이 사라질 때까지만이라도 이렇게 가까이 있고 싶었다.

비록 가짜에 불과한 녀석이니 그런 자신의 마음 따위는 전혀 모르겠지만.

그때.

씨익ㅡ

여태껏 인형처럼 무표정한 모습만 고수하던 환영이. 아주 약간이지만 처음으로 입꼬리를 살짝 말아 올렸다.

"……!"

연우의 두 눈이 부릅떠진 순간, 동생의 환영이 미미하게 입술을 벙긋거렸다.

5년 전. 헤어지기 전에 봤던 모습으로.

'재미있었어, 형.'

그리고 그 말을 끝으로, 환영은 던전과 함께 잘게 부서지면서 사라졌다.

환영은 원주인의 기록과 업적을 바탕으로 생성된다. 그렇다면 원주인의 기억 중 일부가 같이 옮겨졌어도 이상한 일은 아니었다.

하지만.

그런 것을 차치하더라도.

연우는 어쩐지 모르게 정말 오랜만에 동생과 만나서 즐겁게 이야기를 나눈 것 같다는 생각이 들었다. 일기장이나 사진 속의 모습이 아닌, 이곳에 살아가는 동생과.

그렇게 다음 구획이 열릴 때까지.

연우는 가만히 눈을 감고 있었다. 녀석이 남긴 말을 몇 번이고 되뇌듯이……

띠링.

새로운 메시지가 떠올랐다는 신호음.

연우는 천천히 눈을 떴다. 온통 시커멓게 변했던 세상은 다시 녹음이 푸르게 우거진 분지로 돌아와 있었다.

[서른한 번째 구획의 시련이 시작됩니다.]

[곧 3위 '흙'과의 싸움이 시작됩니다. 대기 시간 동안 전투를 준비하세요.]

[도전자의 상태를 고려하여 조금 더 긴 대기 시간이 주어집니다.]

[03:00:00]

……

보통 대기 시간은 이전 구획에서의 소요 시간을 토대로 산정된다. 3시간이나 주어진 것은 그만큼 동생의 환영과의 싸움이 길었었다는 뜻이었다.

확실히 그럴 수밖에 없었다.

연우는 자신이 가진 기량을 전부 내던졌고, 겨우겨우 고생한 뒤에야 승기를 잡을 수 있었다. 최후의 보루였던 칠흑왕의 절망은 쓰지 않았다지만, 그래도 겨우 이뤄 낸 승리였다.

여름여왕의 환영과 싸웠을 때에도 이렇게 힘들지는 않았었는데. 내심 동생이 어떻게 단 5년 만에 아홉 왕을 위협하는 경지까지 오를 수 있었는지를 조금이나마 엿볼 수 있었다.

그리고 한편으로는 그런 생각도 들었다.

4위였던 동생도 이렇게 힘들 정도라면, 앞으로 남은 세 명은 대체 어느 수준인가 하는.

저들이 정말 21층을 통과할 때에 이만한 실력이었다면, 대체 지금은 어느 수준인 건지 도무지 짐작하기도 힘들었다.

'하긴. 지금의 스승님만 봐도 대단하긴 하시지.'

연우는 잠깐, 2위에 올라가 있는 무왕을 떠올리고 쓴웃음을 지었다.

분명 서른 번째 구획에서 펼친 승부는 자신이 봐도 놀라울 정도로 대단했다. 하지만 11층 도시 쿠람에서 '가볍게' 도시의 절반을 날려 버리던 모습은 아직도 머릿속에서 잊히질 않았다.

그런 파괴적인 힘을 아주 잘 다루고 있었지. 불의 파도를 제어하는 것도 권능을 빌려야 하는 연우로서는 아직도 먼 이야기였다.

히여간 그런 사람이니, 젊은 시절에도 괴물이었을 건 분명했다.

그래서 아주 잠깐 인스턴트 던전을 나가서 충분히 휴식을 취한 다음에 돌아올까 싶은 생각이 들었지만.

'그래도 해 보자.'

연우는 마력회로를 돌리면서 부족한 마력을 외부로부터

채우고, 용의 피와 인자를 깨워서 빠른 회복을 시도했다.

'한 번 감을 잡았을 때에 계속 다듬어 나가야 해.'

동생의 환영과 겨루면서 얻었던 스킬, 불의 파도.

비록 빛의 파도에게서 강한 모티브를 얻었지만, 그래도 이건 연우가 처음으로 스스로 창안한 스킬이었다.

[불의 파도]

넘버링 ???(측정 중)

숙련도: 3.2%

설명: 플레이어 ###가 넘버링 스킬 '불벼락'을 중심으로 갖가지 기운을 복잡하게 뒤섞어 극한대로 압축시킨 형태. 때문에 압축이 해방되었을 때에 일어나는 폭발력과 미치는 범위는 실린 마력의 크기에 따라서 비례한다.

스킬 '빛의 파도'와 여러모로 흡사한 모습을 지녔지만, 그보다 복잡한 패턴을 띠고 있어 훨씬 위력적이며, 반대로 제어도 그만큼 힘들다.

＊화뢰(火雷)

소비된 마력에 비례해서 강렬한 폭발을 일으킨다. 때에 따라서는 높은 확률로 방어 결계도 부수며, 사방을 망가뜨려 상대를 혼란으로 몰아넣는다.

★ 지글거리는 불씨

압축된 힘 속에 전격을 가득 실어, 폭발과 함께 사방으로 벼락을 퍼뜨린다. 그렇게 퍼져 나간 벼락은 화력을 더 먼 장소로 이동시키고, 덩달아 연쇄 폭발을 일으켜 일대를 쑥대밭으로 만든다. 이후에도 쉽게 꺼지지 않는 불씨를 남겨 계속된 피해를 입힌다.

★★이 스킬은 '유니크'입니다. 탑에서도 오로지 단 한 개밖에 존재하지 않습니다. 만약 타인에게 전수하는 데 성공할 시에 유니크 항목은 사라지고, 대신에 창조자에게 주어진 부가 혜택 옵션이 제공됩니다.

★★아직 미완성인 스킬입니다. 하지만 잠재 가치가 높으니 '완성'을 이루어 높은 등급 혹은 넘버링을 획득하세요.

하나의 기술이 시스템으로부터 스킬로서 정식 인정이 되려면, 그만큼 정형화된 특정 패턴과 스킬로서 가지는 특별한 정의를 가져야만 했다.

불의 파도는 이제야 겨우 그런 패턴이 만들어진 상태였다.

하지만 아직까지 정의는 만들지 못해 언제 스킬이 사라질지 모르는 일이었다.

연우는 이 정의를 서둘러 확립하고 싶었다.

설명에 나와 있듯이 불의 파도가 가지는 잠재 가치는 이미 넘버링을 넘볼 만큼 뛰어난 데다가, 한 번 잡은 감을 놓치고 싶지 않았다.

어떻게 제대로 말로 표현할 수는 없지만, 불의 파도를 계속 다듬다 보면 여태 보지 못했던 새로운 뭔가를 깨우칠 수 있을지도 모른다는 생각이 자꾸만 강하게 들었다.

그리고 무엇보다.

연우는 앞으로 남은 세 명이 대단하고, 처음 21층에 도착했을 때 생각한 것보다 훨씬 실력이 뛰어날 거란 것을 이제 알았지만.

그렇다고 해도 지금의 자신이 질 거란 생각은 전혀 들지 않았다.

2단계 각성을 이뤘고, 불의 파도까지 얻었다.

게다가 연우는 동생의 환영과의 싸움에서 많은 것들을 배울 수가 있었다.

용체라는 육체를 어떻게 해야 더 효율적으로 다룰 수 있는지. 권능을 어떻게 활용해야 더 큰 힘을 낼 수 있는지. 자신이 미처 파악하지 못했던 부분들을 많이 캐치할 수 있었다. 용체와 권능의 사용은 확실히 동생이 자신보다 훨씬 위였다.

그동안 연우는 용체의 여러 특성을 무공에 맞게 뜯어고치고, 마법을 사용할 때에도 뼈에다 직접 새겨 넣는 미친 짓을 하는 것이 전부였으니까.

하지만 이제는 어느 정도 눈이 뜨인 상태였다.

결국 휴식 시간만 충분히 주어진다면 얼마든지 남은 세 환영도 충분히 상대할 수 있겠다는 생각에, 회복에만 전념했다.

그사이, 보이지 않는 벽 너머로 새로운 환영이 나타나고 있었다.

깡마른 체구. 2미터가 조금 안 될 것 같은 키. 눈처럼 새하얀 피부에 눈 밑이 까맣게 내려앉아 병약한 인상을 자랑했다. 그러면서도 살짝 치켜 올라간 눈매는 날카로운 인상도 같이 풍겼다.

3위, 휼.

'저 사람이 바로…… 마군의 대주교.'

거대 클랜, 마군은 아홉 명의 주교가 이끄는 체재로 이뤄져 있다. 그중 서열 1위인 대주교는 마군이 모시는 마신의 사도이면서도, 군주의 특성도 같이 갖고 있는 것으로 유명했다.

한 가지만 갖기도 힘들다는 업(業)을 두 개나 얻은 만큼, 대주교는 공식 석상에 처음 모습을 드러냈을 때부터 큰 파란을 일으켰었다.

당시 대주교였던 '검은 새벽'을 비롯해, 4명이나 되는 주교들을 한 자리에서 모두 치워 버리고, 자신이 그 자리에 대신 앉았기 때문이었다.

비록 21층을 통과하기 전에는 아직 마군에 입교하기 전이었다지만, 그래도 그런 그가 남긴 환영인 만큼 강할 수밖에 없었다:

'그러고 보니 킨드레드가 정식으로 두 번째 주교가 된 것도, 저자가 대주교 자리에 앉으면서부터라고 들었었는데.'

연우는 고요한 눈으로 대주교의 환영을 바라봤다. '휼'이라는 이름 외에는 아무런 신상도 밝혀지지 않은 자.

하지만 군주의 특성을 지니고 있는 만큼, 거기에 맞춰서 대응 방안을 모색해 보면 될 것 같았다.

일기장 속에 동생이 녀석과 부딪쳤던 기록도 있었고.

'덤으로 확인해 보고 싶은 것도 있고.'

연우는 눈을 가느다랗게 좁혔다.

의식은 여전히 회복에 집중했지만, 두 눈은 대주교의 환영에 단단히 고정되어 있었다.

　　　　*　　　*　　　*

[서른한 번째 구획의 시련을 무사히 통과했습니다.]

화아아―

연우가 비그리드를 세게 내리친 자리 위로, 불의 파도가 그대로 작렬하면서 환영의 남아 있던 몸뚱이를 그대로 밀어 버렸다.

여전히 불의 파도를 완전히 제어한 것은 아니었다.

그래도 계속된 연습으로 방향을 정하는 정도는 이제 가능했다. 한영이 지정 범위에 노출된 순간, 단번에 스킬을 전개하면서 다시 한번 더 무시무시한 폭발력을 확인할 수 있었다.

게다가 소요되는 마력도 최소한으로 줄여서, 이전 구획에서보다 위력은 많이 줄어든 상태였다.

거대한 크레이터가 형성되고, 고온으로 모든 습기가 메말라 주변 일대가 온통 균열로 가득한 죽음의 땅으로 변한 건 똑같았지만.

마치 거대한 뱀이 지면 위를 훑고 지나간 것처럼 길쭉한 고랑도 깊게 남았다.

2단계 권능을 빌어, 권역에 대한 통제권으로 불의 바다를 조절한 것의 효과였다.

그리고.

환영이 사라진 자리 위로, 노란 무언가가 위로 높이 둥실 떠올라 연우에게로 다가왔다.

동시에 연우가 따로 조작하지 않았는데도 불구하고, 인트레니안이 활짝 열리면서 여의봉의 조각이 올라와 같이 합쳐졌다.

찰칵.

찰칵.

뭔가 맞물리는 소리와 함께, 여의봉의 조각은 사람 손가락만 한 크기가 되어 다시 연우의 손바닥으로 떨어졌다.

갑작스레 벌어진 일이었다. 하지만 어느 정도 예상하고 있던 연우는 당황하지 않고, 침착하게 용마안을 열어 조각을 확인했다.

[여의봉의 조각(5/???)]
[새로운 여의봉의 조각을 4개 발견했습니다. 더 많은 조각을 찾아 여의봉을 완성하세요.]

'역시 조각은 조각을 부르는 특징이 있어. 이거라면 앞으로 탐색하는 데 크게 힘들지는 않을 것 같고.'

연우는 여의봉의 조각을 꽉 쥐며 헛웃음을 흘렸다.

'그보다 여기도 함정이었단 말이지?'

마군은 여의봉의 조각들을 모으고 있다. 그렇다면 쉽게 모을 수 있는 방법 중 하나는 뭐가 있을까?

연우는 자신이 마군이라고 가정했을 때 방법을 떠올려 봤다. 답은 금세 나왔다.

'환영의 도전자들에게서 빼앗으면 되겠지.'

여의봉은 조각이 조각을 부른다. 그리고 1번 관문에서는 생사 대결 외에 나올 수 있는 방법이 없으니 도전자가 가진 조각을 빼앗기도 좋을 것이다.

설마 대주교의 환영이 패배할 거라고 생각지 못할 테니까. 광신도만 가득한 녀석들은 절대 마신의 집행관인 사도가 질 거란 생각은 추호도 하지 않는 자들이었다.

게다가 보통 우연이든 아니든, 조각을 갖고 있는 자는 여기까지 올 만한 강자일 가능성이 높았다.

그래서 환영에다 조각을 심어 놓고, 여태껏 꾸준히 4개를 모은 모양인데.

하지만 이제 조각은 연우의 손으로 들어왔다.

여전히 어떤 기능을 보이기엔 숫자가 턱없이 부족한지 아무런 반응도 없었다.

하지만 연우는 가볍게 웃으면서 조각을 인트레니안으로 넘겨 놓고, 곧장 다음 구획으로 이동했다.

서른두 번째 구획이 열렸다.

그곳에는 젊은 얼굴의 무왕이 가부좌를 튼 채로 이쪽을 보며 씩 웃고 있었다.

대부분의 환영들은 무표정을 고수하는데, 저 환영만은 유독 무왕의 영향을 많이 받은 것 같았다. 딱 보기에도 익살맞은 분위기를 마구 풍겨 댔다.

하지만 연우는 그 속에서 날카로운 맹수를 볼 수 있었다.

아직은 새끼의 때를 벗지 못한 맹수. 그러면서도 날카로운 발톱과 이빨을 갖고 있는 녀석이었다. 젊은 시절에 꽤 많이 사고를 치고 다녔다더니. 왜 그런 말들을 하는지 딱 알 수 있었다.

연우는 비그리드를 똑바로 세웠다.

외뿔부족의 마을을 떠나기 전에, 무왕이 물었었다. 과거의 자신을 이길 수 있겠냐고.

여기에 연우는 이렇게 대답했다. 여태 자신을 괴롭혔던 스승을 처음으로 괴롭혀 보겠다고.

스승을 꺾는다는 것. 청출어람을 이뤄 본다는 것. 어쩌면 위대한 스승을 둔 제자들이라면 누구나 한 번쯤 생각해 본 것일지도 몰랐다.

그리고 그건 연우도 마찬가지였다.

외뿔부족에서도 천재라고 불렸다던 무왕이 자신과 비슷

한 나이 대에는 어떤 모습이었을지가 너무 궁금했다.

그리고.

한편으로 승부욕도 끓었다. 동생을 꺾고, 마군의 대주교까지 이겼다. 여기까지 온 이상 어떻게든 끝을 봐야만 했다. 무왕도 그 끝자락으로 가는 길목에 있는 장애물 중 하나에 불과했다.

[서른한 번째 구획의 시련이 시작됩니다.]

그렇게 장벽이 거둬진 순간.

곧바로 움직여야 할 무왕이 장난스럽게 웃으면서 갑자기 양팔을 들었다. 그리고 말하듯이 가볍게 입술을 벙긋거렸다.

'항. 복.'

스테이지의 시련이 시키는 대로 움직이기만 해야 할 환영이 자유 의지를 갖고 있다고?

말도 안 되는 일이었다. 일기장에서도 여태 그런 비슷한 사건이 있었다는 내용은 전혀 없었다.

연우는 섣불리 앞으로 뛰어 나가지 못했다. 21층에 들어오고 나서 처음으로, 뭔가 말할 수 없는 불안감이 심장을 간지럽혔다.

*   *   *

"여긴가?"

장웨이는 모루와 망치가 교차된 문장을 확인하고, 대장 간의 문을 열었다.

끼이익.

"실례합니다."

"영업 끝났으니 돌아가."

아직 밝은 대낮이건만. 안쪽에서 들리는 목소리는 응대 하기 귀찮다는 투가 잔뜩 묻어났다. 자기 꼴릴 때에만 멋대 로 장사를 하고 접는다더니. 조사했던 그대로였다.

장웨이는 목소리를 무시하고 대장간 안쪽으로 뚜벅뚜벅 걸어 들어갔다. 안쪽에서는 뜨거운 증기와 함께 쇠를 세게 부딪치는 소리가 같이 울리고 있었다.

"제기랄! 영업 안 한다니까, 너 뭐야?"

헤노바는 뒤에서 불쑥 느껴지는 인기척에 인상을 와락 찌푸리면서 뒤로 돌아봤다.

장웨이는 무뚝뚝한 표정으로 드워프의 얼굴을 보면서 물 었다.

"헤노바, 맞습니까?"

대답을 기다리는 동안, 그는 허리띠 뒤쪽에 매달아 뒀던

단검 쪽으로 손을 가져갔다. 검집에서 뽑혀 나오는 단검이
날카롭게 번들거렸다.

* * *

레베카는 옆에서 연우를 지켜보는 내내 기묘한 느낌을
받았다.

'이런 아이가 있었다고……? 그걸 여태 어떻게 모르고
있었지?'

레베카는 처음 연우와 20층에서 마주쳤을 때를 떠올렸
다. 그때는 크게 관심을 두지 않았었다. 일 년에 한두 명쯤
나타나는 사두 희망자라고 생각했을 뿐. 그녀는 자기 단련
에 집중하기에도 바빴기 때문에 도저히 다른 곳에 신경 쓸
겨를이 없었다.

하지만 자는 동안 케르눈노스 신으로부터 한 가지 신탁
을 받고 난 뒤부터는 생각이 달라졌다.

―앞으로, 저 아이를 잘 지켜봐야 할 것이다.

케르눈노스 신은 여러 신들 중에서도 유독 의사 표현이
적은 편이었다. 그래서 그가 신탁을 내렸을 때, 레베카는

크게 놀라고 말았다. 그래서 자세한 이유를 물었지만, 대답은 돌아오지 않았다.

그래서 그때부터 연우를 관찰하기 시작했다.

하지만 레베카는 연우에게서 도저히 특별한 점을 찾을 수가 없었고, 언제부턴가는 관찰하는 것을 게을리하다가 끝내 신탁을 잊고 지내기까지 했다.

그리고 미후왕의 궁전을 거쳐, 이렇게 정령으로 되살아난 지금.

레베카는 케르눈노스 신이 왜 연우를 잘 지켜보라고 했는지 알 것 같았다.

'싸우면서, 계속 강해지고 있어. 하나하나 통과할 때마다…… 어떻게 저런 게 가능하지? 그동안 얻은 심득을 정리하는 걸까, 아니면 새로운 깨달음을 얻는 건가?'

연우가 각 구획을 통과할수록. 레베카는 이전 구획을 통과하기 전과 확연히 달라진 연우를 볼 수 있었다.

분명 각 구획에 있는 환영들은 강했다.

하지만 연우는 그때마다 처음에는 밀리더라도, 어떻게든 난전 속에서 돌파구를 마련하고 승리를 거머쥐었다.

특히 헤븐윙 차정우와 마군의 대주교를 쓰러뜨렸을 때는 자기도 모르게 경악하고 말았다.

어쩌면. 케르눈노스 신이 그녀로부터 신력을 완전히 가

져가지 않은 건, 그녀의 눈을 빌려 연우를 더 자세히 살펴보기 위해서일지도 모른다는 생각이 들기도 했다.

그래서 궁금했다.

대체 그가 어디까지 갈 수 있을지.

그러면서 한편으로는 조금 우려가 되기도 했다.

상대는 무왕이었다.

역대 외뿔부족의 왕들 중에서 가장 위대하다고 평가받는 자.

레드 드래곤의 여름여왕도 한발 양보하게 만들고, 조금만 더 세월이 지난다면 올포원에 대항할 수 있지 않을까 하는 기대를 사고 있는 자의 환영이었다.

그런 상대라면 아무리 연우라고 해도 힘들지 않을까?

그런데.

무왕의 환영이 '항복'이라는 의사 표시를 했다.

레베카는 도무지 믿을 수 없다는 듯이 눈을 크게 뜨고 말았다. 항복 의사를 밝히는 환영. 그런 건 본 적도, 들어 본 적도 없었다. 하물며 그게 무왕의 환영이라면 더더욱.

*　　*　　*

「뭐야, 저거?」

「환영이, 자기 의사 표시를……?」

레베카와 마찬가지로, 샤논과 한령도 경악하고 말았다.

그들도 한때 21층을 통과했던 플레이어였기 때문에. 지금 눈앞에 벌어진 광경이 얼마나 말도 안 되는 일인지를 너무 잘 알고 있었다.

환영은 그저 당시 층계를 통과하던 플레이어의 데이터를 토대로 만든 집합체일 뿐. 자아까지 복사된 건 아니기 때문에, 절대 자기 의사를 갖지 못했다.

하지만 지금 무왕의 환영은 시련이 시작했는데도 불구하고, 싸울 생각은커녕 높이 든 양팔을 내릴 생각은 전혀 하지 않고 있었다.

「야, 주인! 저거 혹시 너네 스승이 분장하고 숨어 있는 중인 거 아냐?」

샤논은 자신이 말도 안 되는 가정을 말하고 있는 중이라는 걸 알고 있었다. 이미 시련이 시작된 이상, 인스턴트 던전에 타인이 들어올 수 있는 가능성은 없었다. 심지어 관리자도 입장이 불가능했다.

하지만 차라리 그렇게 생각하는 쪽이, 환영이 말을 했다는 것보다 훨씬 더 믿을 만하다고 여겼다.

하지만.

'아니. 아예 불가능한 건 아니야.'

연우는 눈을 가늘게 뜨며 무왕의 환영을 바라봤다. 그도 믿기 힘든 일이라고 생각했지만, 샤논과 한령처럼 부정적이지는 않았다.

이미 이와 비슷한 일을 겪어 보지 않았던가.

동생의 환영. 녀석은 분명 사라지기 바로 직전, 연우에게 뭔가를 말했었다. 그때는 단순히 데이터에 남은 메모리가 잠시 작동한 게 아닐까 하고 생각했었지만.

'만약 그게 아니라면.'

정말 아주 잠깐이나마 동생의 환영이 자아를 갖췄던 것이라면. 무왕의 환영이 어느 정도 자아를 갖추고 있다고 해도 무리는 아니었다.

무왕의 환영이 동생의 환영보다 더 완벽한 상태일 테니까.

물론, 이런 건 전부 단순한 가정일 뿐.

그저 단순히 환영에 남은 무왕의 사고 패턴에서 '적'이라고 생각되는 자를 만난 것에 대한 반작용으로 보이는 여러 반응 중 한 가지일지도 몰랐다.

어쨌든 이유가 무엇이 되었든 간에, 녀석이 여태껏 만났던 여러 환영들과는 많이 다르다는 건 확실했다.

무왕의 환영은 연우가 자신에게 흥미를 보인다고 생각했던지, 미소를 더 또렷하게 지으면서 천천히 양팔을 내렸다. 그리고 입술을 벙긋거렸다.

'어차피 나는 너와 싸워도 이길 수 없다는 걸 안다. 그러니까 잠시 이야기를 나누자.'

육성은 내지 못하지만, 환영은 분명히 그렇게 말을 하고 있었다.

「저거 진짜 말하네? 우와. 혼란하다, 혼란해.」

「주인님. 오히려 더 조심하셔야 할 듯합니다. 여태껏 한 번도 발견되지 않았던 현상입니다. 오히려 다른 수작을 부리려는 것인지도 모릅니다.」

연우도 절대 방심하지는 않았다. 아니, 오히려 원래 그의 성격대로라면 가차 없이 비그리드를 뽑았을 것이다. 알 수 없는 뭔가에 휘둘리는 걸 가장 경계하는 게 그의 성격이었으니까. 환영이 어떤 수작을 부리기 전에 처리를 하려 했을 것이다.

무엇보다 상대는 무왕. 속정은 깊지만, 필요할 때에는 자신의 친동생도 가차 없이 내칠 수 있는 사람이었다.

아마 이야기를 나누자는 것도, 그를 방심시키기 위한 수작에 불과할 것이다.

하지만.

'확인해 보고 싶어.'

연우의 두 눈이 깊게 가라앉았다.

'만약 단순히 카피된 데이터의 작용이 아니라…… 정말

의식까지 제대로 복제된 것이라면.'

그래서 자아까지 갖춘 것이라면.

그때는 편린에 불과할지라도. 동생을 다시 만날 수 있지 않을까.

21층을 계속 돌고 돌아…… 만나고 싶을 때마다 동생의 환영을 찾아가 이야기를 나누면 되지 않을까.

그리고 그 환영 속에 숨겨진 자아를 깨우기만 하면, 그러고 나서 환영을 밖으로 꺼낼 방법을 찾기만 한다면…….

그런 생각이 자꾸만 들었다.

"무슨 이야기를 나누고 싶다는 거지?"

'바깥 이야기.'

"바깥 이야기?"

'그래. 나는 여기에만 있기 때문에 바깥세상을 전혀 몰라. 그냥 내 머릿속에 남은 원주인의 기억밖에는. 그러니 그 이야기를 해 줘. 그럼 바로 다음 시련으로 보내 줄게. 어때? 너에게도 나쁘지는 않은 조건이라고 생각하는데.'

환영은 그렇게 말하고 다시 씩 웃었다. 짓궂은 미소. 하지만 왠지 모르게 불길함이 느껴지는 미소였다.

연우는 잠깐 생각에 잠기다가 말했다.

"아니. 일문일답으로 하지."

'어떻게?'

"서로 한마디씩 묻고 답하는 걸로. 나도 너에게 확인하고 싶은 게 있어서."

'그런 거라면. 뭐, 얼마든지.'

환영이 웃으면서 손을 내린 순간.

"샤논. 한령."

갑자기 환영의 그림자가 쭉 늘어나더니 두 개로 나누어 졌다. 갑자기 나타난 샤논과 한령은 환영의 목 쪽으로 칼을 바짝 갖다 댔다.

환영의 얼굴이 딱딱하게 굳었다. 이게 뭐 하는 짓이냐는 표정. 하지만 연우는 당연하지 않느냐는 투로 말했다.

"널 뭘 믿고?"

연우가 여태껏 봤던 무왕에 대한 인상은 대부분 '속을 알 수 없다'였다. 심계가 깊은 만큼, 판이 저쪽이 원하는 대로 흘러가게 내버려 둘 경우 어떤 일이 벌어질지 알 수 없었다.

그래서 연우는 우선 환영을 제압해 놓고 나서 궁금증들을 풀어 갈 생각이었다.

그때.

"씨발. 호구 하나 잡았나 싶었는데."

환영이 조금 어이없다는 듯이 투덜거렸다. 무왕과 비슷한 목소리. 녀석은 직접 육성까지 낼 수 있었다.

"이렇게 되면, 뭐, 어쩔 수가 없잖아."

그 말이 시작이었다.

쾅!

환영을 따라 강렬한 마력 폭풍이 터졌다. 샤논과 한령은 미처 어떻게 손을 쓰기도 전에 폭발에 휩쓸려 좌우로 크게 튕겨났고, 환영은 땅을 강하게 박차 허공으로 높게 치솟았다.

그때, 연우의 뒤편에서 대기하고 있던 레베카가 환영이 있는 곳으로 거칠게 몸을 날렸다. 샤논과 한령도 재빨리 균형을 잡았다.

「크으! 드디어 우리도!」

「좀 뛰어다닐 수 있겠군.」

둘은 예상치 못한 폭발을 받은 상황 속에서도 크게 웃고 있었다.

사실 연우가 관문을 통과하는 내내 그것을 관전하기만 해야 했던 그들로서는 좀이 쑤시는 일이었다.

특히 샤논은 리언트와 바할을 잡았을 때 이후로 반년 넘게 제대로 몸을 써 본 적이 없었다. 이후로 둘은 미후왕의 유산을 얻고 헤노바의 병기까지 얻으면서 몸이 크게 달아올라 있었다.

깨달음을 얻고 좋은 병기를 얻었어도 그걸 써먹어야 가치가 있는 것이지, 써먹지 못해서는 그냥 놀이밖에는 되지 않는 것이니까.

하지만 이번에는 달랐다.

여태껏 만났던 관문들은 연우가 오로지 자기 수양에만 힘써 나설 수 없었다. 하지만 연우 역시 무왕의 환영은 그럴 생각이 전혀 없었다.

아니, 정확하게는 있었지만, 없어졌다.

—되도록 무왕의 환영을 구속하라.

그게 연우가 그들에게 내린 명령이었다.

분명 쉽지 않을 것 같았지만, 그래도 해 보면 재미있을 것 같았다. 방금 전에 일으킨 마력 폭풍만 보더라도 충분히 웃음이 절로 나올 정도로 기가 막혔으니까.

그래서 둘은 다시 지면을 박찰 준비를 했다. 어느새 레베카가 환영에게 쇄도하고 있었다. 바로 눈앞에서 신입에게 맛있는 음식을 빼앗기는 것만큼 쪽팔리는 일도 없는 법이었다.

그리고.

곳곳에 펼쳐진 그림자들 위로 괴이 집단이며 부까지 불쑥 올라와 준비를 갖췄다.

연우는 자신이 가진 모든 기량을 동원해서 어떻게든 무

왕의 환영을 사로잡고자 했다.

어쩌면 동생을 되살릴, 아니, 진짜 동생이 아닌 옛 모습이라도 되살릴 방법이 생길지도 모르는 일이었다. 무슨 수라도 써야만 했다.

두 눈은 애타는 갈망으로 가득했다.

하지만 샤논과 한령 등은 섣불리 움직이지 못했다.

레베카가 가장 먼저 쌍검으로 무왕의 환영을 공격하기 바로 직전.

갑자기 하늘에서 무왕의 환영이 크게 몸을 뒤틀면서 한 손을 꽉 움켜쥐었다가 확 하고 펼쳤다.

그러자 주먹 안쪽으로 한껏 몰려서 단단히 압축되었던 마력이 그대로 잘게 부서지면서 파편을 사방으로 우수수 쏟아 냈다.

그리고 그런 파편은 궤적을 그리며 허공을 가로지르다 다시 잘게 부서지고, 부서진 파편은 또다시 부서지면서 수천수만 개의 파편을 만들어 하늘을 빼곡하게 물들였다.

멀리서 보면 마치 유성우라도 떨어지는 듯한 광경.

멍하니 보고 있으면 아름답다는 생각마저 들 정도였다.

하지만.

결과는 절대 그렇지 못했다.

콰콰쾅!

마력의 파편에 부딪친 건 모든 게 크게 부서져 나갔다. 지면에 작렬하기 직전에 다시 한번 더 수십 갈래로 쪼개지면서 공중 폭발을 일으켰고, 폭발은 서로 엉키면서 삽시간에 사방으로 더 크게 벌어져 남은 것들을 깡그리 밀어 버렸다.

괴이 집단은 그대로 쓸려 나갔고, 부는 피의 안개를 퍼뜨리려다 말고 마법이 파훼된 반동으로 고꾸라지고 말았다.

레베카는 산산이 부서져 흩어졌으며, 샤논과 한령도 스테이지 외곽까지 밀려났다. 몸의 절반 이상이 부서지다 끝내 그림자 속으로 흩어져 버렸다.

연우는 다행히 불의 날개를 몸 주변에다 크게 둘러 공격을 피해 내긴 했지만, 단번에 튕겨날 수밖에 없었다.

빛의 파도? 어쩌면 그것과 비슷할지도 모르는 위력이었다. 문제는 빛의 파도는 제어가 불가능했던 데에 반해, 무왕의 환영은 너무나 자연스럽게 그 힘을 다뤘다는 점이었다.

단 한 번 일으킨 폭발만으로 괴이 집단이며 샤논과 한령 등을 쓸어 버리다니.

동생도 괴물이라고 했지만, 무왕은 그보다 더한 괴물이었다. 도저히 말도 안 되는 일이었다.

연우는 저만치 떠밀려난 상태에서 균형을 잡으며, 불의 날개 사이로 저 멀리 가볍게 지상에 착지하는 무왕의 환영을 바라봤다.

용마안이 활짝 열린 연우의 눈동자는 잔뜩 일그러져 있었다.

'파공. 분명히 파공이었어.'

연우는 무왕의 환영이 사용한 게 무엇인지 알아봤다. 팔극권의 8대 비기. 연우도 최근에 쓸 수 있게 된 기술이었다. 이런 위력은 낼 수 없었지만.

게다가 한 가지 문제가 있었다.

'분명히 이때 스승님은 팔극권을 만드는 중이셨을 텐데. 어떻게 된 거지?'

연우는 반파되다시피 한 괴이 집단을 다시 그림자 속으로 거둬들이고, 비그리드를 뽑으면서 어떻게 환영이 8대 비기를 알 수 있는지를 파악하려 알고 있는 것들을 되짚어 봤다.

그러다 떠올랐다.

외뿔부족의 마을을 떠나기 직전. 무왕이 그에게 했던 말.

—자신 있나?

제자로서 스승을 꺾을 수 있겠냐는 질문 바로 뒤에 따라온 다른 질문이 있었다.

—이겨라, 이왕이면. 1위까지도.

그때는 별 대수롭지 않게 생각했지만. 지금 생각해 보면
분명 그 말투 속에는 어떤 회한이나 질투가 섞여 있었다.
무왕이 2위인 것을 감안한다면, 분명히 1위인 올포원의 환
영을 못 이겼을 게 분명했다.

어쩌면 그것이 여태껏 무왕에게는 한으로 남았던 게 아
닐까? 그리고 그때 품은 강한 집념이 환영에게까지 강하게
남아 있던 것이라면.

환영이 스스로 사고하고, 연구하면서, 원주인과는 다른
방향으로 이곳에서 팔극권을 완성했을지도 모르는 일이었
다.

쿠쿠쿠—

잔잔하게 가라앉는 먼지구름 사이로, 환영이 입술을 비
틀면서 말했다.

"방금 그거, 팔극권 같았는데. 너, 본체와 무슨 관련이
있나 봐? 이거 좀 재미있겠는데. 정말 물어보고 싶은 게 참
많아졌어."

환영은 무왕처럼 웃으면서 가볍게 몸을 풀었다. 우드득.
두득. 그러면서 웃는 모습에서는 맹수의 사나움이 잔뜩 묻
어났다.

연우는 어쩌면 동생에 못지않은, 아니, 어쩌면 더한 재능을 만난 것인지도 모르겠다는 생각이 들었다.

얼마나 대단한 재능과 집념이면, 한이 잔뜩 서린 귀신처럼 이렇게 환영을 살아 움직이게 만드는 것일까.

하지만 그런 생각들보다 더 연우의 눈에 띄는 점은.

'날 먹잇감으로 본다는 거지?'

녀석은 생각보다 강한 연우를 더 강해지기 위한 자양분으로 생각하고 있다는 점이었다. 눈빛이 그랬다. 맛난 먹잇감을 앞에 둔 맹수의 눈빛이었다.

판트가 왜 무왕을 가리켜서 계속 인성을 운운했는지 알 것 같았다. 막상 바로 눈앞에서 겪고 보니 조금 짜증이 났다.

연우는 불의 날개를 활짝 펼쳤다.

무왕에게 호언장담했던 것처럼. 아무래도 생포하기 전에 실컷 두들겨 놔야 뒤틀린 속이 좀 풀릴 것 같았다.

"영역 선포."

[용의 영역, '비나'가 선포되었습니다. 일정 영역에 걸쳐 권능을 행사할 수 있게 되었습니다.]

[2단계 권능이 발현됩니다.]

[권능: 드래고닉 프레셔.]

[일정 시간에 걸쳐 모든 능력치가 특정 수치만큼 증가합니다.]

[일정 시간에 걸쳐 물리 방어력이 특정 수치만큼 상승합니다.]

[일정 시간에 걸쳐 속성 방어력이 특정 수치만큼 상승합니다.]

……

이제는 너무 익숙한 메시지를 밑으로 하고, 연우는 곧바로 블링크를 발동시켰다.

츠팟—

그렇게 연우가 등장한 곳은 환영의 바로 뒤쪽이었다. 연우는 곧바로 오러가 뒤섞인 비그리드를 거칠게 휘둘렀고, 환영은 본능적으로 몸을 뒤틀면서 손날을 앞으로 튕겨 올렸다.

쾅!

녀석의 손날은 비그리드가 찌르르 울릴 정도로 단단했다. 피륙도 살짝 찢어진 게 전부였다.

연우와 환영은 그 자리에서 몇 차례 합을 주고받았다. 연우는 비그리드를 매섭게 휘몰아치면서 환영의 목을 집요하게 노렸고, 환영은 침착하게 몸을 뒤로 조금씩 물리면서 공격을 거둬 냈다.

그런 과정에서 연우가 느낀 점은.

'생각했던 것보다 약하다.'

무왕의 환영이 예상했던 것보다 능력치가 떨어진다는 점이었다.

물론, 지금도 절대 약한 건 아니었다. 비그리드를 튕겨 내는 힘이나 움직이는 속도는 동생의 환영보다 위였으니까.

하지만 좀 전에 보였던 파공을 구사할 정도는 절대 아니었다. 따지자면, 2단계 권능을 발현한 자신과 비슷한 정도였다. '할 만하다'는 생각이 드는 정도.

'혹시 데이터에는 큰 변화가 없는 건가?'

그러다 연우는 문득 그런 생각이 들었다.

어쩌면 집요한 집념은 남아 있을지 몰라도, 한 번 명예의 전당에 기록된 데이터 수치는 변동이 없는 게 아닐까 하고. 시스템의 제약이 따른 것이다.

아마 그게 맞을 것 같았다. 만약 환영이 만들어지고 난 뒤에 계속 발전이 가능했다면. 지금 눈앞에 있는 환영은 못해도 진짜 무왕에 근접할 만큼 성장해야 했을 테니.

그렇게 판단을 하고 나니, 환영이 어떻게 팔극권의 비기를 쓸 수 있는지도 이해가 갔다.

'능력치에는 별다른 변화를 못 주니, 기예를 갈고 닦는 쪽으로 간 걸까?'

연우는 이런 경우도 있구나 하는 생각에 가볍게 혀를 찼다. 명예의 전당에 기록된 것도 벌써 수십 년은 되었을 텐데. 그렇다면 그 긴 시간 동안 팔극권만 단련한 셈이었다. 녀석의 팔극권이 비정상적인 것도 이해가 갔다.

그러면서도 한편으로는 발전 없는 상태에서 기예를 이만큼 발전시킨 환영의 집요함이 대단하게 느껴졌다.

'아니. 이건 집요함이라기보다는.'

콰콰콰—

그때, 환영이 주먹을 안쪽으로 잡아당겼다. 주먹을 따라 공간이 일렁거렸다. 쇄연. 역시나 8대 비기였다.

'그냥 자동적인 습관 같은⋯⋯.'

연우는 그 생각과 함께 다시 블링크를 발동시켰다. 공간이 휘청일 만큼 강렬한 힘이 허망하게 빈자리를 관통하고, 연우는 다시 환영의 뒤편에서 나타나면서 하체를 거칠게 쓸어 나갔다.

환영은 다리를 높게 들어 그대로 지면을 내려찍었다. 그러자 뒤쪽 땅거죽이 높게 치솟으면서 비그리드를 가로막았다. 철토. 팔괘의 '곤'을 비튼 비기였다.

콰앙!

흙으로 만든 벽이 터지면서 잘게 부서졌다. 돌조각 사이사이로, 환영과 연우는 서로 다른 행동을 보여 주고 있었다.

환영은 손바닥을 활짝 펼치면서 뇌기를 잔뜩 응집시킨 '진'의 벽뢰를 터뜨리려 하고 있었고, 연우는 불의 파도를 준비 중이었다.

콰콰쾅!

뇌전과 화기가 충돌하면서 빛으로 이뤄진 기둥이 드높은 상공까지 솟구쳤다. 먼지구름과 검은 매연도 같이 높게 올라섰다가, 아래로 내려앉으면서 연쇄 폭발과 후폭풍을 잇달아 토해 냈다.

연우는 블링크와 헤이스트를 잇달아 전개하면서 최대한 폭발의 범위에서 벗어났다. 이제 어느 정도 범위를 조절할 수 있는 데다가, 새롭게 권능도 각성하면서 발전한 마력 덕분에 두 마법의 효과도 대폭 상승한 상태였다.

연우는 인스턴트 던전의 가장 끝자락에서 폭발의 잔해 속을 응시했다.

결이 뒤죽박죽 섞인 곳을 따라, 초감각과 용마안이 저 속에 있을 환영을 쫓았다.

「주인!」

그때, 샤논이 머릿속으로 다급히게 소리를 실렸다. 한령과 레베카의 의지도 같이 묻어났다. 자신들도 내보내 달란 뜻이었다. 방금 전 일격에 당한 것에 대한 분노가 묻어났다.

하지만.

'기다려.'

연우는 그들의 기대를 묵살했다. 지금은 여기에 집중할 때였다.

'온다.'

콰앙—

연우의 생각이 끝나기 무섭게, 먼지구름 위로 짙은 그림자가 드리우더니 곧 무왕의 환영이 나타나 무서운 속도로 이쪽으로 쇄도했다.

웃음기 가득했던 얼굴은 어느새 포악하게 일그러져 있었다. 비교적 큰 피해 없이 폭발에서 벗어난 자신과 다르게, 환영은 조금 다친 상태였다. 화상으로 그을린 피부 위로 연기가 나고 있었다.

하지만 연우는 상처를 입은 맹수가 더 흉포하다는 것을 알고 있었다. 녀석도 여태껏 반쯤 유희로 즐겼다면, 이제는 정말 전력으로 부딪칠 게 분명했다.

게다가 녀석은 보이는 것보다 피해도 별로 없는 것 같았다. 어떻게 저런 정신없는 폭발 속에서도 용케 빠져나갈 방법을 찾아낸 걸까. 아니면 역시나 팔극권으로 공격을 옆으로 흘린 걸까.

아무래도 후자 쪽인 것 같았다. 녀석을 훑어 내는 용마안과 초감각이 그렇게 말하고 있었다. 흩어지는 결이며 기운의 잔재들이 읽혔다.

[시차 괴리]

녀석과 다시 충돌하기 직전, 연우는 생각했다.

이대로 계속 부딪쳐 봤자 결국에 승부는 나지 않는다. 아니, 계속 싸움을 이어 나가면 자신의 패배, 하지만 샤논 등의 도움을 빌리면 무승부까지 승률을 올릴 수 있었다.

하지만 그래서는 안 된다. 연우는 그보다 더 큰 것을 바라고 있었다.

압도적인 승리.

어떻게든 환영을 찍어 누르고 싶었다. 단순히 화가 나서는 아니었다. 무왕이라는 존재를 꺾고 싶다는 열망이 컸고, 동생을 되살릴 수 있지 않을까 하는 미련도 남아 있어서였다.

그렇다면 재차 충돌이 벌어지기 전에, 무왕을 꺾을 만한 전략을 짜야 했다 아니면 그만큼 괄목할 만한 성장을 이룰 단초를 얻어 내거나.

가장 먼저, 자신과 무왕의 환영 간 차이점은 무엇일까.

분명 전반적인 스펙은 얼추 비슷했다. 다만, 팔극검을 비롯해 여러 기예에서 숙련도 차이가 너무 컸다.

그럴 수밖에 없었다. 녀석은 수십 년 동안 이곳에 갇혀 수련을 하던 놈이었으니까.

하지만 그런 것을 차치하더라도, 환영은 분명 여기에 처음 만들어졌을 때에도 지금의 연우보다 팔극권에 깊게 통달했을 게 분명했다.

여태 환영이 풀어내던 8대 비기는 무왕에게 배웠던 것과 똑같았으니까. 이미 저 때부터 어느 정도 뼈대는 갖춰진 상태였다는 뜻이었다.

그래서 다시 생각했다.

'나와, 검무신이나 녹턴과의 차이점은 그럼 또 뭐지?'

21구획과 24구획에서 만났던 무왕의 제자들을 떠올렸다. 녀석들은 이미 이때부터 자신들만의 '길'을 걷고 있었다. 하지만 자신은? 여러 스킬을 잡다하게 익혀서 그렇다지만, 어쨌거나 거기에 한참 못 미쳤다.

자신만의 길. 이건 연우가 오랫동안 고민하던 화두였다. 오러를 만들어 달인 급이 되긴 했지만, 그래도 여전히 연우는 자신이 걸을 길에 대해서 갈피를 잡지 못한 상태였다.

분명 추구하고 싶은 것은 있었다. 더 빠르고, 더 강한 힘. 하지만 그런 두루뭉술한 것만으로 더 높은 경지를 바란다는 것은 많이 요원한 일이었다. 무도가의 길은 그만큼 힘들었다.

하지만.

문제는 연우는 무도가의 길을 걷고 싶은 마음이 크게 없다는 점이었다.

분명 무공을 익히는 건 재미있었다. 승부욕도 생겼고, 검술을 익히는 건 묘한 쾌감을 가져다줬다. 그러나 검술에 푹 빠져 사는 수도승 같은 삶을 살려는 건 아니었다.

재미와 목표는 전혀 별개였고, 연우가 바라는 건 더 강해질 수 있는 힘과 거기에 다다르는 방법이지, 끝없는 자기 수행과는 거리가 있었다.

그래서 연우는 관점을 조금 비틀기로 했다.

당장 길을 닦을 수 없다면. 남이 닦아 놓은 길을 걸으면 되지 않을까. 아니, 그 위를 달려서 내 것으로 삼아 버리면 되지 않을까. 그게 훨씬 손쉬웠고, 효율적이었다.

무엇보다 연우에게는 아주 좋은 교보재가 셋이나 있었다. 그것도 지금의 자신에게 제대로 된 길을 제시해 줄 수 있는 교보재들이.

가장 먼저, 연우는 검무신이 되고자 했다. 21구획에서 봤던 검무신의 결들은 이미 머릿속에 단단히 각인되어 있었다.

초감각의 미세한 감각을 이용해서, 그 결들을 고스란히 체현하고자 했다.

연우가 해석했던 검무신의 길은 강직(剛直). 보다 단단하고, 보다 강한 의념이 똘똘 뭉친 힘이었다.

순간, 연우의 몸이 무겁게 착 가라앉는다 싶더니, 눈빛이 미묘하게 달라졌다.

[새로운 옵션, '동기화'를 깨달았습니다. '초감각'의 스킬 숙련도가 상승했습니다. 28.1%]

화아악—

그 순간, 메시지가 하나 떠오르면서 느려졌던 시간이 되돌아왔다.

어느새 무왕의 환영이 연우 눈앞까지 다다라 있었다. 충돌하기 바로 직전, 환영은 왠지 모르게 연우를 둘러싼 공기가 미묘하게 달라졌다는 느낌을 받았다.

따다다당—

연우는 매섭게 비그리드를 휘둘렀다. 얼마나 빠른지, 눈

깜짝할 사이에 30여 개의 초식을 잇달아 풀어낼 정도였다. 그것을 막아 내는 환영의 손도 덩달아 바빠졌다.

환영의 눈이 살짝 커졌다. 여태껏 상대했던 연우의 검격과 느낌이 본질적으로 달랐다. 이전에는 금방이라도 폭발할 것처럼 이글거렸다면, 지금은 마치 다이아몬드처럼 아주 단단했다.

오러도 그만큼 안쪽으로 수축되면서 단단한 경도를 자랑했다. 환영의 손날이 크게 찢어지면서 피가 위로 튀었다.

쐐애액!

비그리드가 미간을 노리고 찔러 왔다. 원래대로라면 그냥 무시하고 옆으로 가볍게 비켜 냈겠지만, 지금은 그랬다가는 팔이 날아갈 것 같았다.

환영은 정면에서 맞부딪치기로 마음을 바꿨다. 손을 활짝 펼치면서 앞으로 세게 내질렀다. 콰르릉. 뇌벽이 터지면서 뇌기를 잔뜩 압축시킨 힘이 폭발해 연우를 덮쳤다.

하지만 단단해진 비그리드는 단번에 뇌벽을 찢고 환영의 가슴팍에 다다랐다. 사실, 여태껏 연우가 깨우치지 못했던 3가지 비기 중 하나였다. 일점(一點)에 힘을 집중시켜 모든 걸 관통시키는 비기.

쾅!

환영은 오른쪽 가슴팍이 크게 깔린 상태로 넝서 났다. 살짝 커진 눈이 흔들렸다. 완숙한 검술. 분명히 여태 상대했던 연우와는 달랐다.

"……너, 뭐냐?"

환영은 숙적을 만난 맹수처럼 잔뜩 으르렁거렸다. 하지만 연우는 다음 차례로 넘어가고 있었다.

'녹턴.'

이번엔 그를 둘러싼 기질이 부드러우면서도 화려한 형태로 확 변했다. 연우가 해석한 녹턴의 길은 환상. 여러 개의 허초를 이용한 환검으로 화려함 속에 날카로움을 숨겨 두는 힘이었다.

쾅, 쾅, 쾅—

연우는 그것을 그대로 체현하면서 새로운 비기, 궤월을 열었다. 비그리드가 화려하게 쏘아질 때마다 환영의 손도 덩달아 어지러워지다가, 사이사이로 날카로운 일격이 더해졌다.

환영은 금세 피투성이가 되었다. 이제 두 눈은 분노로 이글거렸다. 비기들을 잇달아 풀어내면서 연우를 거세게 압박했다.

하지만 연우는 침착하게 녹턴의 패턴을 구사하면서 환영의 공세를 빗겨 내고, 피하고, 거슬러 올라가 반격했다.

연우와 녹턴 사이에는 엄청난 이해도의 차이가 있었다.

그러니 당연히 녹턴을 고스란히 따라 할 수는 없었지만, 연우는 사고 가속과 병렬 연산으로 끊임없이 녹턴의 패턴을 분석하면서 고스란히 따라 하고자 했다.

그리고 거기서 생긴 부산물은 연우의 검술을 단번에 완숙한 달인의 경지로까지 끌어 올렸다.

여기에 용의 권능과 마법 무장까지 더해지니, 당연히 판세는 연우 쪽으로 기울 수밖에 없었다.

콰앙!

연우가 내려친 일격에 환영의 왼팔이 허공으로 튀었다. 이제는 믿을 수 없다는 눈빛이 된 환영을 앞에 두고, 연우는 다시 한번 더 새로운 동기화를 불렀다.

'무왕.'

이번에는 눈앞에 있는 자가 되었다. 너무 까마득한 차이가 있어서 진짜 무왕은 될 수 없다. 하지만 환영은 달랐다. 검무신과 녹턴을 거치면서 남은 팔극검의 비기들을 차례대로 깨우쳤고, 이제는 극성에 다다른 환영에까지 근접할 수 있었다.

환영은 이제 자신과 똑같은 기질을 풍기는 녀석을 경악에 찬 얼굴로 바라봤다. 분명 상대했던 건 한 놈이었는데. 세 명을 연달아 상대한 것 같았다. 스테이지에 묶인 환영은 자신인데, 시련을 차례로 겪은 건 자신인 것 같았다.

연우는 마지막 남은 비기, 관악을 풀었다. 매서운 돌풍으로 눈앞에 있는 것들을 모두 찢어 놓는 초식이었다.

연우가 해석한 무왕은 패도(覇道). 강한 힘으로 상대를 찍어 누르는 흉포함이었다. 당연히 가장 잘 어울리는 초식이었다.

콰아앙—

결국 환영은 힘차게 내지른 주먹이 부서진 채로 뒤로 크게 튕겨 나야만 했다. 녀석이 부딪친 곳은 던전의 가장 끝자락, 분지를 이루는 산자락이었다.

"제, 길……!"

환영이 이를 갈면서 처음으로 분노를 토해 냈다. 연우에 대한 분노가 아니었다. 여기서 묶이고 만 자신에 대한 분노였다. 그리고 다른 뭔가에 대한 분노도 같이 섞여 있었다.

여기서 당한다면 평생 올포원을 잡을 수 없다고 생각하는 걸까. 그런 느낌이 강하게 풍겼다. 대체 올포원에 대한 무왕의 집착은 얼마나 강한 걸까. 아니, 어쩌면 그런 집착이 수십 년간 남으면서 응어리가 된 건지도 몰랐다.

그래서 연우는 깨달을 수 있었다. 이 녀석은 무왕이 아니었다. 무왕의 데이터에서 비롯되었지만, 이제는 응어리진 집착만이 남은 찌꺼기에 불과했다. 연우가 아는 무왕은 절대 이렇지 않았다.

누구보다 강하고, 누구보다 고고하다. 또한; 누구보다 자유로웠다. 이렇게 구속에 얽매인 놈이 절대 아니었다. 녀석은…… 허물. 그래, 그렇게 표현하는 게 좋을 것이다.

마지막 검격을 가하기 직전, 연우는 다시 한번 더 기질을 바꿨다.

헤븐윙 차정우의 모습이 겹쳐졌다. 동생이 추구하던 길은 자유. 여태껏 단단히 구속되어 있던 팔극검이 자연스럽게 풀려나면서 아주 빠르게 환영의 심장에 틀어박혔다.

퍼억—

거기서 연우는 자신이 추구할 길의 일부를 엿볼 수 있었다. 신속(神速). 신의 눈마저도 속일 정도로 빠른 속도, 그리고 강렬한 힘을 풀어낼 수 있다면? 자신과도 잘 맞을 듯했다. 한 번 생각해 볼 만한 길이었다.

환영은 거친 숨결을 내뱉으며 연우를 노려보다가 곧 잘게 부서져 흩어졌다.

[서른두 번째 구획의 시련을 무사히 통과했습니다.]

[이번 시련을 통해 큰 발전을 이뤘습니다. 믿을 수 없는 업적을 이뤘습니다. 추가 공적치와 보상이 주어집니다.]

......

「주인, 너?」

흐려지는 던전 속에서, 샤논이 의문 섞인 질문을 던졌다. 왜 무왕의 환영을 붙잡지 않느냐는 의문. 동생에 대한 연우의 집착을 알기 때문에, 당연히 나올 수밖에 없는 의문이었다.

하지만 연우는 고개를 가로젓는 것으로 대답을 대신했다.

아주 잠깐이나마 행복한 꿈을 꾼 기분이었다. 그래도 희망을 품을 수는 있었으니까.

동생의 환영을 어떻게 가져온다고 한들, 그게 어디 정말 진짜 동생이라고 할 수 있을까. 그냥 모습만 똑같이 따라한 모조품일 뿐이었다. 무왕의 환영만 보더라도 그렇지 않은가. 오히려 동생을 욕보이는 짓이었다.

꿈은 꿈으로 끝날 뿐. 절대 현실이 될 수 없었다.

'그래. 녀석은…… 이제 다시 만날 수 없어.'

연우는 현실을 받아들이기로 했다. 그래서 마음 한편에 남았던 미련도 털어 버렸지만, 쓸쓸함까지는 지울 수 없었다.

이젠 정말 동생을 만날 수 없다는 현실을 체감할 수 있었으니까. 어쩌면 갖가지 기적이 이뤄지는 탑 속에서, 자신은 바랄 수 없었던 꿈을 꿨던 것인지도 몰랐다.

쏴아아—

그렇게 던전이 사라지고, 새로운 던전이 나타났다. 마지막 남은 구획. 올포원. 무왕마저 뛰어넘지 못한 벽을 넘고, 연우는 21층을 조금이라도 빨리 빠져나가고 싶었다.

[서른세 번째 구획의 시련이 시작됩니다.]
[곧 1위 '비바스바트'와의 싸움이 시작됩니다. 대기 시간 동안 전투를 준비하세요.]

떠오르는 메시지를 보며, 연우가 다시 전의를 가다듬던 그때.

[1위 '비바스바트'의 환영이 알 수 없는 이유로 삭제되었습니다. 데이터를 찾을 수 없습니다.]
[서른세 번째 구획의 시련이 자동적으로 완료되었습니다.]
[모든 시련이 종료되었습니다.]

전혀 생각지도 못했던 메시지.

"뭐?"

연우의 미간이 잔뜩 좁혀졌다.

Stage 29.
악마의 숲

올포원의 환영이 없다고?

무왕의 환영이 의사를 가진 것만큼이나 전혀 생각지도 못한 일이었다. 아니, 무왕의 경우에는 집념이 데이터로 남아 그럴 수도 있었지만, 올포원의 경우는 그와는 또 달랐다.

시스템으로 규정되어 있는 스테이지의 한 구획이 완전히 달라졌다는 뜻이었으니까.

신과 악마도 시스템을 벗어나지 못해 98층에 묶여 있는 것을 감안한다면. 이건 절대 있을 수가 없는 일이었다.

하지만 올포원의 환영은 정말 눈을 씻고 봐도 찾을 수가 없었다.

녀석이 있을 자리 대신에 다음 층계로 향하는 푸른색 포탈만이 활짝 열려 연우를 기다리는 중이었다.

'대체 이것을 어떻게 받아들여야 하는 거지?'

연우는 잠깐 고민을 하다가 고개를 털었다. 어차피 자신이 신경 쓸 일은 아니었다. 만약 올포원이 없다면 이제 이 자리는 자신의 것이 될 테니까.

[위대한 기록을 달성했습니다. 명예의 전당에 이름을 올리시겠습니까?]

[등록을 거부하셨습니다.]
[하지만 공개되지 않아도 당신의 업적은 탑에 깊게 새겨져 원할 시에 언제든 등록 여부를 전환하실 수 있습니다.]

[21층 랭킹]
공동 1위. 비공개 & 비바스바트
3위. 나유
4위. 훌
5위. 차정우

......

비록 올포원의 환영을 만나지 못해 단독 1위를 이루지 못하긴 했지만. 그래도 이 정도면 21층에 처음으로 도전한 것치고 괜찮은 결과였다.

이 결과를 보고 나서, 무왕의 얼굴이 어떻게 변할지 궁금하기도 했다.

연우는 여태껏 그랬듯이 보상을 받겠냐는 메시지에 'N'으로 대답하고 포탈에 올랐다. 보상은 계속 누적시켜서 한꺼번에 받는 게 훨씬 나았다.

그리고 바로 포탈을 빌동시키려는데, 갑자기 통신용 반지가 찌르르 울렸다. 탑 외 지역의 나이트 워치로부터 온 소식이었다.

"무슨 일이지?"

『저, 아, 아무래도 빨리 서…… 두르셔야 할 것 같습니다.』

"왜?"

『23층에 있던 브라함이 최근 며칠 동안 거처에서 모습이 보이질 않는다고 합니다.』

연우는 살짝 눈을 크게 뜨면서 재빨리 포탈을 발동시켰다. 그동안 브라함이 한 자리에만 머물러서 조금 마음을 놓고 있었는데. 아무래도 서둘러야 할 듯 싶었다.

화아악—

포탈이 발동되었다. 빛무리가 번지면서 연우를 집어삼켰다.

*　　　*　　　*

21층 명예의 전당의 1위 기록이 바뀌었다는 소식은 금세 탑 전체로 퍼져 나갔다.

이번 사안은 여태껏 저층 구간에 별반 관심을 두지 않았던 여러 랭커들도 촉각을 곤두세울 수밖에 없는 내용이었다.

여태껏 단 한 번도 바뀌지 않았던 기록. 무왕도 결국 바꾸는 것을 실패했던 기록이 무너진 셈이었으니까.

비록 공동 1위라는 해괴한 기록으로 남긴 했지만, 어쨌거나 올포원과 동등한 점수를 쌓았다는 것만으로도 이미 대단한 일이었다.

때문에 독식자라는 별칭은 금세 하이 랭커와 거대 클랜들 사이에서도 오르내리는 화젯거리가 되고 말았다.

그리고.

그중 몇몇은 의문을 던지기도 했다.

─독식자는, 왜 이름을 드러내지 않는 걸까?

튜토리얼에서부터 여기까지, 독식자는 한 번도 이름을 공개한 적이 없었다. 분명 비공개로 처리됐다지만, 그게 누군지 모르는 사람이 없었다.

다만, 갖가지 일이 수시로 일어나는 탑의 세계이기 때문에, 여기에 대해 크게 관심을 두는 사람은 아직 별로 없었지만.

그런 작은 의문은 어딘가에서부터 아주 조금씩 피어나고 있었다.

* * *

"그래서 뭔……!"

헤노바는 별 시답지 않은 질문을 던지는 방해꾼에게 한소리를 퍼부으려다가, 갑자기 눈앞에 떠오른 메시지를 보고 말을 멈췄다.

[21층 명예의 전당의 기록이 갱신되었습니다. 확인하시겠습니까?]

21층. 오늘 아침에 연우가 올라간 층계였다.

헤노바는 연우를 보내고 난 뒤, 내심 뭔가 걸리는 점이 있어 랭킹 기록이 바뀌면 바로 알 수 있게 알람을 맞춰 둔 상태였다.

다만, 한 개의 층계를 깨는 데 짧게는 며칠, 많게는 몇 년이 소요되는 것을 알기 때문에 당분간은 신경 쓰지 않으려고 했는데.

갑자기 알람이 뜨니 어리둥절할 수밖에 없었다. 혹시 뭔가 잘못된 건 아닐까 하는 마음에 재빨리 창을 띄웠다. 이미 방해꾼에 대한 생각은 까맣게 잊은 뒤였다.

그래서 확인한 랭킹에선, 1위에 낯선 이름이 박혀 있었다.

"공동 1위?"

시스템 체계에서 공동이 가능한 일인가? 아니, 그보다 타이 기록이라고 해도 여태 올포원의 기록과 나란히 한 사람이 있었던가? 없었다.

그래서 헤노바는 놀랄 수밖에 없었고, 곧 마음을 가라앉히면서 푸근한 미소를 흘릴 수 있었다.

그래도 어떻게 기록을 세운 걸 보니 힘들게 아티팩트를 맞춰 준 보람이 있다 싶었다.

최소한 장인인 자신의 얼굴을 더럽히지는 않았으니까.

아니, 애초 이게 당연한 거였지만.

"흠. 그래도 염치는 있는 놈이로구만."

헤노바는 그렇게 웃으면서 망치를 내려놓고, 옆에 놓여 있던 곰방대를 들어 입에다 물었다.

끔뻑, 끔뻑, 연기를 빨아들이는 헤노바의 두 눈이 깊게 가라앉았다.

이따금 그런 생각을 한 적이 있었다.

자신에게도 플레이어로서의 자질이 있었다면. 21층으로 가장 먼저 달려가지 않았을까 하는.

거기엔 보고 싶은 얼굴이 있었다. 비록 거짓된 그림자에 불과했지만, 그래도 이따금 놀러가듯이 찾아가 볼 수 있으면 얼마나 좋을까 하는 생각을 하곤 했었다.

그런 자신의 바람을 대신 들어준 셈이었으니. 따로 말은 하지 않았지만, 자신이 만든 무구를 들고 갔으니 자신이 직접 간 것이나 마찬가지라고 생각했다.

그래서 한 번 떠올려 보고 싶었다.

과연 연우가, 자신이 만든 무구가 만났을 그 녀석의 얼굴은. 어떤 모습을 하고 있었을까. 웃고 있었을까? 아니면 보통 환영들처럼 무표정을 짓고 있었을까?

21층을 통과할 때쯤 그 녀석이 어떤 모습을 하고 있었더라? 가장 밝을 때였으니 아마 웃고 있었을 짓 같다. 보는 사람도 허탈할 정도로 바보 같은 웃음이었겠지. 그렇다면 복장은? 그때가 드래곤 슬레이어를 만들어 줄 때였나, 아니면 그 전이었나?

생각은 꼬리에 꼬리를 물었다. 그리고 생각이 깊어질수록, 옛 추억도 하나둘씩 떠올라 자기도 모르게 웃음이 나왔다.

예전에는 떠올리면 괴로울 것 같아 절대 생각지 않으려 했던 지난 일들이었는데. 이제는 조금씩 열면서 웃을 수 있었다.

'음, 그러고 보니 손님이 있지 않았었나? 그리고 외뿔부족에서도 사람이 온다고 했었던 것 같은데.'

헤노바는 한참 동안 추억에 잠기다가, 문득 떠오르는 게 있어 정신을 차리고 고개를 돌려 문가 쪽을 내다봤다.

하지만 거기엔 활짝 열린 문 사이로 바람만 솔솔 들어오고 있을 뿐.

아무도 찾을 수 없었다.

*　　*　　*

장웨이는 웃고 있는 헤노바의 모습을 보고 묘한 느낌을 받았다.

그에 대해 따로 조사할 때에는 '아르티야가 망하고 나서는 대장장이로서의 실력도 녹슬었다'는 말밖에 들을 수 없었는데.

하지만 단언컨대, 장웨이가 봤을 때 헤노바는 절대 실력이 녹슨 게 아니었다. 화로에 풀무질을 하고 망치를 두들기던 힘은 아직도 대단했다. 그런 헛소문이 돈 건, 의욕이 꺾인 모습을 보고 난 것뿐이었다.

그런데 그런 헤노바가 의욕을 되찾은 것 같았다. 제자가 죽은 걸 알고 있을 텐데도.

아무리 인연을 끊었다지만, 그래도 제자가 죽은 상황에서 쉽게 지을 수 있는 웃음은 아니었다.

'역시 뭔가 있어.'

그래서 장웨이는 헤노바를 제대로 건드려 볼 생각이었다.

필요하다면 납치와 고문을 해서라도. 심지가 굳은 드워프라고 소문이 났다지만, 장웨이는 그런 사람의 입도 열 수 있는 방법을 아주 많이 알고 있었다.

하지만 나서기 바로 직전에, 갑자기 문이 활짝 열렸다.

외뿔부족에서 심부름을 왔는지, 문을 열고 나타난 사내는 머리 한쪽에 긴 뿔을 갖고 있었다. 양손에는 이상한 철괴를 잔뜩 들고.

군이 외뿔부족과 마주하면서까지 헤노바를 건드릴 필요는 없었기 때문에 그는 도로 단검을 거두고, 아무 일도 없었던 척하면서 대장간을 빠져나왔다. 헤노바야 나중에 언제든 다시 노릴 수 있었으니까.

하지만 외뿔부족원의 눈에는 무언가 보였던 모양이었다. 녀석은 묘한 눈빛을 보내더니, 장웨이의 뒤를 몰래 밟았다.

장웨이도 그것을 눈치채고 골목길을 몇 번씩 돌고 돌아, 탑 외 지역의 외곽까지 다다랐다.

"외뿔부족에서 나를 왜 따라오는지 모르겠군."

장웨이는 아무도 없는 으슥한 골목길을 보면서 일부러 소리를 내어 말했다.

그리고 곧 모퉁이에서 조용히 누군가가 걸어 나왔다.

전체적으로 호감이 가는 얼굴이지만, 싸늘하게 식은 눈빛이 냉정함을 더해 주는 사람이었다. 야누. 영매의 후계자 중 한 사람으로, 판트 남매를 모시던 자.

일족과 헤노바 사이에 거래하던 게 있어서 대장간을 찾던 중에 우연히 장웨이와 마주쳐서 여기까지 온 것이었다.

"비록 에도라 님에 비할 바는 아니지만, 나도 좀 '감'이 좋은 편이거든. 너, 위험한 냄새가 너무 많이 나. 누구냐, 너?"

야누는 장웨이가 알 수 없는 말을 길게 늘어뜨리며 손을 가볍게 웅크렸다. 살기도 숨기지 않았다.

연우나 판트 남매 앞에서는 언제나 해맑은 미소만 보였던 그였지만. 사실 그는 일족의 전사들 중에서도 거칠기로 유명했다.

게다가 대장간에서 야누가 본 장웨이는 아주 위험한 냄새를 풀풀 날리는 놈이었다. 헤노바를 해하려는 게 분명했다. 무엇을 하려 했던 건지 캐물어야 했다.

장웨이는 가볍게 혀를 찼다. 외뿔부족은 여름여왕도 엮이고 싶지 않아 할 정도로 까다로운 놈들. 그래서 그도 마찰을 일으키고 싶지 않았는데.

좋게 말을 하려 해도, 저렇게 대놓고 살의를 드러내서야 가만히 있을 수도 없었다.

게다가 애당초 그도 말재주가 그렇게 좋은 사람이 아니었다. 훨씬 편한 게 있는데 왜 굳이 입 아프게 떠벌려야 하는 걸까.

무엇보다.

장웨이가 외뿔부족을 꺼려 하는 건 단순히 '귀찮아서'일 뿐. 그들이 두려워서가 아니었다.

나중에 그들에게 보복당할 위험이 있었지만, 신경 쓰지 않았다. 그는 이미 죽음을 놓고 산 지 오래였다.

그래서 어쩔 수 없다는 듯, 장웨이는 밀없이 어깨에 이고 있던 활을 풀어 손에 쥐었다.

'임무 하나 처리하기 정말 고단하군.'

그나마 다행이라면, 헤노바에 이어서 캐물을 수 있는 입이 하나 더 늘었다는 점이랄까. 이런 잔챙이야 아르티야와 아무 연관이 없을 수도 있었지만, 그래도 확인해 본다고 해서 나쁠 건 없었다.

팟—

장웨이는 야누에게로 가볍게 몸을 날렸다. 사일동궁에 어느새 화살이 걸렸다.

* * *

"흐흐. 개 같네, 진짜……."

울컥, 입 밖으로 피가 잔뜩 쏟아졌다. 야누는 어떻게든 땅을 짚으면서 일어나고 싶었지만, 재차 오른쪽 가슴에 박히는 화살 때문에 다시 주저앉아야만 했다.

장웨이는 그런 야누를 싸늘한 시선으로 내려다봤다. 애당초 싸움이 될 수 없는 전투였다. 하이 랭커와 세미 랭커. 둘의 대결이 어떻게 될지는 뻔한 것이었으니까.

그래도 장웨이는 야누를 상대하면서 딱 두 차례 간담이 서늘해지는 것을 맛봐야만 했다. 역시나 외뿔부족이라고 해야 할까. 이런 풋내기도 절대 만만치 않았다.

"지금부터 내가 묻는 것에 대답해 줬으면 좋겠는데."

장웨이는 야누의 오른쪽 어깨에 박힌 하얀 화살을 꾹 누르면서 말했다.

끔찍한 고통이 따랐지만, 야누는 오히려 웃었다. 네 마음대로 될 것 같냐는 듯이.

"내가, 왜?"

"제대로 대답하면 살려 주지."

"흐흐. 그딴 아량을 받을 것 같아?"

"그럴 것 같진 않군."

"잘 봤어."

장웨이는 혀를 가볍게 찼다. 더 이상 싸울 기력도 없는 주제에. 금방이라도 죽을 것처럼 숨을 헐떡이는 주제에 눈빛은 여전히 날카롭다.

그는 이런 눈빛들을 잘 알고 있었다. 아무리 많은 고문을 가해도 절대 대답을 하지 않을 눈이다.

"어쩔 수 없군. 그다지 선호하는 방법은 아니지만."

"흐흐. 왜? 포기라도 하려고?"

"설마."

장웨이는 피식 웃더니 검지를 들어 입술에 갖다 댔다. 물론 왼손으로. 야누를 압박해 움직일 수 없게 만든 채로. 알 수 없는 말을 웅얼대기 시작했다.

〈소환 — 마물 구영〉

츠츠츠.

갑자기 주변을 따라 보라색 연기가 스멀스멀 올라오더니 한데 엮이기 시작했다. 그리고 조금씩 드러나는 모습. 머리가 아홉 달린 푸른 뱀이었다.

구영. 이예 신이 영웅이었을 시절에 잡았던 여러 괴물 중 하나였다. 그들은 죽고 나서 이예 신의 권속이 되었고, 이따금 장웨이의 소환 스킬에 따라 화신체를 지상으로 보내는 경우가 있었다.

"먹어라."

캬아!

구영은 독니를 잔뜩 드러내면서 야누에게로 기어갔다. 야누는 두 눈을 부릅뜬 채, 절대 구영과 장웨이를 놓치지 않겠다는 듯 시선을 떼지 않았다.

구영은 꾸역꾸역 야누의 입을 비집고 들어가 안에 있는 뇌를 파먹기 시작했다.

그러자 장웨이의 눈가로 단편적인 몇몇 장면들이 스쳐 지나갔다.

구영은 자신이 먹어 치운 상대의 기억을 일부 흡수하는 능력이 있었다. 장웨이는 구영과의 연결 고리를 통해 흡수된 장면들을 엿보면서 적을 뒤쫓는 방식을 자주 사용했다.

비록 음성이 섞이지 않은 단편적인 정보에 불과했지만. 그것만으로도 유추할 수 있는 정보는 아주 많았다. 그리고 야누의 여러 기억 속에서, 장웨이는 꽤 많은 것들을 알아낼 수 있었다.

청화도와 동맹을 맺었던 외뿔부족이 갑자기 참전을 하지 않았던 이유. 무왕의 자식들이 레드 드래곤으로 넘어간 계기 등이 보였다.

그리고 그 모든 과정의 중심에는.

'독식자, 카인?'

언제나 독식자 카인의 모습이 있었다.

장웨이는 모든 기억을 읽고 난 뒤에도, 턱을 짚으며 한참 동안 생각을 정리해야만 했다.

"그냥 단순히 스카우트된 게 아니라 이런 이유가 있었단 말이지? 애초 청화도를 거꾸러뜨릴 생각이었다. 하지만 그 전에는 레드 드래곤과 싸우는 것에도 별 미련을 두지 않았다…… 이건가?"

장웨이는 카인의 모습에서 묘한 느낌을 받아야만 했다.

녀석은 피닉스에 대한 원한이 생기기 진까지만 하너라노

청화도에 들어도, 레드 드래곤에 참여해도 별 상관없다는 투였다.

외뿔부족의 용병이라는 명목으로 참전하긴 했지만. 전쟁에 끼어드는 것을 가장 우선시하는 것처럼 보였다.

흥미로운 일이었다.

여전히 앞뒤가 맞지 않는 점들이 많지만. 그래도 관심을 둘 만한 것들이었다.

이 근방에 벌어지는 모든 일들이 알게 모르게 카인을 중심으로 돌아가는 중이었다.

처음에는 별것 없을 것 같다고 무시했던 자가. 사실은 꽤 많은 비밀을 품고 있는 것처럼 보였다.

"카인이라, 카인."

장웨이는 절대 익숙지 않을 이름을 몇 번씩이나 중얼거렸다. 카인. 뭔가 마음에 안 드는 이름이었다.

하지만 한편으로는 흥미가 돌았다.

적아 구분 없이 전쟁에 참여하고 싶어 했던 이유. 그게 이상하게 마음에 걸렸다.

파아아—

때마침 모든 살점을 다 파먹은 구영이 천천히 사체 밖으로 나왔다. 야누의 사체는 생기를 전부 **빼앗겨** 미라처럼 메마른 형태가 되었다가, 곧 잘게 바스러져 사라졌다.

장웨이는 손을 뻗어 구영을 팔찌처럼 감은 뒤, 탑 쪽으로 걸음을 옮겼다.

기억 속에 카인은 23층으로 향한다는 내용이 있었다.

"재미난 일이 벌어지면 좋을 텐데."

장웨이의 한쪽 입술 끝이 살짝 비틀렸다. 그는 탑에 들어온 뒤, 처음으로 기대라는 감정을 느끼고 있었다.

*　　　*　　　*

[22층의 시련을 시작합니다.]

[시련: 드넓은 바다를 마주한 항구 도시에는 오래전부터 큰 골칫거리가 있습니다. 마물 크라켄의 출몰지가……]

22층의 시련은 아주 간단했다.

해안가에 출몰하는 괴물, 크라켄을 잡을 것.

하지만 크라켄은 몸집만 70미터가 훌쩍 넘는 거대 괴물이었다. 촉수처럼 마음껏 휘두르는 열 개의 다리는 모든 것을 쓸어 내는 데다가, 독성이 가득한 먹물도 위험해서 잡기가 절대 쉽지 않았다.

그래서 보통 최소 30인 이상이 레이드 피디를 필요로 하지만.

쾅!

새롭게 출몰한 크라켄은 레이드 파티가 도착하기도 전에 머리가 절반 이상 부서지는 끔찍한 고통을 맛봐야만 했다.

키에에엑!

크라켄이 고통스럽다면서 비명을 질러 댔다. 그리고 어떻게든 날파리처럼 눈앞에 왱왱 날아다니는 녀석을 잡기 위해 다리를 채찍처럼 휘둘렀지만.

콰콰콰—

녀석은 오히려 기다렸다는 듯이 검을 높이 빼 들더니, 빠르게 하늘을 유영하면서 공격을 피하며 다리를 잘라 나갔다.

푸우우!

피 분수가 몇 번씩이나 하늘 높이 튀어 오르면서 잘린 다리의 파편들이 우수수 쏟아졌다. 이미 사방은 바다며 모래 사장까지 전부 녀석의 피로 흠뻑 젖은 지 오래였다.

원래대로라면 어마어마한 덩치와 체력으로, 여러 플레이어들에게 공포로 다가와야만 하는 녀석이었지만.

지금은 오히려 그런 신체적 강점들이 약점이 되어 좀 더 빠르게 죽음을 부르는 중이었다.

연우는 불의 날개로 맘껏 허공을 가로지르면서 비그리드

를 휘둘러 댔다. 불의 파도가 작렬할 때마다 괴물이 서서히 쓰러지는 모습은 묘한 쾌감마저 낳았다.

그러다 선술, 절의 묘리에 따라 비그리드를 세차게 아래로 내려쳤을 때.

크라켄의 남은 머리와 몸뚱이가 두 동강 나면서 심장이 허공으로 높이 튀었다. 커다란 덩치에 어울리지 않는 사람 머리만 한 크기의 심장이었다.

연우는 마력을 이용해 심장을 손아귀에 쥐었다. 크라켄은 큰 덩치만큼이나 많은 마력과 체력을 비축한다. 심장은 영약의 좋은 재료가 될 수 있었다.

[모든 시련이 종료되었습니다.]

[바다의 제왕, 크라켄을 솔로 플레이로 처치하는 데 성공했습니다. 누구도 쉽게 이루지 못할 업적을 달성했습니다. 추가 공적치가 제공됩니다.]
[공적치를 15,000만큼 획득했습니다.]
[추가 공적치를 20,000만큼 획득했습니다.]
……

[획득한 공적치는 누계 공적치에 합산됩니다.]

[명예의 전당에 이름을 올리시겠습니까?]

[등록을 거부하셨습니다.]
……

[바다의 신, 포세이돈이 당신에게 큰 관심을 보입니다. 사도 제안을 고민합니다.]
[정체를 알 수 없는 신이 반대를 표시합니다.]
[정체를 알 수 없는 신이 우려를 표시합니다.]
[악마들이 관심을 기울입니다. 누군가의 제안에 깊은 논의를 나눕니다.]

'포세이돈?'

올림포스의 보고를 다녀간 뒤, 연우는 여러모로 올림포스 쪽과 접점이 잦아진 편이었다. 그리고 이따금 헤르메스나 아테나의 메시지가 보이기도 했다.

하지만 올림포스 중에서도 포세이돈 같은 최상급 신과 관련된 내용은 처음 보는 것이었다.

바다의 괴물 중에서도 상급에 해당하는 크라켄을 홀로 잡은 것 때문에 그런 걸까.

하지만 언제나 그렇듯, 관심을 보인다는 신의 문구 밑에는 다른 이들의 반대와 우려 표시가 떴고, 그 뒤에는 악마들이 뭔가 논의를 나눈다는 내용이 따랐다.

원래 이런 건 별반 관심을 두지 않는 편이었지만. 그런 내용이 계속 반복되다 보면 눈길이 안 갈 수가 없었다.

대체 이 신과 악마들은 누굴까.

'누군들 상관없지만.'

어차피 저들이 어떤 제안을 한들 받을 생각이 전혀 없었으니까.

게다가 지금은 서둘러서 23층으로 가야만 했다. 브라함이 사라졌다던 말이 자꾸만 마음에 걸렸다.

연우는 메시지를 전부 내리고, 녹색 포탈을 발동시켰다.

[이곳은 23층, '악마의 숲'의 관입니다.]

새롭게 나타난 장소는 낭떠러지 위였다. 높은 하늘이 시야를 가득 메우고 있었다.

하지만 여태껏 연우가 통과했던 여러 층계의 하늘과는 전혀 달랐다. 붉은색 하늘. 노을처럼 아름다운 느낌을 주는 색이 아닌, 피처럼 섬뜩한 느낌을 주는 색이었다.

연우는 시선을 아래로 돌렸다. 드넓은 운해 아래로 울창한 숲이 눈에 들어왔다. 여기니 으스스한 느낌이 상했나.

특히 활짝 열린 용마안에는 갖가지 종류의 기운이며 유령체들이 보였다.

사기와 마기 따위가 거미줄처럼 엉키고, 반투명한 유령들이 곳곳에 돌아다니는 중이었다.

[23층의 시련을 시작합니다.]

[시련: 이제는 신들과도 대립할 정도로 문명을 키운 현 악마들과 다르게, 그들의 조상들은 태곳적에 누구의 손길도 닿지 않은 어느 이름 모를 버려진 세계에서 태어났다고 알려져 있습니다.

이들의 세계는 빛이 제대로 들어오질 못해 언제나 하늘이 붉은색을 띠고, 수백 년 넘게 비가 내리질 않아 강과 바다가 메말라 흉측한 땅만이 가득한 곳입니다.

어떤 생명체도 살 수 없을 것 같은 땅이지만, 이런 곳에서도 살 수 있도록 진화한 신비한 생명체가 바로 이곳에 있습니다.

기원을 알 수 없는 악마수(惡魔樹)는 세계에 몇 남지 않은 에너지를 탐욕스럽게 고갈시키며 새끼를 잉태합니다.

탐욕스러운 악마수의 공격과 허기진 새끼들의 집

착으로부터 살아남으십시오. 많은 악마수와 새끼들
을 죽일수록 생존에 더 유리해질 것입니다.]

'용종'이 넓게 보면 드래고니안이나 와이번, 씨 서번트
같은 아룡(亞龍)들까지 포함한다지만, 드래곤과는 절대 비
교도 할 수 없듯이.

현재 98층에 억류된 악마들과 원래 그들의 기원이 되는
조상들도 똑같이 취급할 수는 없었다.

아니, 정확하게 말하자면 98층에 있는 악마들은 한때 자
잘한 등급에서 시작했을지 몰라도, 지금은 수많은 싸움과
포식 끝에 성섬에 다다른 마왕과 대공들이었다.

신과 비교해도 절대 뒤지지 않은 권능을 지녔으며, 한때
탑을 떨쳐 울렸던 용종을 몰락시킨 장본인들이기도 했다.

하지만 여기 23층에 있는 악마들은 달랐다.

흔히 마(魔)의 일족, '마족'이라고 불리는 이들은 '악마
수'라 불리는 식물에서 열매로 잉태되어, 아무런 사고나
자아도 없이 본능에만 충실해 살아간다.

오히려 이때는 몬스터보다도 더 훨씬 지능이 낮아, 악마
들은 그들과 비교되기를 아주 싫어했다.

아마 '개구리 올챙이 적 생각 못 한다'는 밀이 사상 살

어울리는 녀석들은 악마가 아닐까?

악마들이 마족이라고 폄하하는 것들은 대개 녀석들이 비루하던 시절의 모습들이었다. 지성체들이 보내는 갖가지 사념들이 복잡하게 뭉친 마이너스 에너지에서 태어난 영체(靈體)들.

녀석들은 편의상 아귀나 나찰 등 다양한 종류로 분류되긴 하지만, 사실 이렇다 할 신체적 특징을 따로 갖고 있는 건 아니었다.

대신에 본능이 강했다. 먹고자 하는 본능. 삼키고자 하는 본능이 강해서 무엇이든 닥치는 대로 집어삼키려고 했고, 그 대상자는 동족들도 가리지 않았다.

다만, 계속 먹고 먹어서 강해지다 보면 언제부턴가 이성이 조금씩 눈을 뜨는 것 같았다. 그때부터는 사고를 할 줄 알고, 감정이라는 것을 느꼈다. 그리고 소유욕이 추가되어 무엇이든지 가지기를 바랐다. 능력이든, 권능이든, 힘이든.

그러다 언젠가는 악마가 되고, 대공이나 마왕이 되는 것이다.

어쩌면 닥치는 대로 먹어 치워서 그렇게 강해지는 것은 그들이 살아남기 위해 갖춰야만 했던 진화의 방식이었는지도 몰랐다.

현명함을 추구하는 용종들이 악마들을 싫어하는 이유도

거기에 있었다.

하지만 그런 골치 아픈 이론 따윈 집어치우더라도, 마족들이 살아가는 마계를 구현한 23층은 절대 쉽게 볼 곳이 되지 못했다.

연우는 일기장에 적힌 23층의 기록을 떠올리다가, 문득 여기서 구해야 할 히든 피스들이 떠올랐다.

'여기서 얻어야 할 건, 아마도 보라색 마귀꽃과 드 로이 호수의 각룡. 이 두 가지였지?'

악마수는 열매로 마족을 맺기 전에 짙은 향을 풍기는 마귀꽃을 활짝 연다.

마귀꽃은 편리를 위해 통칭해서 그렇게 부르고 있을 뿐, 형태와 특징은 아주 다양했다. 감미로운 향기를 내는 것부터, 파리지옥처럼 커다래서 안에 용해액을 담고 있는 것도 있었다.

연우가 찾고자 하는 것은 그중에서 보라색 마귀꽃이었다.

너무 희귀해서 세간에 잘 알려져 있지는 않지만, 사실 상급 마족들을 잉태한다는 꽃. 그만큼 질 좋은 마기를 아주 많이 품고 있기도 했다.

그리고 드 로이 호수는 악마의 숲에서도 가장 중심부에

위치한 호수였다. 크기가 아주 크다는데, 연우가 있는 곳에서는 잘 보이지 않았다.

그 호수에 사는 각룡은 22층의 크라켄만큼이나, 아니, 그보다 훨씬 잡기가 어렵다지만, 그래도 내단이 아주 쓸 만해 탐이 났다.

'마귀꽃과 각룡의 내단을 배합한다면 괜찮은 영약이 나오지. 마력 등급을 올릴 수 있을 거야.'

이미 연우는 아주 많은 마력을 품고 있었다. 그러니 이제 더 이상 양적 성장은 필요 없었다. 대신에 필요한 것은 질적 성장이었다.

동생이 베이럭으로부터 배운 그 환단이라면, 큰 도움이 될 것 같았다.

다만, 문제라면 여기서 얻은 재료들로 만든 환단은 대개 악이나 어둠 계통의 기운을 품고 있다는 점이지만.

'오히려 나로서는 잘된 일이지. 때마침 성향이 악 속성으로 기울면서 마기 쪽과 잘 어울리기도 하고.'

연우는 천천히 계획을 정리하면서 스타트존을 벗어났다.

사실 이런저런 것들을 되짚어 보고 있으면서도, 사실 연우가 가장 관심을 기울이는 건 따로 있었다.

'현자의 돌.'

연단술사 브라함은 23층에서 아주 오랫동안 머물고 있

는 중이었다. 이유는 몰랐다. 자유로움을 추구하지만 까다로운 그의 성격만큼, 아마 그럴 만한 이유가 있을 거라고 여길 뿐이었다.

'문제는 이 양반을 어디서 찾느냐가 문젠데.'

나이트 워치에서는 브라함이 갑자기 종적을 감췄다고 했다. 덕분에 연우도 22층에서 더 많은 히든 피스를 찾지 못하고 부랴부랴 시련만 끝내고 넘어온 것이었다.

'최근에 브라함을 찾는 사람들이 많아졌다고 했었지.'

적이 많은 만큼, 친구란 눈을 씻고 봐도 찾을 수 없는 양반을 찾는 손님들이라.

뭔가 냄새가 났다.

'일단 거처로 가 보자.'

연우는 나이트 워치에서 가르쳐 줬던 좌표 쪽으로 블링크를 잇달아 전개했다.

*　　　*　　　*

공교롭게도, 좌표가 가리킨 곳은 드 로이 호수에서 얼마 떨어지지 않은 곳이었다.

확실히 악마의 숲은 중심부로 들어갈수록 더 큰 나무들로 빽빽해 붉은 하늘이 보이지 않을 정도였다.

거기다 공기도 텁텁했다. 마기가 뒤섞인 듯, 호흡을 버겁게 만들어 체력과 마력 소비가 빨랐다. 아마 신성 계통 쪽으로 힘을 갖춘 자라면 막대한 패널티를 입을 것 같았다.

반면에.

「와하하! 여긴 완전히 나더러 아예 눌러살라고 있는 곳인데! 23층이 원래 이렇게 상쾌한 곳이었나?」

「우리가 그만큼 달라졌기 때문이겠지. 쏠쏠하군.」

샤논과 한령은 간만에 그림자 밖으로 나와서 숲을 즐겁게 활보하고 있는 중이었다. 호수가 있는 쪽은 보통 플레이어들이 가기를 꺼려 하기 때문에, 인기척이 없어 마음껏 돌아다닐 수가 있었다.

산 자들에게는 고통스러운 곳이었지만, 그들에게는 더할 나위 없이 쾌적한 장소였다. 괴이들도 간만에 뛰어다니는 중이었다.

무엇보다.

키아아!

캬캬! 쿠륵! 쿠르륵!

숲을 돌아다니던 마족이며 유령은 죄다 괴이들에게 붙잡혀 뜯어 먹히는 중이었다. 먹이를 찾아 움직이다가 되레 먹이가 되는 꼴인 것이다.

그러니 괴이들에게는 이곳이 만찬회장이나 다름없었다.

마족은 대개 영체나 정신체로 이뤄져 있다. 당연히 괴이에게는 맛난 먹잇감으로 보였고, 천적 개념이 없는 마족들은 불에 뛰어드는 불나방 꼴이 되어 자꾸만 몰려들었다.

　　['북'이 아귀21을 섭취했습니다. 마기 속성이 2
　　만큼 늘었습니다.]
　　['찬'이 작은 마령99를 포식했습니다. 마기 속성
　　이 5만큼 늘었습니다.]
　　　……

덕분에 언우는 가만히 움직이면서 편하게 괴이들을 강화시키는 중이었다.

레베카는 그게 영 못마땅한 듯 팔짱을 끼며 그들을 쳐다보고 있는 중이었지만. 신력을 품은 정령으로서는 조금 부담스러운 환경이기는 했다.

하지만 목적지 근처에 다다른 순간, 그들은 간만에 주어진 자유를 도로 거둬들여야만 했다.

「음? 이건?」

「……재수 없는 힘이로군.」

샤논과 한령은 언제 즐거웠냐는 듯이, 짜증 섞인 목소리를 냈다.

악마의 숲과는 어울리지 않을, 신성하면서도 고고한 기운이 호숫가를 따라 잔잔하게 퍼져 나오고 있었다.

'엘로힘?'

8대 클랜 중 지고종과 초월종 등, 뛰어난 혈통을 지닌 종족들만이 가입할 수 있다는 미친 집단. 녀석들은 자신들의 품위에 어울려야 한다며 이런 힘을 잔뜩 풍겨 대곤 했다.

하지만 엘로힘은 브라함과 사이가 극도로 좋지 않을 텐데. 왜 여기서 엘로힘의 기운이 느껴지는 걸까?

연우는 샤논과 한령 등을 전부 그림자 속으로 회수하고, 최대한 기운을 갈무리하면서 가장 높은 나무 위로 올라가 아래를 내려다봤다.

호숫가 바로 옆에 자그마한 모옥이 한 채 놓여 있었다. 텃밭도 작게 조성된 곳.

그 주변을 따라 금발을 한 하이 엘프나 잿빛 날개를 가진 타천 등, 탑에서도 보기 힘들다는 지고종이 아홉 명이나 서 있었다.

하지만 그중 가장 눈에 띄는 자는 따로 있었다.

순간, 연우의 눈에서 불꽃이 튀었다.

'저놈이, 저긴 왜?'

비단결 같은 붉은 머리와 검은 동공 없는 눈. 그리고 파란 혈관이 고스란히 비칠 정도로 투명한 피부가 눈에 들어왔다.

전부 프로토게노이 족이 가진 특징이었다.

프로토게노이는 원래 신의 일족으로 태어났지만, 신성을 잃어 저층 구간으로 떨어졌다는 자들을 뜻한다.

때문에 그들은 엘로힘 내에서도 상위 서열을 차지하는 종족이며, 외부로 잘 다니지 않는 편이었다.

그런 녀석이 가장 싫어할 만한 23층에 나타날 줄이야.

더구나 녀석은 연우에게도 낯이 익은 얼굴이었다.

엘로힘을 다스린다는 원로 의원 중 한 명, 빛의 아이테르.

그리고 녀석은, 한때 아르티야의 멤버이기도 했다.

아이테르를 처음 만났던 건, 탑에 오르고 얼마 지나지 않아서였다. 11층이었던 걸로 기억한다.

연우는 갑자기 치밀어 오른 화를 억지로 누르고, 최대한 차분하게 상황을 살폈다.

저자가 브라함을 왜 찾는 걸까?

아이테르가 어떤 인물이었는지를 떠나서, 엘로힘은 브라함과도 원수지간이었다. 그런 녀석들이 브라함을 찾는다는 건, 무슨 큰일이 있다는 뜻이있다.

브라함이 갑자기 종적을 감춘 것과도 관련이 있지 않을까 하는 생각이 들었다.

좀 더 상황을 지켜봐야겠다는 생각에, 자세를 낮추던 그때.

샤락—

누군가가 빠르게 숲 자락을 뚫고 튀어나오면서 녀석들이 있는 쪽으로 화살을 날리고 있었다.

그림자에 가려져 잘 보이지 않아 초감각으로 상대를 확인한 연우의 눈이 살짝 커졌다.

'갈리어드?'

갈리어드는 튜토리얼에서 만났던 다크 엘프였다. 수십 번에 걸쳐 아카샤의 뱀을 쫓았고, 여러 퀘스트를 통해 연우에게 순보를 전수해 주기도 했던 사람.

그리고 동생의 첫 스승이었다.

그토록 바라던 가족들의 사진을 되찾은 뒤, 더 이상 무슨 목적으로 살아야 할지 몰라 조금 고민해 보겠다더니. 그새 탑을 올랐던 모양이었다.

그리고 친구였던 브라함과 함께 머무는 모양인 것 같은데.

다만, 갈리어드와 아이테르는 전혀 생각지도 못했던 조합이었기에, 연우의 머릿속이 복잡하게 돌아갔다.

'아이테르 등이 브라함의 행방을 쫓고 있는 거고, 갈리

어드가 그것을 막고 있는 중인 거라면.'

연우는 빠르게 갈리어드의 움직임을 쫓았다.

갈리어드는 이미 탑을 오르기 전부터 튜토리얼의 명물로 유명했었다. 랭커와 비교해도 절대 실력이 뒤지지 않을 거란 평가를 받았었는데.

그런데 거기에 탑을 오르면서 얻은 보상까지 더해지면서, 예전에 봤을 때보다 훨씬 실력이 대단해진 것 같았다.

순보를 전개할 때마다 곳곳에 잔영이 남을 정도였고, 활시위에다가 화살을 먹이고 당기는 속도는 육안으로 쫓기 힘들 정도였다.

더구나 화살은 흔히 구할 수 있는 나무 화살이 아니었다. 통짜로 단단한 무쇠를 두들겨 만든 철시(鐵矢, 쇠 화살)였다.

브라함이 따로 만들어 준 것일까?

콰콰쾅!

따로 마법 주문도 새겨 뒀던지, 철시가 박힌 자리로 거친 폭발도 일어났다.

아이테르를 비롯한 엘로힘의 아홉 플레이어들은 재빨리 사방으로 흩어졌다.

궁수를 상대할 때에는 뭉쳐 있으면 피해가 커지기 마련이다. 되도록 흩어져서 공격 범위를 좁히는 방식으로 가야만 했다.

녀석들도 같은 생각이었는지, 화살을 피한 다음에는 크게 원호를 그리면서 갈리어드를 잡으려고 했다.

하지만 그런 작전은 어디까지나 궁수를 따라잡을 수 있을 때에만 가능한 일이었다.

이미 순보라는 스킬을 마스터까지 한 갈리어드는 그들이 따라잡을 수 없을 만큼 빨랐다.

더구나 이곳은 악마의 숲. 엘로힘의 플레이어들이 활동하기 버거운 스테이지인 데다가, 곳곳에 엄폐물이 넘쳐 나는 이상, 갈리어드는 물 만난 고기나 다름없었다.

파바밧—

갈리어드는 뒤로 멀찍이 빠지면서 잇달아 화살을 쏘아 댔다. 아주 빠르게, 그것도 은밀하게 파고드는 화살은 랭커인 그들의 간담을 서늘하게 만들 정도였다.

피할 수 없다고 생각한 녀석들은 튕겨 낼 생각으로 거세게 칼을 휘둘렀다. 콰콰쾅. 충돌이 벌어진 순간, 막대한 충격파와 함께 불꽃이 그들을 덮쳤다.

"크아악!"

"젠장!"

그렇게 갈리어드를 잡으려던 두 명이 욕지거리를 내뱉으면서 뒤로 멀찍이 떨어졌다. 한 명은 전신에 화상을 입었고, 다른 한 명은 검이 부서지면서 파편으로 피투성이가 된 상태였다.

갈리어드가 그들의 움직임을 살피면서 다시 시위에 화살을 걸려던 그때.

갑자기 갈리어드 뒤편으로 숨어 있던 다른 플레이어가 나타났다. 금발을 가진 하이 엘프. 그나마 유일하게 갈리어드의 속도를 따라잡을 수 있는 녀석이었다.

"이놈, 잡았……!"

하이 엘프는 자신만만하게 웃으면서 갈리어드가 있던 자리로 창을 깊게 찔렀지만, 곧 인상이 딱딱하게 굳었다.

갈리어드의 형체가 호수 위에 비친 허상처럼 잘게 흐려져 사라지고 있었다.

〈순보 ─ 이형환위〉

속도를 극한까지 쥐어짰을 때, 공간에는 얇은 잔상이 남기 마련이다. 갈리어드는 순보를 마스터하면서 새롭게 여러 상위 스킬을 열었다. 이형환위는 그중 한 가지였다.

곳곳에 여러 개의 잔상을 남기면서 이동해 상대의 눈을 현혹시키고, 은밀하게 치명타를 입힐 수 있는 스킬.

그리고 덫에 걸린 뒤에는 항상 트랩이 작동하기 마련이었다. 뒤쪽의 나무에서 그림자가 불쑥 뛰어나왔다. 화살이 방황하는 하이 엘프의 등에 작렬했다.

콰앙!

"크으윽!"

녀석은 바람의 정령을 돌려 가까스로 배리어를 만들어 화살을 막을 수 있었다.

하지만 폭발의 위력이 너무 커서 몸이 뒤로 크게 밀려나고 말았고, 검은 매연 때문에 시야까지 가려져 아주 잠깐 갈리어드의 행적을 놓치고 말았다.

〈순보 ― 궁신탄영〉

그때, 갈리어드가 갑자기 활처럼 몸을 뒤로 크게 젖히다가 크게 튕기면서 앞으로 튀어 나갔다.

여태껏 최대한 간격을 벌리면서 히트 앤 런 작전을 벌이던 것과 다르게, 이번에는 근접전을 노리려 한 것이다.

"감히! 어둠의 아이 따위가!"

하이 엘프는 매연을 뚫고 갈리어드가 나타나자 얼굴을 와락 구겼다.

고귀한 미의 신, 프레이의 피를 타고난 하이 엘프에게 있어, 어둠에 녹아든 다크 엘프는 절대 가까이할 수 없는 천박한 족속들이었다.

그런 입장에서 다크 엘프 따위가 정면에서 공격해 오니 분노를 표출할 수밖에.

더구나 그가 봤을 때, 갈리어드는 단순히 발만 빠른 사냥꾼에 지나지 않았다. 이렇게 덤빈다는 것 자체가 자신을 만만하게 본다는 뜻이니 본때를 보여 줄 생각이었다.

하지만 하이 엘프가 한 가지 착각한 점이 있었으니. 갈리어드가 주로 쓰는 장기가 활과 발일 뿐. 다른 체술과 무술에도 아주 능통하다는 것이었다.

거기다 빠른 속도까지 더해지니, 하이 엘프의 창술이 따라갈 새가 없었다.

갈리어드는 화살 하나를 뽑아 역수로 쥐고, 빠르게 휘몰아치면서 하이 엘프의 손목 근맥과 다리의 아킬레스건 등을 끊어 버렸다.

촤촤촤—

"런트!"

뒤늦게 다른 자들이 달려와 갈리어드를 제지하려 했지만, 갈리어드는 이미 뒤로 빠지면서 재차 그쪽으로 화살을 쏴 댔다.

한 명을 중상으로 만들어 다른 자들이 구하러 오면, 그것을 역으로 이용해서 공격하는 방식을 택한 것이다.

상황이 이런 식으로 돌아가다 보니, 넬로힘은 철저하게

갈리어드의 손에 놀아나는 셈이 되었다.

지리, 환경, 빠른 기동력을 이용한 공격 앞에서, 엘로힘은 속수무책으로 당해야만 했다.

결국 이를 보다 못한 아이테르가 앞으로 나섰다.

"쥐새끼 같군."

아이테르는 미려한 미간을 살짝 찡그리면서, 타고난 신력을 이용해 허공에다 빛의 화살을 숱하게 만들었다.

하나하나가 막대한 신성을 품고 있는 것들. 손을 아래로 내젓자, 소낙비처럼 갈리어드에게로 쏟아졌다.

〈순보 ─ 금리도천파〉

갈리어드는 순보를 극성으로 전개하면서 잇달아 피했지만, 빛의 화살은 끝까지 갈리어드를 쫓아갔다.

몇 가지는 좌우로 방향을 분리해 크게 돌아서 갈리어드의 후방과 측방을 공략했고, 갈리어드가 상황을 파악했을 때에는 이미 함정까지 내몰린 상황이었다.

앞, 뒤, 좌, 우. 모두가 빛의 화살에 가로막힌 상황 속에서. 빛의 화살들이 일제히 더 시린 빛을 토해 냈다.

"터져라."

신성을 품은 자들만이 부릴 수 있다는 언령과 함께, 수십 개나 되는 빛의 화살들이 일제히 폭발했다.

콰아앙—

새하얀 빛은 반구 모양을 그리면서 삽시간에 호숫가 주변의 숲을 깡그리 밀기 시작했다.

폭발 소리도 그리 크지 않았다. 하지만 마치 태양이 반짝이는 게 아닐까 싶을 정도로, 새하얀 섬광은 붉은 하늘과 검은 연기를 깡그리 밀어내면서 사방으로 뻗쳐 나갔다.

악마수도, 갖가지 마족들도, 유령들마저도 소리 없이 사라졌다.

갈리어드도 거기에 휘말리는 게 아닐까 싶은 순간.

〈순보 — 어기충소〉

그는 양발에다가 마력을 잔뜩 응집시키면서 발을 굴려 상공으로 아주 높게 솟구쳤다.

그리고 그것을 노리고, 엘로힘의 다른 플레이어들도 한꺼번에 움직였다.

아래는 빛의 화살이 일으킨 폭발로 대기가 어지러워지는 중이었다. 사방이 뻥 뚫린 허공에서는 몸을 숨기기도 쉽지 않을 테니, 충분히 잡을 수 있다고 여긴 것이다.

콰콰콰!

갖가지 이펙트들이 화려하게 터지면서 돌풍이 휘몰아쳤다.

아이테르도 지상에서 자신의 시그니처 스킬, 〈광명의 신벌(神罰)〉을 전개했다. 오로지 빛으로만 만들어진 창날이 매섭게 쏘아지면서 갈리어드를 노렸다.

퇴로는 없다. 갈리어드도 그 사실을 잘 알기 때문에, 허공에서 몸을 비틀면서 허리띠에 감아 뒀던 원반을 꺼내 앞으로 던졌다.

이곳으로 오기 전. 친구인 브라함이 위기 시에 쓰라고 전해 준 방패였다.

원반은 순식간에 여러 개로 늘어나면서 벌집 모양의 단단한 방어막을 형성했다.

그리고 여러 공격들과 충돌한 순간, 팔각 방패가 금방이라도 부서질 듯이 우르르 떨렸다.

플레이어들도 그걸 보고 재차 스킬 발동을 준비했다.

바로 그 순간.

우르르, 콰쾅!

별안간 하늘에서부터 벼락이 떨어졌다.

오로지 붉은 불길로만 이뤄진 불벼락. 상황을 지켜보면서 기회만 엿보던 연우가 발동시킨 스킬이었다.

불벼락이 불의 파도에 흡수되었다지만, 스킬이 완전히

사라진 건 아니었다. 오히려 연우는 21층과 22층을 통과하며 스킬의 세기를 조절할 수 있게 되면서, 위력이 더 커진 면이 있었다.

본인들의 공격에만 집중한 나머지, 외부에서 다른 공격이 올 거라곤 생각지도 못했던 플레이어들로서는 정말 날벼락 같은 상황.

여러 개의 불벼락은 순식간에 플레이어들을 마구잡이로 유린했다. 특히 갈리어드와 직접 충돌하면서 부상을 입었던 자들은 온몸이 송두리째 타 버리는 끔찍한 고통을 맛봐야만 했다.

세 멍이 까맣게 익은 채, 탄내를 토해 내다가 아래로 추락했다. 남은 자들은 가까스로 스킬과 아티팩트를 발동시켜 목숨을 구할 수 있었지만, 중상을 면치 못했다.

그나마 괜찮은 자가 상체에 심각한 화상을 입었을 뿐. 나머지는 숨을 헐떡일 정도로 큰 부상이었다.

그리고 그런 녀석들 위로 날카로운 칼바람이 불면서, 연우가 공간을 열고 나타났다. 블링크와 함께, 비그리드를 거칠게 내리쳤다.

'절.'

촤촤촤!

무왕의 한영을 상대히먼시 부쩍 늘어난 검술 실력에, 선술까지 더해지면서 삽시간에 세 플레이어의 머리통이 허공으로 치솟았다.

정말이지 눈 깜짝할 사이에 벌어진 일. 남은 자들은 경악에 찬 표정으로 연우를 바라봤다.

검은 가면과 검은 옷. 그리고 붉은 날개와 새하얀 검. 얼핏 소문으로만 듣던 독식자와 똑같은 복장이었다.

연우의 달라진 복장을 모르던 갈리어드도, 그의 체형을 보고 단번에 누군지 알아차렸다.

"너……?"

『자세한 건, 여길 나가고 말씀드리겠습니다.』

갈리어드는 연우의 어기전성을 듣고 살짝 놀란 표정이 되었다. 의념을 깨달았다는 건, 랭커 급의 실력자가 되었다는 뜻이었으니까. 튜토리얼 때의 기억밖에 없는 갈리어드로서는 놀랄 수밖에 없는 성장이었다.

하지만 상황이 상황이다 보니 갈리어드는 알겠다면서 고개를 끄덕일 수밖에 없었다.

연우는 갈리어드의 허락이 떨어지자마자 그를 붙잡고 불의 날개를 더 크게 활짝 펼쳤다.

"네 이 노오오옴!"

그때, 저 아래에서 아이테르가 흉측하게 일그러진 얼굴로 노호를 터뜨렸다.

생각지도 못하게 수하들을 다섯이나 잃고 말았다. 남은 셋도 상태가 좋지 않았다. 그런데 목표까지 탈취하려고 하니 눈이 돌아갈 수밖에 없었다.

어떤 상황에서도 체면을 중시하던 녀석이 저딴 표정을 짓는 걸 보니. 연우는 십 년 묵은 체증이 확 내려가는 것 같았다.

하지만 여유를 부릴 순 없었다. 곧 녀석이 광명의 신벌을 다시 날렸고, 연우는 비그리드를 꽉 쥐었다.

광명의 신벌은 창이 투척된 자리에 수십 개의 벼락을 잇달아 내리꽂는 스킬이었다. '신벌'이라는 단어가 들어간 만큼 위력이 대단할 수밖에 없는 데다가, 아이테르가 자랑하는 빛 속성의 버프 효과까지 더해져 엘로힘 내에서도 대부분 정면으로 부딪치기를 꺼려 하는 편이었다.

그래서 연우는 비그리드를 우측으로 돌리면서 아무런 위력 조절도 없이 스킬을 터뜨렸다.

[72선술 ─ 폭(爆), 열(裂)]
[불의 파도]

새롭게 터득한 선술이 더해진 불의 파도는 빛의 화살이 만들어 냈던 것과는 비교도 힐 수 없는 화마를 일으켰다.

여기에 광명의 신벌이 더해지면서, 붉고 새하얀 기운들이 서로 뒤엉켜 버섯구름 모양으로 아주 하늘 높게 솟구쳤다.

사방으로 뜨거운 열 폭풍이 파문을 그리며 잇달아 잔뜩 퍼져 나갔다. 인근 숲 지대가 깡그리 밀리고, 흉측한 땅거죽 아래가 드러날 정도로 강한 위력이었다.

연우는 모두가 정신을 차리지 못하는 동안, 갈리어드와 함께 블링크를 잇달아 전개하면서 빠르게 자리를 벗어났다.

아이테르가 노발대발 소리를 지르는 모습이 얼핏 보였지만, 녀석도 곧 엄습하는 화마를 막아 내느라 정신이 없어졌다. 남은 생존자들이라도 어떻게든 살리려면 상당히 고생해야겠지.

「정말이지, 이건 볼 때마다 미친 것 같아. 어디 폭죽놀이라도 하는 거냐.」

「더 큰 문제는 저 불씨들이 악마의 숲에 넓게 퍼질 것 같은데…… 어떻게 될 줄 모르겠군.」

샤논과 한령의 감탄 아닌 감탄을 귓등으로 흘려들으면서. 그들이 죽은 다섯 랭커들의 영혼을 앗은 것을 확인했다.

그리고 연우는 빠르게 자리를 벗어났다.

그러다 슬쩍 아이테르가 고생하고 있을 쪽을 돌아봤다.

조만간 어떻게든 만나게 될 테니. 녀석은 그때 잡으면 될 것 같았다.

연우는 드 로이 호수에서 한참이나 벗어난 곳에 이르러서야 블링크를 중단시켰다.

너무 거칠게 마력회로를 돌렸기 때문일까. 코어와 함께 육체도 덩달아 뜨겁게 달아오르는 기분이었다.

"이곳이라면 저들도 더 이상 쫓지는 못할 겁니다."

"그렇겠군."

갈리어드는 연우의 품에서 떨어져 가볍게 지면에 착지했다.

그는 묘한 눈길로 연우를 바라봤다. 방금 전에 봤던 여러 폭발이며 검술 실력까지. 과연 자신이 알고 있는 아이가 맞나, 혹시 착각을 했나 잠시 의문이 들었다.

하지만 곧 연우가 한 말에, 자신이 사람을 똑바로 봤다는 사실을 깨달았다.

"오랜만에 뵙습니다, 갈리어드."

"역시 자네였군. 카인."

"예."

"그동안 꽤 맹활약을 벌였다는 말을 듣긴 했지만. 그래도 생각보다 많이 변했어. 순보도 세 법 살 익은 것 같고."

갈리어드는 연우가 블링크를 잇달아 전개할 때에 밟던 발재간을 놓치지 않았다.

제법 능숙한 발놀림. 여기에 마법까지 적절하게 곁들이는 실력이 꽤 괜찮았다. 자신이 준 스킬을 잘 다루고 있는 것 같아 조금 뿌듯했다.

다만, 의문도 몇 가지 들었지만.

갈리어드는 여차하면 바로 순보를 밟을 수 있도록 마력을 조금씩 유동하면서, 입을 열었다.

"그런데 내가 여기에 있는 건 어떻게 안 건가?"

"우연이었습니다."

"우연."

"예. 브라함을 찾아 뭔가를 부탁드리려 하던 참이었는데. 거처에 브라함 대신에 엘로힘 쪽 사람들과 갈리어드가 충돌하고 있더군요."

갈리어드는 고개를 끄덕였다. 확실히 자신이 있던 곳은 브라함이 지난 반년이 넘도록 머물던 거처였으니까. 지금은 폭발로 완전히 사라져 버렸지만.

"확실히. 그래서 인연이 있던 날 도와준 건가?"

"브라함이 엘로힘에서 추방된 것은 유명한 이야기니까요. 그리고 갈리어드는 브라함의 친구분이기도 하시니, 무슨 일이 벌어졌다고 생각했습니다."

"그럴듯한 추리야. 하지만 아직까지 자네가 말하지 않는 부분이 있어."

갈리어드는 두 눈을 가늘게 좁혔다.

"자네, 튜토리얼에서 했던 말과 다르게 브라함과 전혀 모르던 사이이던데. 이건 어떻게 대답할 생각인가?"

연우는 잠시 입을 다물었다. 사실 이건 전혀 생각지 못한 질문이었다.

처음 갈리어드와 만났을 때. 갈리어드는 연우에게 누구의 소개를 받고 왔냐고 물었고, 연우는 여기에 브라함의 소개를 받았다고 대답했다.

물론, 아무렇게나 둘러댄 거짓말이었다.

애당초 계획에는 탑에 들어와서 브라함을 만날 생각이 전혀 없었으므로 일기장의 내용을 바탕으로 둘러댔던 것인데.

아니, 설사 브라함을 만나더라도 갈리어드와는 상관이 없을 줄 알았다.

애초 오랫동안 만나지 못한 두 사람이니, 자신에 대해 이야기를 나눌 이유가 전혀 없었다.

하지만 이렇게 갈리어드가 탑에 오르고, 브라함과 함께 있는 한 이야기는 달랐다.

저들은 상당히 예민해 보였다. 조금이라도 수상쩍은 모습이 보인다면 브라함의 근처에는 얼씬도 못 할 것 같았다.

"너무 추궁한다고 생각지 말게. 이쪽은 지금 잔뜩 예민한 문제가 있어서 말이지."

갈리어드는 허리춤에 매단 단검에다가 손을 갖다 댔다. 자신을 구해 줬어도 너 역시 쉽게 못 믿는다는 제스처였다. 여차하면 칼을 빼 들 게 분명했다.

결국 연우는 머리를 빠르게 굴리면서 적당한 변명거리를 내놔야만 했다.

이럴 때는 진실을 90퍼센트 정도 섞은 그럴듯한 변명이 가장 잘 먹혔다.

"사실대로 말씀드리자면. 튜토리얼에서는 순보와 운디네의 잔이 필요해 거짓말을 했었습니다. 그런 말을 하지 않으면 얻을 수 없다는 말을 들어서요."

"누구한테서 브라함에 대해 들었지?"

"제가 사는 행성에, 귀환자로부터 들었습니다."

"귀환자?"

갈리어드는 미간을 확 찌푸렸다.

귀환자. 탑을 오르는 것을 포기하고 결국 자신들의 고향으로 돌아간 자들을 말한다.

탑 외 지역에 사는 이들이 여전히 탑에 대한 미련을 버리지 못해 낙오자의 신분으로 살아간다면, 귀환자들은 아예 그런 미련조차 잃어버린 채 떠난 자들이었다.

그리고 그런 이들은 플레이어로서의 자격도 같이 박탈되기 때문에, 절대 탑으로 되돌아올 수가 없었다.

그렇다 보니 귀환자를 들먹인다면 진실인지 아닌지 분간하기가 힘들었다.

"누구지? 그자는?"

"알려 드릴 수 없습니다. 이제 이곳에 이름조차 언급되기를 싫어하는 사람이니까요."

"……."

갈리어드는 잠시 아무 말 없이 고요한 눈빛으로 연우를 노려봤다. 눈가로 광망이 언뜻 맺혔다가 사라졌다.

종족 스킬, 〈요정안〉. 참과 거짓을 가리는 엘프 특유의 눈. 비록 다크 엘프가 기존 엘프 계통에서 아주 오래전부터 갈라져 왔다지만, 그래도 기초적인 종족 특성까지 잃은 것은 아니었다.

"……참이군."

그리고 갈리어드는 요정안을 통해 연우가 거짓말을 하지 않았다고 판단했다.

하지만 거짓이 어느 정도 섞여 있다는 것은 간파했다. 참을 뜻하는 흰색 바탕에 거짓을 말하는 검은색이 조금씩 어우러져 있었으니까.

사실 연우가 했던 말이 완전한 거짓말은 아니었다. 귀환자가 탑에서 지구로 온 자들을 통칭하는 것이라면, 동생은 그런 귀환자에도 해당했으니까. 언급되기를 싫어한다는 것도 당연했다.

갈리어드는 연우에게 몇 가지를 더 집요하게 질문했고, 연우는 요정안에 걸리지 않는 선 안에서 능청스럽게 대꾸했다.

결국 나온 대답은 전부 참.

"그러니까 쉽게 말해, 너는 브라함의 도움을 빌릴 일이 있어서 왔고, 그러다 싸움에 참여를 한 것이라는 거군."

"예. 그렇습니다."

"그게 말이 되나? 너는 방금 전에 그 싸움으로 엘로힘과 척을 지게 된 것이나 마찬가지인데?"

싸움에서 연우는 자신의 모습을 드러내고 말았다. 그에 대해서 잘 모르더라도, 복장과 특징만 찾아봐도 금방 정체를 밝혀낼 수 있을 게 분명했다.

거대 클랜을 적으로 돌렸다는 뜻이었다. 하지만 연우는 대수롭지 않다는 듯 고개를 가로저었다.

"소문이 나지는 않을 겁니다."

"왜 그렇게 생각하지?"

연우는 여기에 대해 굳이 대답하지 않았다. 아이테르의 성격을 안다고 말할 수 없는 데다가, 사실 여기에 대해서 대답할 필요도 없었다.

아이테르는 자존심이 아주 강한 녀석이었다. 늘 자신이 주도적이어야 하고, 중심에 있어야만 했다. 아마 탑에서도 오랫동안 귀족으로서 살아왔던 버릇이 남아 있어서일 것이다.

그래서 늘 주변 사람들을 피곤하게 만드는 스타일이었지만.

사실 그걸 뒤집어서 생각해 보면, 다른 사람들에게 깐깐한 것처럼 스스로에게도 아주 깐깐해서 늘 자기 제어를 할 줄 알았다.

그리고 어니 가서 타인의 험담을 하지 않으며, 자신이 겪고 있는 생각이나 속내도 쉽게 털어놓지 않았다.

어쩌면 녀석과 관계가 틀어진 것도. 거기에서 비롯된 것일지도 몰랐다.

아이테르는 사실 가문이 저지른 죄로 동족에게서 추방되었다가, 공을 세우면서 되돌아가게 된 케이스였다.

당연히 그 공이란 건, 아르티야에 대한 배신이었지만.

어쨌든 그만큼 녀석은 자존심이 아주 대단했다. 모든 것을 버린 녀석이기에, 자신의 위신에 상처가 가는 행동은 절대 하지 않으려고 했다.

이번에도 마찬가지.

세미 랭커도 되지 못한 저층 구간의 플레이어에게 멍청하게 당했다는 소문이 나면, 가장 체면에 손상이 갈 사람이 아이테르였다.

녀석은 어떻게든 이 사실을 숨기고, 연우에게 복수를 하려 할 게 틀림없었다.

갈리어드는 '쯧' 하고 가볍게 혀를 차면서 마지막으로 질문을 던졌다.

"하면 필요하다는 그 도움이란 게 뭐지?"

물론, 현자의 돌에 대해서 말해 줄 수는 없었다. 그래서 적당히 생각해 둔 변명을 둘러대려는데.

갑자기 갈리어드가 손을 들어 잠시 말을 중단시키더니 고개를 살짝 숙였다. 뭔가와 의사 교환을 하는 듯한 몸짓. 아무래도 멀리서 이곳을 지켜보고 있을 브라함과 통신을 나누고 있는 듯했다.

그러다 갈리어드가 통신을 끝내고 연우를 묘한 눈길로 바라봤다. 뭔가 믿을 수 없다는 눈빛으로.

"집주인이 묻는군. 어째서 너에게서 용의 냄새가 나느냐고."

"……!"

이번에는 연우가 놀라고 말았다. 용의 인자는 각성을 이루기 전까지는 절대 겉으로 드러나지 않을 텐데? 여름여왕도 읽어 내지 못한 것을 어떻게 브라함이 읽어 낸 거지?

연우는 최대한 내색하지 않고 고개를 가로저었다. 가면을 쓰고 있는 건, 이럴 땐 참 편했다.

"……무슨 말씀이신지 모르겠습니다만."

"그건 집주인에게 가서 묻고. 녀석이 널 데려오라고 한다. 따라와라."

갈리어드는 뒤로 돌아서면서 길을 안내하기 시작했다.

연우는 그런 갈리어드의 뒷모습을 보다가, 짧게 한숨을 내쉬면서 따라갔다.

판을 내주는 건 영 탐탁지 않은데. 부탁을 하러 온 이상, 아무래도 주도권은 저쪽으로 넘어간 것 같았다.

그리고 한편으로는 그런 생각도 들었다.

정말 브라함은 어떻게 용의 인자를 읽은 걸까?

*   *   *

갈리어드가 이동한 곳은 악마의 숲에서 동남쪽에 위치한 어느 언덕이었다.

겉으로 보기에는 단순히 유령들이 돌아다니는 숲의 일부로만 보였지만, 어느 지점을 통과한 순간, 공산을 따라 작은 파문이 그려지더니 주변 광경이 확 달라졌다.

우중충하던 붉은 하늘 대신에 맑은 푸른 하늘이 열렸고, 을씨년스럽던 숲은 상쾌한 바람을 한껏 가져다주는 곳이 되었다.

한쪽에서는 시냇물이 졸졸 흐르고 있었다.

'심상 결계.'

연우는 자신이 통과한 곳이 무엇인지 눈치채고 조금 묘한 눈빛을 떴다.

심상 결계. 심상 세계를 구축하는 결계를 의미한다. 단순히 결계가 외부와 내부를 구분 짓는 경계선이라면, 심상 결계는 구분된 내부를 시전자의 색으로 물들일 수 있게 만드는 고차원적 마법이었다.

이를테면, 연우가 구축할 수 있는 영역이 보다 더 구체화된 형태라 할 수 있는 바.

이곳은 브라함이 구축한 그만의 성(城)이라 할 수 있었다.

그리고 당연히 이것을 건설하기 위해서는 그만한 수고와 노력, 그리고 물자와 시간을 필요로 했다.

그런데도 이렇게 설치해 뒀다는 뜻은 딱 하나.

브라함이 알려진 것보다 더 오랫동안 23층에 본거지를 마련하고 살았다는 뜻이었다.

'대체 여기에 뭐가 있기에?'

갈리어드가 말했다.

"앞으로 보게 될 건 다른 곳에 절대 발설하면 안 될 거다. 아니, 어쩌면 당분간 일이 해결될 때까지 강제로 억류될 수도 있으니, 내키지 않으면 지금이라도 되돌아가라."

어차피 연우도 돌아갈 생각이 없었다. 연우는 그래도 괜찮다고 대답한 뒤, 물었다.

"여기서 보호하고 있는 것. 엘로힘이 쫓는 것과 관련이 있는 겁니까?"

"맞다."

갈리어드는 고개를 끄덕이고 입을 꾹 다물었다. 그런 그의 눈가로 살짝 안타까운 빛이 스쳐 지나갔다. 연우는 그것을 놓치지 않았다.

곧 두 사람은 심상 세계의 가장 중심에 도착할 수 있었다.

유일하게 나무가 자라지 않는 넓은 공터. 원래 브라함이 머물렀던 모옥과 똑같이 생긴 모옥이 놓여 있었다.

그리고 마당에는 학자처럼 안경을 쓴 한 남자가 여자아이와 놀고 있었다.

숨바꼭질이라도 하던 중이었는지, 여자아이는 꺄르르 웃으면서 이리저리 뛰어다니다가, 갑자기 인기척이 느껴지자 우뚝 멈췄다.

그리고 갈리어드 외에 다른 사람이 있는 것을 보고, 소스라치게 놀라면서 황급히 남자의 뒤편으로 숨었다.

'용인(龍人)?'

더불어 연우의 눈도 덩달아 같이 커졌다.

여자아이는 각성을 이뤘을 때의 연우와 생김새가 많이 비슷했다.

전체적으로 인간의 형태를 띠지만 상체 일부가 비늘로 덮여 있었고, 치마 아래로는 도마뱀 꼬리가 기다랗게 나 있었다. 뾰족한 송곳니와 세로 동공, 등에는 아주 작은 날개도 달려 있었다.

용인이었다. 수백, 혹은 수천 년에 한 번씩 용종과 인간 사이에서, 종족의 한계를 뛰어넘어 태어난다는 이질적인 존재.

달리 반인반룡이라 불리기도 했다.

'하지만 분명 용인은 아난타를 끝으로 더 이상 없을 텐데?'

고룡 칼라투스를 마지막으로 용종이 멸종한 후, 용과 밀접한 관련이 있는 플레이어는 탑 내에 단 셋밖에 되지 않았다.

최후의 용, 여름여왕.

반인반룡, 아난타.

고룡의 후계자, 차정우.

하지만 여기서 차정우는 죽었으니 단둘만 남은 상태.

여기서 여름여왕은 레드 드래곤의 수장으로 있었고, 아난타는 갑자기 알 수 없는 이유로 종적을 감췄다.

그리고 연우는 아난타가 사라진 이유를, 일기장을 통해 알고 있었다. 아난타가 마지막으로 만났던 사람이 동생이었던 탓이었다.

그런데 새로운 용인이 나타났다고?

물론, 용인의 몇 안 되는 후손들 중에 간혹 용의 인자가 깨어나는 경우가 있긴 하지만, 그건 어디까지나 잠재 능력이 개화되는 정도일 뿐. 서렇게 또렷한 용의 특징을 지니지는 않았다.

그래서 연우는 자기도 모르게 시선이 그쪽으로 가고 말았다.

엘로힘이 관심을 두는 것도 이해는 되었다. 용종의 포섭은, 원래 엘로힘의 오랜 숙원 사업 중 하나였으니까.

여자아이도 그런 시선을 느끼고 부담스러웠던지, 더 깊숙이 남자의 뒤편으로 몸을 숨겼다. 옷자락을 쥐고 있는 고사리 같은 손에 힘이 바짝 들어갔다.

남자는 괜찮다면서 여자아이의 머리를 쓰다듬어 주고, 안경을 고쳐 쓰면서 연우를 봤다. 여자아이를 대할 때와 다르게 싸늘해진 눈빛이었다.

그가 바로 브라함.

엘로힘에서 쫓겨났지만 그 사실을 자랑스러워하고, 언제나 자유를 추구하며 한없이 냉소적인 남자.

그리고 주신 브라흐마가 98층을 떠나 세상에 내려앉기 위해 육체를 입고 강림한 성육신(成肉身, Incarnation).

"네가 용의 힘을 품고 있던 바로 그 녀석이로군."

성육신.

이것은 분신이나 화신과는 그 개념이 아주 많이 달랐다.

분신은 언젠가 사라지게 될 복제된 허상에 불과하고, 화신은 수많은 인격 중 하나가 독립성을 부여받아 잠시 외출한 형태였다.

흔히 사도가 신의 집행자이자 화신이라고 불리는 이유도 그 때문이었다.

신의 직접적인 가호와 간섭을 받는 그들은, 신의 권능을 행사하는 대신에 신과 일부 섞여 드는 황홀경을 자주 겪어야만 한다. 어떨 때에는 자아와 신의 경계선을 잃을 때도 있었다. 물론, 그렇다고 해서 주체성이 결여되는 것은 아니었다.

하지만 성육신은 이런 분신이나 화신보다 개념이 훨씬 높았다.

신이 '직접' 육체라는 감옥에 갇혀 이 세상에 강림한 형태였으니까.

16층의 앉은뱅이 세 여신과도 개념이 조금 달랐다. 그들은 성역을 벗어나 권능을 행사할 수 없다.

하지만 성육신은 자유롭게 층계를 오고 가는 것이 가능했다.

다만, 육체라는 감옥에 갇혀 있기 때문에 발휘할 수 있는 권능에 한계가 있고, 이곳에서 죽는다는 건 영혼에도 상당한 타격이 가 자칫 신격을 박탈당할 가능성이 컸다. 어쩌면 정말 소멸을 맞을지도 몰랐다.

그래서 신과 악마들은 사도를 두는 것을 선호하지, 절대 성육신을 만들지 않았다.

자칫 죽을 수도 있는 일. 그리고 권능도 행사하지 못하는 숨 막히는 감옥에 자처해서 들어갈 자는 아무도 없었다.

하지만 브라흐마 신은 달랐다.

그는 98층 신과 악마들과 엮이는 것을 아주 증오했고, 그래서 하층으로 내려왔다.

엘로힘에서 스스로 걸어 나온 것도 바로 그런 이유 때문이었다. 그가 봤을 때에는 그들의 특권 의식은 98층의 신, 악마들과 다를 게 없었다.

다만, 엘로힘이 입장에서는 신의 현신(現身)을 무시할 수

없으니, 그와 대립하지도 못하고 멀리서 지켜보는 수밖에
는 없었다.

그리고 그사이, 브라함은 층계를 자유롭게 오고 가면서,
자신이 추구하는 신위와 신화를 풀어 나갔다.

브라흐마 신의 신위는 창조. 그리고 지식이다.

대가 끊긴 연단술에 손을 대고, 갖가지 실험을 해 가면서
알지 못하는 지식을 알아나가는 것. 그것만으로도 브라함
은 충분했다.

물론, 브라함이 브라흐마 신의 성육신이라는 사실은 철
저하게 비밀에 부쳐져 있었다.

널리 알려져 봤자 자신에게 도움이 될 일이 하나도 없으
니까.

브라함의 철칙은 아주 간단했다.

자신과 관련된 일이 아니면 절대 간섭을 하지도, 받지도
않는다는 것.

엘로힘도 자신들의 수치라 할 수 있는 사건이 퍼지지 않
게 하기 위해 그를 철저히 숨기고자 했다.

사실 동생이 브라함의 정체를 알고 있는 것도, 오래전에
겪었던 어떤 사건을 통해서일 뿐.

어디 가서도 발설하지 않도록 약속했기 때문에 어디에서
도 발설치 않았다.

있다면 일기장뿐.

물론, 연우도 여기에 대해서 아무런 발설도 하지 않았다.

현자의 돌을 만드는 데, 브라흐마 신의 성육신이라는 사실은 아무런 관련도 없었으니. 그도 브라함과 마찬가지로, 자신과 연관 없는 일에는 굳이 개입할 필요를 못 느꼈다.

하지만.

상대가 자신의 숨겨진 능력을 알아본다는 사실은 조금 짜증이 났다.

연우는 잠시 동안 아무 말도 하지 않고, 브라함과 여자아이를 번갈아 봤다.

머릿속이 복잡했다.

여기서는 뭐라고 대답하는 게 좋을까. 끝까지 잡아떼는 게 좋을까 하는 생각이 들었다.

하지만.

"……용마안 때문입니까?"

연우는 결국 일부 비밀을 털어놓기로 마음먹었다.

어차피 상대가 확신을 가지고 있는 이상, 계속 잡아떼는 것도 무리가 있다. 게다가 한동안 옆에서 기술을 전수받으려면, 우선 신뢰를 쌓아야만 했다.

사실 본격저으로 작업을 시작할 때에는 현자의 돌에 대

해서도 어느 정도 비밀을 털어 놓을 생각이기도 했다.

다만, 비밀이 새어 나갈 걱정은 전혀 하지 않았다.

'정우가 죽어 가는 상황에서도 결국 끝까지 도움을 주지 않을 정도로, 자신의 신념에 철저한 자이니까.'

원망이 없다면 거짓말이었다.

동생은 그래도 친한 지인이라고 생각했지만, 그는 결국 끝까지 도와주지 않았다. 그렇다고 상대편에 서지도 않았지만. 철저한 방관만 고수했다.

하지만 거래 상대로는 충분히 믿을 만했다.

"맞다. 정확하게는 이 아이의 눈과 내 스킬이 같이 작용했기 때문이지만."

브라함은 여자아이의 머리를 손으로 쓰다듬었다. 옷깃을 붙잡고 있는 여자아이의 손길에 힘이 바짝 들어갔다.

연우는 고개를 끄덕였다.

사실 여름여왕도 전장에만 관심을 기울이지 않고 용마안으로 자신을 살폈더라면 들켰을지도 모르는 일이었다. 아니, 어쩌면 드래곤 하트가 망가져서 더 몰랐을 수도 있다.

하지만 여자아이의 용마안에 브라함의 권능이 더해진다면. 아마도 더 큰 효력을 띨 것이다. 정확하게는 브라함의 권능 9할에 용마안이 1할만 작용한 것일 테지만.

물론, 연우는 이번에도 모른 척 넘어갔다.

대신에 여자아이를 살피면서 물었다. 여자아이가 더 뒤로 바짝 숨었다.

"아난타의 자식입니까?"

브라함은 눈을 빛냈다.

"그녀를 아나?"

"이름만 들었습니다. 여름여왕은 자신의 종족을 증오해 후세를 남기길 거부하고 있고, 칼라투스의 의지를 이었던 헤븐윙은 죽었습니다. 그렇다면 아난타밖에는 남지 않죠. 저 아이는…… 쿼터쯤 되겠군요."

하프였던 아난타와 짝을 맺을 용종은 남아 있지 않으니. 그리고 초감각으로 슬쩍 살펴뵈도, 아난타보다 훨씬 잠재력이 약했다.

"엘로힘에게 쫓기는 이때, 저를 들이신 것은 아무래도 저 아이 때문인 것 같고. 그것을 두고 거래를 하시려는 겁니까?"

브라함이 입꼬리를 말아 올렸다. 어떻게 보면 만족에 찬 미소로도 보였지만, 또 어떻게 보면 냉소에 가깝다 싶을 정도로 시니컬한 미소이기도 했다.

대화가 잘 통하는 상대를 만났을 때에는 무엇이든 만족스러운 법이다.

"왜? 나쁜가?"

"설마요. 오히려 저로서는 더 다행이다 싶습니다. 사실 당신과 어떤 거래를 해야 할지 고민하던 차였으니까요."

물론, 생각을 안 해 둔 건 아니었다. 하지만 거래 내용을 브라함이 제시한다면 이야기는 달라진다. 그만큼 협상이 부드럽게 진행될 테니까.

브라함이 내걸려는 조건은 아주 간단했다.

'저 아이가 아직 깨우치지 못한 용의 권능이나 습성을 유도케 하려는 거겠지.'

여자아이는 용인이면서도 아직 용종의 힘을 제대로 다루지 못하는 것 같았다. 어미인 아난타는 대체 어디로 간 걸까?

"좋아. 그럼 우선 그대가 거래 대상이 될 자격이 있는지부터 확인해 봐야겠지. 넌, 누구지?"

이름을 묻는 게 아니다. 용의 후계가 모두 사라졌다고 알려진 지금, 어떻게 새로운 후계가 나타날 수 있는지를 묻는 것이다.

"굳이 거기에 대해 대답할 필요는 없는 것 같습니다만. 대신에 자격만 보이면 되는 거 아닙니까?"

연우는 확실하게 선을 그어 두고, 용체 각성을 시도했다.

화아악—

피부 위로 용의 비늘이 잔뜩 올라왔다. 푸른색보다는 남색에 가까운 색깔. 눈동자에도 용마안이 열리면서 세로 동공이 맺혔다.

"……아!"

힐끔 이쪽을 쳐다보던 여자아이는 입을 쩍 벌리며 처음으로 소리를 냈다. 다시 얼굴이 빨개져 브라함의 뒤로 숨었지만, 곧 빼꼼 머리를 내밀어 연우를 훔쳐봤다.

동족을 찾은 것에 대한 안도감이 보였다.

연우는 다시 브라함을 보면서 물었다.

"이 정도면 되겠습니까?"

"충분하군."

"그럼 너 자세한 이야기를 나눠 보도록 하죠."

*　　　*　　　*

연우는 브라함을 따라 모옥으로 들어갔다.

모옥은 연단술사의 거처답게, 곳곳에 갖가지 시약과 시료들이 분류별로 나눠져 있었고, 해괴한 재료들을 따로 보관한 보관함도 많았다.

갈리어드는 혹시 아이테르 등이 뒤를 밟았을 수 있으니 잠시 주변을 살펴보고 오겠다면서 자리를 비웠다.

덕분에 연우는 브리힘과 많은 대화를 나눌 수 있었다.

"사실 갈리어드가 그대에 대한 이야기를 하지 않았더라면, 용의 기운이 느껴졌어도 절대 초빙을 하지 않았을 거야. 저 까만 놈이 그렇게 자주 거론하는 놈은 네가 처음이었으니까. 물론, 내 이름을 팔았던 건 좀 불쾌했지만."

"그건 사과드리겠습니다."

브라함이 유일하게 마음을 연 사람이 있다면 딱 한 사람을 꼽을 수 있었다. 갈리어드.

처음에는 운디네의 잔을 구하기 위해 시작되었던 관계가, 이제는 각별한 친구 사이로 발전했다.

연우는 속으로 갈리어드에게 감사하다는 인사를 하고, 본격적으로 이야기에 들어갔다.

"당신은 타인의 일에 철저하게 무관심하다고 들었습니다. 그런데 어떻게 아난타의 아이를 돌보게 된 것입니까?"

"네가 용인인 이유를 말해 주지 않듯, 나 역시 거기에 대해서 말해 줄 필요는 없을 텐데. 다만, 아난타와의 거래였다는 정도만 말해 두지."

브라함이 눈을 가늘게 좁혔다.

"어차피 우리에게 중요한 건 서로 간에 필요한 걸 채우면 되는 것 아닌가?"

브라함은 철저하게 선을 그으면서 거래 조건에 대해 말했다.

"내가 요구할 건 하나. 당분간 이곳에 머물면서 저 아이에게 용과 관련된 지식을 전수해 줬으면 좋겠어."

연우는 여자아이 쪽으로 시선을 돌렸다.

그녀는 기둥 뒤에 숨어서 빼꼼 고개를 내밀고 이쪽을 살피다가, 연우와 눈이 마주치자 황급히 기둥 뒤로 모습을 감췄다.

"이야기해 줘야 할 선이 있습니까?"

"아니. 네가 아는 것이라면 전부 말해 줘. 권능, 지식, 족보. 그들의 위치. 필요하다면 역사까지도."

역사를 말해 주라는 건 조상의 멸종에 대해서도 거리낌 없이 이야기하라는 뜻이었다. 처음 봤을 때에는 그래도 친딸처럼 아껴 주는 것 같더니. 이런 면에서는 철저한 것 같았다.

"아이 이름은 무엇입니까?"

"세샤."

세샤. 용종의 언어로 '잔여'라는 뜻이었다.

어쩌면 여자아이에게 잘 어울리는 이름일지도 몰랐다. 조금은 슬프지만.

"그리고 때에 따라서는 보호자 역할도 해 줬으면 해. 되도록 외부로부터 방비는 우리가 신경 쓸 테지만. 그래도 모르는 일이라. 너도 아이를 지킬 실력은 되는 것 같고."

"알겠습니다. 하죠."

브라함은 연우가 너무 순순히 조건을 받아들이자 살짝 놀란 눈이 되었다. 어떻게 보면 자신들이 겪고 있는 일에 같이 휘말리라는 말이 될 수도 있는 것인데. 너무 쉽게 받아들인 것이다.

하지만 연우로서도 그 정도는 각오해야만 했다. 사실 그 역시 조금 무리한 부탁을 할 생각이었으니.

"그럼 제 조건을 말씀드리겠습니다."

"말해."

"당신이 집필했다는 '수성의 서'를 배우고 싶습니다."

"⋯⋯!"

브라함의 눈빛이 딱딱하게 굳었다. 그를 따라 불길한 기운이 감돌면서 연우의 주변을 뱅글뱅글 맴돌았다.

언제나 밝았던 심상 세계의 분위기도 유독 무겁고 우울해졌다.

사실 이건 위험한 발언이었다. 수성의 서는 브라함이 신이었을 시절의 기억과 하층으로 내려와 추가로 쌓은 지식을 합쳐 만든 연단술서였다.

어쩌면 그의 모든 것을 담은 총아라고도 할 수 있는 것을 내어 달라고 했으니. 민감하게 받아들이는 것도 당연했다.

특히 이곳은 브라함의 영역 속. 자칫 연우가 위험해질 수도 있었다.

하지만 연우는 태연했다.

"세샤가 겁을 내고 있습니다만. 그래도 괜찮습니까?"

브라함은 아랫입술을 살짝 깨물더니 기운을 거둬들였다. 처음으로 보인 감정의 동요. 연우는 그것을 놓치지 않았다. 아무래도 브라함은 생각했던 것보다 세샤를 훨씬 더 아끼는 것 같았다. 어쩌면 정말 친딸처럼 여기는지도 몰랐다.

"수성의 서는 어떻게 알고 있는 거지?"

"갈리어드와 이야기를 나눌 때 듣지 않으셨습니까? 귀환 자에게서 들었습니다."

"그것을 아는 자는 없다."

"전무한 것은 아니죠. 몇 명은 직접 봤었으니까요."

브라함은 예리하게 눈을 뜨면서 연우를 노려봤다. 자신의 총아이자 약점을 내어 달라는 것만큼 무례한 것은 없다. 아마 이 순간에도 그는 계속 계산하고 있을 것이다. 연우를 이대로 둘지. 아니면 처치를 할지.

연우는 여기서 한 발 물러서야 한다는 것을 알았다.

"물론, 전부 배우겠다는 건 아닙니다."

"그럼?"

"연금술과 관련된 항목이면 됩니다."

"연금술?"

"예."

브라함의 눈빛이 살짝 가라앉았다.

"수준은?"

"가능한 것까지라면, 전부."

"나머지는 용의 지식으로 응용해서 채울 셈이겠군."

"부정하지는 않겠습니다."

브라함은 잠깐 깊은 생각에 잠겼다. 이리저리 계산을 해 보는 것이다. 자신에게 불리한지, 아니면 유리한지.

"연금술에 대한 지식은?"

"기초 수준 정도는 된다고 생각합니다. 기본기이긴 해도 헤노바에게서 야금술을, 빅토리아에게는 룬 마법을 배운 적이 있습니다."

브라함은 뜻밖이라는 표정이 되었다. 그도 사실 5대 명장에 드는 실력자. 다른 두 실력자에게서 '기초'를 배웠다면, 보통 사람들의 기준으로는 상급에 해당했다.

"그건 다행이군. 기초 지식부터 가르치는 건 성에 차지 않아서. 그리고 나도 따로 해야 하는 일이 있어, 많이 가르쳐 주지는 못해."

"그래도 괜찮습니다."

"좋아. 그럼 이걸로 계약 조건을 마무리하지."

두 사람은 마나의 언약을 걸어 맹약서까지 기술한 뒤에

야, 손을 맞잡을 수 있었다.

「이것 참. 엄청 살 떨리는 아저씨네, 저거. 왜 저렇게 말투가 딱딱해? 한 대 쥐어박을 뻔.」

「그래도 합리적인 성격이라고 들었는데. 저 아이 때문인가?」

브라함을 둔 샤논과 한령의 평가였다.

*　　　*　　　*

그 뒤부터 연우는 매일 밤마다 2시간씩 브라함으로부터 연금술에 대한 강론을 듣기 시작했다.

다행히 헤노바에게서 배운 지식은 아주 큰 도움이 되었다. 헤노바는 자신이 가르쳐 준 것들이 별것 아니라는 식으로 둘러댔지만, 사실은 오랜 대장장이 생활로 습득한 노하우였기 때문에 깊이가 남달랐던 것이다.

오히려 몇몇은 브라함이 배워 갈 정도였다.

그리고 낮에는 주로 연우가 세샤를 돌봐 줘야 했다. 원래는 브라함이 했던 일이었지만, 자신은 따로 또 해야 할 일이 있다며 자리를 비우는 터라 어쩔 수가 없었다.

「예정에도 없는 보모 역할이로구만. 꽤 고생하겠는데? 으흐흐!」

샤논은 재미있어 죽겠다는 듯 계속 키득거렸다. 아무래도 무뚝뚝한 성격인 연우가 아이를 잘 돌볼 수 있을지 의문이 들 수밖에 없었다. 울리지나 않으면 다행이었다.

세샤도 동족이라 할 수 있는 연우에게 조금 관심을 보이긴 했지만, 섣불리 다가가지는 않았다. 먼발치에서 기둥 뒤에 숨어 힐끔힐끔 훔쳐보는 게 전부였다. 말도 없었다.

「저 봐. 되게 경계하는데? 주인, 어쩔래? 저러다가 뭘 가르쳐 주기는커녕 울기라도 하면 말짱 도루묵이잖아. 엣헴. 그래도 걱정 말라고. 나로 말할 것 같으면, 사실 여러 미망인들을…….」

'누가 못 돌본다고 했지?'

「엥? 그거야……!」

샤논은 자신만만한 연우의 대답에 '이게 아닌데?'라는 생각을 했다.

연우는 샤논을 무시하고 갑자기 부엌으로 가더니 조리기구를 이것저것 살피기 시작했다. 다행히 남자 어른들만 있는 것과 다르게 취사에 필요한 것들은 다 있었다.

그중에서 필요한 것들을 준비하고, 인트레니안에서 밀가루를 비롯해 계란, 백설탕, 우유, 식용유, 딸기, 바나나, 초코 시럽 따위를 꺼내 올려 뒀다.

그리고 머릿속 한편에 묻어 뒀던 기억을 되짚으면서, 레시피를 따라 조리를 시작했다.

「으잉? 이게 뭐야?」

「요리를 하시려는 것 같은데. 꽤 익숙해 보이시는군.」

「뭐? 이 벽창호가, 요리를?」

연우는 샤논이 놀라거나 말거나, 밀가루와 베이킹파우더, 버터, 백설탕 등을 적절히 배합해 반죽을 만들고, 꺼낸 계란 두 개를 깨서 흰자와 노른자로 나누어 머랭을 치기 시작했다.

뒤에서 가만히 연우가 하는 일을 지켜보던 세샤는 궁금증이 생겨 계속 시선을 이쪽에다 고정시켰다.

연우는 세샤의 시선을 느꼈지만 못 본 척했다. 이럴 때는 모른 처하면서 저쪽에서 다가오도록 만들어야 한다. 이쪽에서 억지로 나가 봤자 오히려 더 멀리 도망친다는 것을 잘 알고 있었다.

그렇게 프라이팬에 계란을 섞은 반죽을 두르고, 불에다 노릇하게 가열시켰다.

고소한 냄새가 풍기자, 세샤는 뭔가에 홀린 표정으로 조금씩 이쪽으로 다가왔다. 입가에 침이 살짝 고였다. 때마침 식사 시간도 꽤 지나 출출하던 참이었다.

"이거…… 뭐예요?"

결국 호기심을 이기지 못한 세샤가 조용히 연우의 옷깃을 잡아당기면서 물었다.

"간식."

"간식이요?"

세샤의 눈이 초롱초롱하게 빛났다.

그 모습이 너무 귀여워 연우는 자기도 모르게 피식 웃었다. 꼭 누군가를 떠올리게 하는 모습. 숨겨 뒀던 추억 하나가 떠올랐다.

조리가 끝난 팬케이크를 접시에다 담고, 그 위에 얇게 썬딸기와 바나나 조각을 보기 좋게 올렸다. 그리고 초코 시럽을 살짝 위에다 뿌려 주면서 식탁에다 올렸다.

"먹어라."

세샤는 짧은 다리로 낑낑대면서 의자에 올라가 허겁지겁팬케이크를 먹기 시작했다. 맛있던지 입가에 시럽을 잔뜩묻혔다.

연우는 옆에서 손수건으로 조용히 세샤의 입가를 훔쳤다. 별말은 없지만, 더할 나위 없이 자상한 모습이었다.

「세상에……! 이건 내일 세상이 무너질 징조야! 탑이 무너질 거라고오!」

「저런 면도 있으셨군.」

샤논은 유달리 호들갑을 떨었고, 자식을 키운 경험이 있는 한령은 옛 기억이 떠올라 흐뭇하게 웃었다. 레베카도 연우의 머리 위로 슬쩍 나타나 웃음을 흘렸다.

연우는 귀엽게 냠냠 먹는 세샤를 보는 내내 미소를 지우지 않았다.

그리고 그런 모습을 보는 내내. 여태 잊고 있었던 추억이 조금씩 떠올랐다.

아프리카에 있을 시절. 아주 짧았지만, 잠시나마 '행복하다'는 생각이 들게 했던 연애 생활이 있었다. 그때 사귀었던 여자 친구에게 이만한 딸이 있어서, 자주 팬케이크를 해줬었다.

결국에는 헤어지게 되었지만. 그래도 연우에게는 몇 안 되는 추억 중 하나였다.

"맛있니?"

"네!"

세샤는 접시 바닥에 있던 초코 시럽까지 전부 혀로 핥고, 깨끗해진 접시를 앞으로 내밀었다.

"더 주세요!"

연우는 활짝 웃는 세샤를 보면서 미소를 흘렸다.

*   *   *

호숫가 일대를 뒤집었던 폭발이 겨우 가라앉은 후.

아이테르는 이를 바득 갈았다.

"……제길!"

명예를 추구하는 성격 때문에, 웬만한 모욕에도 흔들리는 성격이긴 했지만, 그렇기에 반응은 오히려 적은 그였는데. 지금만큼은 평소와 다르게 욕이 나올 수밖에 없는 상황이었다.

입고 있던 방어구는 내구도가 바닥을 쳐서 금방이라도 부서질 것 같았고 속은 화상으로 타들어 갈 것 같았다.

그나마 속성이 빛이라 열에 대한 저항력이 높아서 망정이지, 이것도 아니었다면 정말 큰일이 났을지 몰랐다.

"남은 사람은? 무사한 사람은 몇이나 되지?"

아이테르의 다급한 부름에 연결 고리로 이어져 있던 수하들이 하나둘씩 나타났다.

그들 전부 하나같이 온전한 구석이 없었다. 용케 숨만 붙어 있는 사람도 있었다. 그런 사람이 단 셋이었다.

네 명이라니. 아홉 명이 와서 죽은 숫자가 다섯이었다. 그들 중에는 하이 랭커를 넘보는 실력자도 섞여 있었다.

갈리어드와 브라함을 잡기에는 충분하다 못해, 넘치는 전력이라고 자부할 정도였다.

하지만 갑자기 나타난 녀석이 모든 것을 망쳐 버렸다. 방심만 하지 않았어도. 그런 생각이 자꾸만 머릿속을 맴돌았다.

하지만 이미 결과는 이렇게 나온 뒤였다.

이런 전력을 가지고 다시 브라함을 노린다고 한들, 과연 제대로 싸울 수 있을까 싶은 생각이 가장 먼저 들었다.

이렇게까지 화가 치밀어 오른 건, 헤븐윙을 잡으러 갈 때 이후로 처음이었다.

우드득.

꽉 쥔 주먹이 부르르 떨렸다. 실핏줄이 잔뜩 올라왔다.

아이테르는 진지하게 고민했다. 이대로 후퇴할 것인지, 말 것인지.

전자라면 충분히 전력을 다시 보충하고 올 수 있으니 사안을 확실하게 처리할 수 있었다. 특히 새로운 난입자에 대한 전력도 어느 정도 파악했으니, 지금처럼 당하지 않을 자신이 있었다.

하지만 그래서는 일족으로부터 불신임을 받게 된다. 한낱 랭커도 되지 못한 놈에게 당했다고.

최근 21층에서 올포원과 동등한 선상에 오른 것 때문에 탑이 떠들썩해질 만큼 실력자이긴 했지만, 그래도 그를 견제하는 가문들은 이때를 기회라 여기면서 개떼 같이 달려들어 물어뜯으려 할 게 분명했다.

'들켜서는 안 된다.'

결국 아이테르가 할 수 있는 선택은 딱 한 가지밖에 없었다. 어떻게든 지금 진틱반으로 브라함을 제압해서, 세샤라는 용인을 납치해야만 했다.

세샤는 여름여왕을 제외하면 이제 유일하게 탑에 남은 용의 후손. 초월종에서도 가장 상위에 놓였다는 용을 확보해 유전자를 남길 수만 있다면, 추후 엘로힘이 성장하는 데 큰 도움이 될 수 있다.

용종 복원 작업에 한 발자국 더 가까이 다가가는 것이다.

하지만 '대체 어떻게?' 라는 생각이 들 수밖에 없었다. 브라함만 하더라도 아이테르와 맞먹을 정도인 데다가, 그의 도움을 받는 갈리어드와 독식자가 같이 나선다면 머리가 아파지게 된다.

"……제길."

결국 조금 휴식을 취하다 빈틈을 노리는 수밖에는 없나. 아이테르가 그렇게 생각을 정리하면서 수하들을 돌아보려는데.

"그딴 꼴로 대체 뭘 하려고?"

갑자기 익숙한 목소리가 허공에서 울렸다. 아이테르는 목소리의 주인공이 누군지 깨닫고 낯빛을 잔뜩 구겼다. 녹색 포탈이 열리면서 한 여인이 조용히 내려와 착지했다.

아이테르와 판박이라 할 수 있는 얼굴이었지만, 전체적인 선이나 느낌이 정반대인 여인이었다.

낮의 헤메라. 아이테르와 쌍둥이 남매로 태어났지만, 추구하는 길이 달라 운명까지 달라진 동생이었다.

"뭘 하러 온 거냐?"

"보면 몰라? 못난 오라비 도와주러 왔지."

"장난을 칠 거라면……!"

"이게 장난으로 보여?"

헤메라는 가볍게 손가락을 튕겼다. 그러자 그녀 주변으로 포탈이 여러 개 열리면서 서른 명에 달하는 사람들이 나타났다.

전부 하나같이 탑에서 좀처럼 보기 힘든 종족들. 전부 그녀를 따르는 수하들이었다.

"이 정도 선력이라면 부족분을 채우기에 충분하다고 생각이 드는데. 어떻게 생각해?"

헤메라는 검지로 농염한 입술을 살짝 문대면서 웃었다.

아이테르는 주먹을 꽉 쥐었다.

"내 공이라도 가로채려고?"

"에이. 남매 사이에 그게 무슨 섭섭한 말이야. 가로채다니. 혼자 먹기 버거워 보이니 도와주겠단 거지."

"……."

아이테르는 입을 꾹 다물었다. 자존심은 그녀의 도움을 받지 말라고 하고 있었지만, 이성은 그 말을 차단하는 중이었다 용종 복원 작업. 아니, 정확하게 '고대종(古代種) 복원 작업'은 엘로힘의 숙원 사업이나 다름없었다. 멸종한 용과 거인을 복원시켜 엘로힘에 예속시킨다는 것. 이보다 짜릿한 것은 없을 테니까.

작게는 복원한 용을 바탕으로 여름여왕의 패권을 꺾을 수 있을뿐더러, 넓게는 올포원을 잡아 그 위에 있을 악마에까지 다다를 수도 있었다.

특히 여름여왕의 마력기관인 드래곤 하트가 거의 망가진 게 확실해진 이때.

때마침 좋은 재료가 주어지기까지 했으니 절대 눈앞에 놓인 기회를 놓칠 수 없었다. 헤메라도 그걸 알고 숟가락을 얹으려는 것이다.

문제는 그렇게 될 경우, 앞으로 아이테르는 헤메라에게 손발이 전부 묶이는 것이나 마찬가지라는 점이었다.

아이테르에게 남은 선택지는 이것밖에 없었다. 수많은 일족들 앞에서 '용의 시료를 구해 오겠다'고 큰소리를 친 것이, 발목을 붙잡은 셈이었다.

헤븐윙. 고룡 칼라투스의 인자를 이어받은 헤븐윙 차정우의 사체만 확보를 했었어도 이런 수모는 겪지 않아도 됐을 텐데.

하지만.

고민은 잠깐이었고, 결정은 이미 나와 있었다.

"좋아. 합류해. 대신에 공적의 비율은 반반이야."

헤메라의 눈썹이 살짝 꿈틀거렸다.

"왜 이러실까? 내 도움이 없으면 아무것도 못 할 양반이? 그렇게 배짱 좋게 나와도 되는 거야? 3대 7."

"흥! 싫으면 집어치워. 어차피 브라함의 행방을 아는 건 나밖에 없으니까. 아니면 너 혼자서 저 잘난 수하들 데리고 남은 스테이지를 일일이 뒤져 보시지 그래?"

아이테르는 그러면서 팔짱을 끼고, 비웃음을 흘렸다.

"그리고 무엇보다 브라함이 준비하고 있는 연성진이 무엇을 의미하는지 모를 리도 없을 테고. 잘 생각해 보는 게 좋을 거야. 난, 내가 못 가진다면 그냥 버릴 테니까."

같이 손 놓자고 나서는데 당해 낼 재간은 없다. 결국 헤메라는 한 발 물러섰다.

"좋아. 4대……."

"7대 3. 내가 7. 네가 3. 말했지만, 싫으면 하지 않아도 좋아. 어차피 이렇게 된 이상, 네가 아니어도 하겠다고 나설 놈들은 많다. 까짓 불신임이야 각오하면 그만. 시료만 구해 올 수 있다면 얼마든지 만회할 수 있다."

헤메라는 이를 바득 갈았다. 정말이지 이런 면에서는 철지헌 인간이나. 하긴 이런 계산 머리가 서니 그 좋던 아르티야에서도 뛰어나올 생각을 했던 거겠지만.

'안 된다면 다른 방법이라도 써야겠지.'

헤메라는 속내를 숨기면서 어쩔 수 없다는 듯이 고개를 숙였다.

"좋아. 하겠어. 그럼 놈들의 위치가 어디야?"

"녀석들은……."

아이테르가 어느 지역을 입에 올렸다. 전혀 생각지도 못한 지명. 헤메라의 눈이 살짝 커졌다.

＊　　　＊　　　＊

브라함과 갈리어드가 돌아온 건, 연우가 세샤를 배불리 먹이고 낮잠을 재울 무렵이었다.

간식 덕분인지 세샤는 연우에 대한 경계심을 많이 푼 상태였다. 잠에 들기 전까지만 해도 연우와 이런저런 이야기를 나눴다. 이제 알았지만, 세샤는 뭔가 말하기를 아주 좋아하는 아이였다.

웃으면서 곤히 잠에 든 모습은 아기 천사처럼 귀여웠다.

"자나?"

"예. 간식을 줬더니 좋아하더군요."

"다행이군. 나는 이렇다 할 간식까지 챙겨 주지는 못했었는데."

브라함은 들고 있던 도구들을 내려놓으면서 엷게 웃었다. 결계를 강화하고 왔는지, 몸에서 마력 냄새가 강하게 풍겼다.

"그럼 이제부터 세샤는 내가 돌보지. 넌 밖에 나가서 여기다 보라색 마귀꽃을 따오도록."

브라함은 아공간 주머니를 내주면서 말했다.

연우는 자신도 찾으려던 히든 피스를 찾아오라고 하자 조금 쓰게 웃었다.

하긴. 브라함이나 되는 연단술사가 보라색 마귀꽃의 효능을 모를 리가 없었다.

'숲에 보라색 마귀꽃을 보기가 힘들더라니. 사실 브라함이 거의 다 채취한 거였나?'

하지만 이래서는 남은 히든 피스마저도 전부 빼앗길 판이었다.

"죄송하지만, 보라색 마귀꽃은 제게도 필요합니다."

브라함의 눈이 살짝 빛났다. 그리고 살짝 입술 끝을 비틀었다.

"마(魔)의 인자를 심으려는 거군?"

연우는 살짝 혀를 찼다. 그냥 단순히 재료만 말했을 뿐인데, 핵심부터 짚어 버린다. 이래서는 여기 머무는 동안 뭘 숨기려야 숨길 수도 없을 것 같았다.

예로부터 용종과 악마는 늘 원수지간이었다.

법칙을 해석하고 순응해서 그 속에 녹으려는 용종과 법칙을 속여서 편의대로 부리는 악마. 당연히 둘은 본능적으로 어울릴 수가 없었고, 오랫동안 대립을 해야만 했다.

하지만 반대로, 대척점에 놓여 있기 때문에, 둘은 서로 간에 좋은 영양분이 되었다.

용종은 정신체인 악마를 삼켜 뛰어난 마력으로 치환시킬 수 있고, 악마는 용종의 단단한 육체를 먹어 마나에 보다 쉽게 근접할 수 있었다.

유전자 속에 서로의 인자를 더 깊게 새겨 넣을수록. 권능은 더 강화되고, 마력은 빛을 발했다.

그리고 연우는 악마를 잡을 수 없어도, 그 결과를 낼 수 있는 편법을 알고 있었다.

보라색 마귀꽃은 악마로 자랄 가능성이 다분한 마족이 맺히는 자리. 당연히 등급이 높은 마기를 다량으로 함유한 만큼, 용의 인자에도 그만큼 큰 도움이 되었다.

하지만 그건 어디까지나 순수한 용종에게나 해당되는 일이었다.

아무리 각성을 한다고 해도 절반은 인간이니만큼, 그냥

마귀꽃을 삼킬 수는 없었다. 그랬다가는 거부 반응으로 크게 탈이 날 테니까.

그래서 '정제'를 할 필요가 있었다.

그때 도와줬던 게 베이럭이었다.

23층을 통과할 당시. 동생은 이미 무서울 정도로 커다란 돌풍을 일으키고 있었다. 정확하게는 동생과 아르티야가.

그렇다 보니 여러 클랜들의 견제가 들어올 수밖에 없었고, 멤버들은 단기간에 전력을 끌어 올릴 방법을 모색했다.

이때 안티 베놈, 베이럭이 동생의 전력을 더 끌어 올릴 방법을 연구했다. 3단계 각성과 아울러, 마의 인자를 습득할 수 있는 방법을 찾고자 했다.

그래서 찾아낸 게 바로 보라색 마귀꽃이었다. 마기를 정제해서 용체가 쉽게 흡수할 수 있도록 만드는 게 목표였다.

그리고 독한 꽃의 성분을 중화시키기 위해 재료가 하나 더 필요했다. 드 로이 호수의 가룡. 녀석의 심장이 필요했다.

그런데 브라함은 몇 마디 대화를 나눈 것만으로도 진실을 꿰뚫었다. 이미 보라색 마귀꽃의 효능을 알고 있단 뜻이었다.

"어떻게 아셨습니까?"

"나도 똑같이 하는 중이니까."

연우의 눈이 살짝 커졌다.

브라함은 별것 아니라는 듯이 손사래를 쳤다.

"보다시피 세샤는 아직까지 용의 마력을 다루는 게 많이 서툴다. 쿼터가 가진 한계지. 그래서 마력의 등급을 올려 줄 목적으로 마귀꽃을 정제 중이야."

연우는 고개를 끄덕였다. 브라함이 왜 23층에서 오랫동안 머무는지 이제 좀 알 것 같았다.

"그래도 다행스러운 건, 너와 크게 부딪치지 않을 것 같다는 거지만."

"무슨 의미인지 잘 모르겠습니다만."

"네가 찾는 건 농도가 4 이상인 진한 것들이겠지?"

"예."

연우는 고개를 끄덕였다.

"하지만 내가 찾는 건 농도 3 이하의 옅은 색을 가진 꽃들이야. 농도가 너무 높으면 오히려 탈이 나니까. 그러니 너무 세다 싶은 건 수고비로 네가 가지고, 약한 건 이쪽으로 가져와라."

브라함은 팔짱을 끼며 피식 입꼬리를 말아 올렸다.

"어차피 농도 짙은 것들이야 넘쳐 나기도 하고."

"……?"

연우는 고개를 갸웃거렸다. 보라색 마귀꽃이 넘쳐 나? 이 넓은 악마의 숲에서도 아주 희귀해서 1천 그루를 뒤져야 겨우 하나가 나올까 말까 하는 것일 텐데?

"자세한 건 갈리어드를 따라가. 자세히 설명해 줄 테니까."

지목받은 갈리어드는 귀찮다는 듯 대놓고 인상을 찡그렸지만, 결국 땅이 꺼져라 한숨을 내쉬었다. 식객인 그가 무슨 힘이 있겠는가. 집주인이 하라면 해야지.

갈리어드는 연우에게 따라오라고 말하면서 모옥을 나섰다. 연우는 브라함이 농이라도 했겠거니 하고 생각하면서 곧장 갈리어드를 뒤따랐다.

하지만 브라함의 말이 진실이었다는 것을 알게 되는 데는 얼마 걸리지 않았다.

* * *

「와, 미친.」

「추방자가 반쯤 제정신이 아니라는 말은 익히 들었습니다만. 이 정도일 줄은 몰랐습니다.」

샤논과 한령의 경악을 뒤로하고, 연우는 갈리어드를 돌아보면서 물었다.

"……이게 대체 뭡니까?"

갈리어드는 눈빛이 흔들리는 연우를 보면서 피식 웃었다. 언제나 차가운 인형처럼 느껴졌던 연우가 처음으로 사람처럼 보인 탓이었다.

하긴 그도 처음 여기에 왔을 때 소스라치게 놀랐으니까.

모욕이 있는 언덕 아래에서부터 저 끝까지. 결계가 닿는 지역 전체에 걸쳐 악마수가 높게 자라고 있었다.

그것도 보랏빛을 내는 꽃이 화려하게 핀 나무들이!

갈리어드는 팔짱을 끼며 가볍게 콧방귀를 꼈다.

"보면 모르겠나? 양식장이지."

연우는 어이없다는 표정이 되었다.

"악마수가 양식이 되는 거였습니까?"

그게 가능했다면 용종은 진즉에 악마수를 대량으로 키웠을 것이다. 그리고 멸종되는 일도 없었겠지.

하지만 갈리어드는 이해한다는 듯, 피식 웃으면서 말했다.

"브라함의 말로는, 어차피 악마라는 것들은 식물에서 생겨난 단순한 놈들이라, 때맞춰서 물 주고 거름만 잘 주면 알아서 쑥쑥 잘 자란다더군."

[악마들이 브라함의 발언에 불쾌한 감정을 드러냅니다.]

[이름을 알 수 없는 마왕이 크게 분노합니다.]

[이름을 밝히지 않은 악마 대공이 브라함을 저주합니다.]

……

[신의 결계에 막혀 불발됩니다.]

[신의 결계에 막혀 불발됩니다.]

[결계가 강화되어 외부와의 접촉이 일절 차단되었습니다. 98층에서도 관측이 불가능해집니다.]

악마를 식물에 비유하는 것. 고고한 악마들이 분노할 수밖에 없는 말이었다. 하지만 그들의 분노가 크다고 해도, 결국 할 수 있는 일에는 한계가 있었다. 어쩔 수가 없었다.

더구나 브라함의 정체도 웬만한 악마들이 범접할 수 없을 만큼 격이 높기도 했고.

'그나저나 정말 대체 무슨 수를 쓴 거지? 보라색 묘목만 이렇게 집단 양식을 했다는 건…… 때에 따라서는 마귀만이 아니라, 진짜 악마까지 생산할 수도 있단 뜻인데.'

98층에서 신과 자웅을 겨룬다는 악마를 의도적으로 양산할 수 있다? 끔찍하기 짝이 없는 생각이었지만.

거기까지 생각이 미친 순간, 연우는 눈탁한 무언가로 세게 얻어맞은 것 같았다.

다급히 용마안을 열어서 양식장을 확인했다.

아니나 다를까. 그의 생각이 맞았다. 양식장을 따라, 드넓은 연성진이 형성되어 있었다.

브라함의 총아, 수성의 서(The book of Mercury)를 온전히 연금 도식으로 풀어낸 연성진.

"갈리어드."

"왜?"

"브라함이 혹시 엘로힘…… 아니, 탑에 있는 모든 플레이어와 전쟁이라도 치를 생각인 겁니까?"

"어째서 그렇게 생각하지?"

연우의 두 눈이 깊게 가라앉았다.

"그게 아니라면…… 왜 악마를 예속시키려는 작업을 준비 중인 겁니까?"

「엥? 그게 말이 돼?」

「악마를 예속하다니. 그게 가능할 리가…….」

샤논과 한령은 브라함의 심상 세계에 들어온 후로 몇 번이나 놀라는지 헤아릴 틈이 없었다.

악마는 신에 버금가는 존재다. 물론, 98층에 억류되지 못할 정도로 약한 악마들도 많다. 마족과의 경계선에 놓인 자들도 더러 있으니 그런 자들을 이야기하는 것일 수도 있었다.

하지만 그렇다고 해도 악마는 용종을 멸종시킬 정도로 뛰어난 존재들이다.

그런 이들을 예속시킨다고?

아무리 브라함이 브라흐마 신의 인격을 갖고 있다지만. 그래도 대부분의 권능에 제약이 걸린 지금, 그것이 가능하다고는 도저히 생각할 수가 없었다.

『저거, 위험하지 않을까? 주인?』

그때, 조용히 몸을 숨기고 있던 레베카도 나타나서 악마의 숲을 살폈다.

연우의 용마안과 초감각을 빌려 보는 마귀꽃의 양식장은 확실히 수도승이었던 그녀가 보기에도 비정상적이었다.

연성진은 수십 수백 개의 연금술과 흑마법이 복합적으로 얽혀 있지만, 크게 봤을 때 총 5가지 과정으로 나눌 수 있었다.

첫 번째는 지력을 대량으로 끌어 올려서 양식장 내 악마수들에게 고루 뿌려 주는 것이고.

두 번째는 이렇게 만든 보라색 마귀꽃들이 최대한 빠르게 꽃망울을 틔울 수 있게 유전자를 자극하는 것이었다.

세 번째는 태어난 마족들에게 혼란과 광기 같은 정신적 마법을 걸어 서로를 강제로 잡아먹게 만들고, 네 번째는 이렇게 급속도로 강해진 마족들을 제물로 삼아 뭔가를 소환하도록 되어 있었다.

악마 소환진.

이 일대를 임의로 마계의 권역으로 만들고, 악마들이 제물을 따라 오롯이 나타날 수 있도록 설계된 것이다.

그리고 이때 마지막 다섯 번째 단계가 발동하도록 되어 있었다.

봉인진(封印陣). 악마가 나타나는 순간, 녀석을 구속하기 위해 다량의 마법들이 전개될 것이다. 여러 마법 중에는 연우의 눈에 친숙한 것들도 있었다.

'심지어 신진철의 구조식을 마법 도식으로 풀어낸 것도 있어. 저런 게 가능했던 건가?'

연우는 대체 브라함이 갖고 있는 연금술의 지식이 얼마나 되는 건지 궁금해질 정도였다. 여기에 온 후부터 자신이 갖고 있던 상식이 모조리 부서져 나가는 기분이었다. 원래 신이었던 양반이라 그런 걸까?

다만, 연성진은 아직 여러모로 미완성된 부분이 많았다.

아무래도 낮에 브라함이 자리를 비우는 건, 결계 구축과 함께 연성진을 완성하려는 목적도 있는 것 같았다.

'평소에는 앞선 두 가지 마법만 발동시켜서 마귀꽃을 회수하고, 나머지 세 가지는 나중에 악마를 잡을 때 쓰려는

것 같은데.'

하나하나 살필수록 정말이지 치밀하게 만들어진 연성진이었다. 톱니바퀴 부품으로 사용된 마법들도 하나같이 뛰어난 것들이었다.

갈리어드는 정령이 나타나자 살짝 놀란 눈빛이었지만, 곧 정령과 친숙한 엘프 출신답게 대수롭지 않게 여겼다.

그러면서 재미있다는 듯이 가볍게 웃었다.

"악마의 예속이라. 사실 비슷하다면 비슷하고, 다르다면 달라."

"자세히 여쭈어도 되겠습니까?"

"세샤, 봤지?"

"예."

"느꼈는지 모르겠지만, 사실 그 아이는 오래 살지 못해."

"……."

연우는 입을 꾹 다물었다.

갈리어드의 미소는 쓴웃음으로 변했다.

"종족의 한계 때문인지, 아니면 다른 이유가 있어서인 건지는 모르겠지만. 세샤는 태어났을 때부터 몸이 너무 약했어. 우리가 아무리 좋은 약을 먹여도 처음에만 차도를 보일 뿐, 나중에는 다시 침대에 눕기 바빴지."

연우는 알 것 같다는 듯이 고개를 끄덕였다.

확실히 처음 세샤를 만났을 때. 기운이 약하다는 느낌을 많이 받았다.

애당초 용인은 순리적으로 태어나기 힘든 존재였다. 종족이 전혀 다른 용종과 인간 사이의 자식. 잠재력은 뛰어나지만, 건강하게 태어나기 힘들었다. 하물며 쿼터는 오죽할까.

그걸 알기에 고룡 칼라투스도 동생에게 용체 특성을 물려줄 때, 적당한 간격을 뒀다. 권능을 8단계로 나누어 차례로 개방시킬 수 있도록 한 것도 그런 이유 때문이었다. 연우도 마찬가지였고.

"하지만 유일하게 병환이 나아질 때가 있었어."

연우는 침음성을 흘렸다.

"마의 인자를 삼켰을 때군요."

갈리어드는 고개를 끄덕였다.

"맞아. 사실 세샤가 저렇게 조금씩 뛰어다닐 수 있게 된 것도, 자네에게서 간식을 얻어먹을 수 있게 된 것도 얼마 되지 않았다네."

연우는 팬케이크를 먹는 내내 눈빛을 초롱초롱하게 빛내던 세샤의 모습이 떠올랐다.

"하지만 그것도 이제 슬슬 한계를 보이고 있어. 아무래도 내성이 생기는 것 같더군."

연우는 그제야 연성진이 만들어진 이유를 알 것 같았다.

"그래서 아예 악마를 한 마리 통째로 잡아서……?"

"그래. 멍청한 악마가 하나 나타나면 바로 봉인시키고, 그것을 세샤가 흡수하도록 할 생각이야."

연우는 자기도 모르게 헛웃음을 흘렸다.

아픈 아이를 위해서 악마를 잡을 생각을 하다니. 그런 어처구니없는 짓을 생각한 것도 대단하지만, 그것을 실행 직전까지 끌고 간 것도 대단했다.

지구에는 이런 사람을 두고 하는 말이 있었다.

'딸바보.'

브라함이 딱 그 꼴이었다.

"브라함과 세샤 간에는 무슨 일이 있었던 겁니까? 제가 들었던 브라함과는……."

"많이 다르지?"

갈리어드가 피식 웃음을 흘렸다.

"사실 나도 잘 몰라. 녀석도 거기에 대해서는 일절 입을 꾹 다물고 있으니까. 하지만 한 가지는 확실해."

갈리어드의 입꼬리가 올라갔다.

"세샤가 낫는 데 필요하다면 저놈은 신이라도 잡으려 들걸?"

연우는 보라색 마귀꽃을 한 아름 따다가 다시 모옥으로 돌아왔다.

브라함의 말처럼 농도 4 이상의 마귀꽃도 꽤 많아서 필요한 만큼 채취를 할 수 있었다. 그것들은 아직 쓸 데가 아니라 전부 인트레니안에 넣어 둔 상태였다.

"왔나?"

안에는 브라함이 책을 읽다 말고, 안경을 고쳐 쓰면서 연우를 올려다봤다.

연우는 한적한 내부를 두리번거리다가 물었다.

"세샤는 어디 갔습니까?"

"산책하고 싶다고 요 앞에 잠깐 나갔다. 꽃은 그런대로 잘 채취한 것 같군. 주머니는 거기 적당한 곳에 둬."

연우는 아공간 주머니를 탁상에 올려 두다가 자기도 모르게 가볍게 웃었다.

그러고 보니 여기 있는 심상 세계는 전부 세샤를 위해 만든 것들이었다. 쾌적한 숲 환경, 여자아이를 위한 예쁜 인테리어, 약을 제조하기 위한 양식장까지. 정말 얼마나 많은 수고와 노력이 들어간 건지. 딸바보도 저런 딸바보가 없었다.

그렇게 생각하니 딱딱하고 멀게만 느껴졌던 브라함이 조금은 가까워진 느낌이었다.

"뭘 그렇게 웃는 거냐?"

브라함은 그런 연우의 작은 웃음소리가 거슬렸던지 살짝 인상을 찌푸렸다. 자신 때문에 생긴 웃음이란 걸 눈치챈 것 같았다.

"아무것도 아닙니다. 그보다 뭘 보고 계십니까?"

브라함은 아닌 척 잡아떼는 연우를 짜증 섞인 눈빛으로 보다가, 곧 대답했다.

"수성의 서. 틀리거나, 혹시 내가 놓친 부분이 없나 검증을 하던 중이었다."

연우의 눈이 살짝 커졌다. 저렇게 평범해 보이는 책이 브라함의 모든 지식 체계일 줄은. 게다가 듣기로 저 책은 그 자체로도 의지를 가진 마도서(Grimoire)라고 알고 있었다.

"그보다 어제 가르쳐 준 건. 전부 이해했나?"

"등가 교환에 대한 것이라면. 복습 중입니다."

"읊어 봐라."

"보통 마법들은 법칙을 좇지만, 연금술은 등가 교환에 따라 일정한 가치를 내주어 원하는 것을 유도하는 성질을……."

연우의 설명이 길어질수록, 브라함의 눈빛이 달라졌다.

분명 첫 강론이었는데도 불구하고. 예상했던 것보다 훨씬 더 심도 있는 이해도를 보였던 것이다.

아무리 용의 지식을 빌렸다고 해도 예상 밖이었다.

'헤노바와 빅토리아에게 지식을 배웠다더니. 그 때문인가?'

두 사람은 브라함도 몇 번 교류를 가져 본 적이 있는 사람들이었다. 둘 모두 브라함이 인정하는 몇 안 되는 이들이었다.

그런 사람들에게 배웠다면 그럴듯했다.

사실은 연우가 밤새 시차 괴리를 사용해 배웠던 내용들을 제대로 이해할 때까지 몇 번씩이나 되짚어 보고, 기존에 갖고 있던 지식들과 비교하면서 정리한 것들이지만.

타인들은 연우를 보고 재능이 뛰어나다고 할 수 있을지 모르지만, 사실 그건 겉으로만 보이는 것일 뿐. 언제나 그보다 더한 노력을 하는 사람이 연우였다.

'배우는 자세도 절대 게으르지 않고.'

거래도 거래지만, 그래도 배우는 사람이 열의를 다하는 자세를 보이면 가르치는 입장에서 하나라도 더 가르쳐 주고 싶기 마련이다.

브라함은 손으로 턱을 쓰다듬었다. 이런 식으로만 간다면 얼마 가지 않아 알려 주는 모든 지식을 그대로 흡수할 것 같았다.

어쩌면 연성진을 완성하는 데 예정보다 더 시간을 앞당 길 수 있을지도 모르겠다는 생각이 들었다.

탁!

브라함은 수성의 서를 덮으면서 자리에서 일어났다.

"따라와. 뒷부분을 더 가르쳐 줄 테니."

＊　　　＊　　　＊

연우가 브라함을 찾은 지도 보름가량이 지났다.

연우는 꼭두새벽부터 자신의 방에서 작은 불빛에 의존하 며 종이에다가 뭔가를 적어 나가다가 곧 검지와 엄지로 피 로해진 눈두덩이를 가볍게 문질렀다.

이제 감각에 크게 의존하지 않는 상태가 되었다지만. 그 래도 정신적 피로까지 느끼지 않는 건 아니었다.

"……역시 쉽지 않아."

계속된 시차 괴리의 사용 때문일까. 이따금 뇌가 따끔거 리며 아파 왔다.

아무래도 휴식을 취해야 할 것 같았다.

지난 보름 동안. 연우는 쉬지 않고 연금술을 공부하는 데 에 집중했나.

기본기만 가르쳐 주겠다던 처음의 말과 다르게, 브라함은 그동안 그에게 보다 많은 것들을 주입시키려고 했고, 연우는 그것을 고스란히 받아들이고 이해하느라 계속 골머리를 쥐어짰다.

학생 때도 하지 않았던 공부를 다시 하려니 쉽지가 않았다. 원래대로라면 부에게 던져 줬을 테지만, 지금은 그럴 수가 없었다.

그래도 다행히 시차 괴리를 몇 번이나 사용하면서 계속 쫓은 덕분에 어느 정도 이해를 하는 데 성공했다.

부와 레베카가 이해를 하고 바로 그에게 첨언을 해 주는 것도 큰 도움이 되었다. 언제나 말 많던 샤논과 한령이 이럴 때만은 조용히 사라지는 게 얄미웠지만.

게다가 닷새 전부터는 실전 응용도 할 줄 알아야 한다면서, 연성진을 작업하는 데 데려가 이런저런 작업을 돕게 했다.

주로 잔여 작업이나 심부름에 가까운 것들이었지만, 연우는 눈대중으로 많은 것들을 파악할 수 있었다. 그것이 브라함의 배려라는 걸 모를 리가 없었다.

이론만 학습하는 것과 실전에 투입되는 것에는 큰 차이가 있으니까. 덕분에 많은 것을 배우고 깨달을 수가 있었다.

그리고.

이제는 그동안 묵혀만 뒀던 에메랄드 타블렛의 해석을 시도할 수 있었다.

1. 절대 불변의 사실로써, 이것은 확실하고 가장 진실하다.

2. 유일한 기적을 이루기 위해, 아래와 위는 같으며 위와 아래는 같다.

3. 그리고 모든 것이 하나의 명상에서 나왔으니, 모든 것은 하나로 연결되어 있다.

......

리언트가 해석했던 것들을 토대로, 잘못 해석된 부분들은 과감하게 지우고, 브라함에게서 배운 지식과 용의 지식에서 끄집어 올린 지식을 바탕으로 새롭게 해석을 시도했다.

종이에는 몇 번씩이나 복잡한 구조식이 적혔다가 지워졌고, 그러다가 연우의 손에 구겨져 버렸다. 벌써 이런 식으로 버린 종이만 해도 몇 뭉치였다.

"……미치겠군."

하지만 아직 현자의 돌에 도전하기에는 많은 게 부족했던 길까. 그동안 시차 괴리로 늘린 시간까지 합친다면 반년

도 넘는 시간을 투자한 셈인데. 여태 실마리도 풀리지 않는
다는 점이 머리 아팠다.

『아무리 봐도 재미난 구조식이야. 현자의 돌이라…… 정
말 그런 게 가능할진 생각도 못 했는데.』

「이번엔. 이 부분이. 오류인 것. 같습니다.」

같이 머리를 맞대어 준 레베카와 부가 없었더라면 진즉
에 펜을 놓았을지도 몰랐다.

"하아. 다시 해 보자."

연우는 가볍게 한숨을 내쉬면서 새로운 종이를 책상에
올리고 펜대를 쥐었다.

그때.

끼익—

갑자기 방문이 열렸다.

연우가 뒤쪽으로 고개를 돌렸다. 살짝 열린 문틈 사이로
세샤가 작은 머리를 빼꼼 내밀었다.

"카인. 자?"

탁, 탁—

꼬리가 슬렁슬렁 움직이면서 땅바닥을 조금씩 치고 있었
다. 뭔가 부탁할 게 있다는 뜻. 세샤의 감정은 저렇게 꼬리
로 어느 정도 짐작할 수 있었다.

연우는 펜대를 내려놓으면서 물었다.

"아니. 배고파?"

"헤헤헤."

세샤가 멋쩍게 웃음을 흘렸다.

연우가 가볍게 웃음소리를 내면서 자리에서 일어났다. 낮에 그렇게 쉬지 않고 돌아다니더니.

"알았다. 팬케이크 해 줄 테니 여기서 기다려. 브라함에게는 비밀로 해야 한다."

"응!"

세샤는 손으로 입을 꾹 닫는 시늉을 했다. 연우는 세샤의 머리를 살짝 헝클어 주고, 부엌으로 이동했다.

마침 어제 재료를 구하러 탑 외 지역을 다녀와서 재료는 충분했다. 조용히 팬케이크를 굽기 시작하는 연우를 보면서 샤논과 한령은 묘한 목소리로 말했다.

「그것참. 우리 주인님은 볼 때마다 신기하단 말이지. 아이한테 이렇게 무른 면이 있을 줄은 생각도 못 했어.」

「공감이다.」

둘의 대화를 듣던 연우는 조금 어이가 없었다.

'……대체 그동안 날 뭐라고 생각한 거지?'

「철면피.」

「아무 말 않겠습니다.」

'……'

레베카도 어느새 나타나 옆에서 고개를 끄덕이는 중이었다.

『맛있어 보여. 나도 좀 줘.』

연우는 말이 길어지면 괜히 자신만 손해일 것 같아서 입을 꾹 다물었다. 그래도 언제나 딱딱하게만 굴던 한령이 이제 슬쩍 농담을 던지는 걸 보니 많이 가까워지긴 한 것 같았다.

연우는 레베카가 먹을 팬케이크를 하나 덜어 주고, 나머지를 챙겨 다시 방으로 돌아갔다.

사실 두 사람의 말은 반은 맞고 반은 틀렸다.

분명 연우가 아이들을 좋아하는 건 사실이었다. 하지만 거기에도 선은 있었다. 다행히 세샤는 선 안쪽이었다.

그런데 방으로 들어가니, 세샤가 책상 앞에 앉아 뭔가를 끼적이고 있었다.

세샤는 연우를 보고 뭔가 잘못한 사람처럼 화들짝 놀라 바닥에 바로 내려왔다.

"저, 그게……."

"화 안 내니까 걱정 마라. 그보다 식기 전에 먹어."

"응응!"

세샤는 방긋 웃으면서 접시를 받아 한쪽 의자에 앉았다. 포크로 팬케이크를 집는 내내 꼬리가 기분 좋게 살랑살랑 흔들렸다.

연우는 그런 세샤를 보면서 살짝 웃다가, 다시 구조식 계산을 위해 펜대를 쥐었다.

그러다 세샤의 낙서들이 눈에 들어왔다. 그런데 뭔가가 묘했다. 이리저리 그려진 도형들. 언뜻 보기엔 평범한 낙서였지만, 전부 일정한 공식을 띠고 있었다. 황금 나선 비율로 이뤄진 도형이었다.

"세샤, 너 이거?"

"응? 헤헤. 카인이 적은 거. 뒤집어서 그려 봤어."

세샤는 펜케이크 조각을 '냠' 한 입 크게 먹으면서 별것 아니라는 듯이 대답했다. 그녀도 브라함에게 이것저것을 배우고 있어, 어린 나이답지 않게 많은 지식을 갖고 있었다. 역시 쿼터라도 용의 후계는 용의 후계인 것이다.

다만, 세샤의 별것 아니라는 투와 다르게. 연우는 둔탁한 뭔가로 세게 얻어맞은 것처럼 정신이 번쩍 뜨는 기분이었다.

아주 간단한 발상의 전환이었지만. 연우에게는 어떤 새로운 길을 제시해 주는 것 같았다.

*　　　*　　　*

연우는 세샤를 재우고 난 뒤, 다시 밤새도록 구조식에 매달렸다. 순간 번뜩인 영감을 놓치지 않으려 꽉 쥐면서 끝까지 더듬어 나갔다.

'여태껏 난 현자의 돌을 마력을 무한대로 생산할 수 있는 동력원으로만 해석했어.'

구조식을 풀어 나가는 손이 점차 빨라졌다. 이번에는 막히는 구간이 없었다.

'하지만 그게 아니라, 사실은 주어진 마력을 증폭시키는 매개체 역할이라면…….'

그리고 마지막 지점에 다다랐을 때. 해가 도출되었다.

연우의 눈이 반짝였다.

"그래. 이거였어."

현자의 돌은 무한한 마력의 공급소가 아니었다. 마력기파의 진폭을 작게는 수십 배에서 많게는 수백 배로 증대해서 감도를 강하게 하는 증폭기였다.

"이래서 네메시스와 니케가 편안한 보금자리라고 했던 거구나."

안에 들어가 있는 것만으로도 마력을 가공하고 강화시켜 주니, 두 신수의 발전 속도도 빨랐던 것이다.

―이 판은 태양의 운행에 대한 내용을 담고 있다.

에메랄드 타블렛의 마지막 문구. 여기에 해답이 있었던 것이다. 여기서 말하는 태양의 운행은 사실 마력의 순환인

듯했다.

연우는 혀를 찼다. 리언트나 빌드가 왜 마지막에 현자의 돌을 완성하지 못했는지 알 것 같았다. 단순한 마력 기관이라고만 생각했으니 아무것도 되지 않았지. 사실 연우도 세샤의 도움이 아니었다면, 몇 년 넘게 계속 그쪽에만 매달려 있을 수도 있었다.

"그렇다면 돌의 가장 부족한 부분은 동력원이라는 건가?"

어느덧 밖에는 동이 트고 있었다. 창을 따라 들어온 햇볕이 갖가지 도형과 숫자로 가득한 종이를 밝게 비췄다.

그리고.

연우의 눈도 같이 밝아졌다.

동력원. 즉, 마력원(魔力源)만 찾으면 된다. 하지만 현자의 돌에 맞는 마력원이 어디 찾기 쉬울까.

그러나. 이런 것도 운명인 건지, 연우에게는 마력원으로 쓸 만한 것이 머릿속으로 스쳐 지나갔다.

갈리어드와 브라함이 잡을 것이라고 했던 악마. 그와 비슷한 것을 하나 더 잡아 현자의 돌에다 봉인시킬 수만 있다면. 정신체인 악마라면 마력원으로 충분하다 못해 넘쳤다.

어쩌면 정말 '무한한' 마력을 얻을 수 있을지도 몰랐다.

'드래곤 하트에 버금가는 마력원을 만들 수 있을지도 몰라.'

연우는 혀로 입술을 축였다. 진짜 드래곤 하트를 만들기 위해서는 5단계 각성을 이뤄야만 한다. 하지만 그 전에 그에 준하는 기관을 얻을 수 있다면.

'두 개의 큰 마력 기관을 갖게 된다.'

브라함이 설치했던 연성진. 이번에는 그걸 깊게 연구해 봐야 할 것 같았다.

펜대를 놀리는 연우의 손길에 힘이 잔뜩 실렸다.

* * *

"아, 정말 공기 텁텁해 죽겠네. 12층도 이 정도는 아니 었던 것 같은데."

판트는 툴툴대면서 악마의 숲을 가로질렀다. 곳곳에 나타나는 유령이며 마족들을 두들겨 패는 맛은 있었지만, 그래도 공기가 텁텁하니 기분이 나빴다.

하지만 에도라는 판트의 불평불만을 듣는 둥 마는 둥 하면서 길을 찾았다. 연우가 가르쳐 줬던 좌표는 분명 이 근방이었다.

판트의 입술이 댓 발은 튀어나왔다.

"하여간. 서방님 만날 생각에 오라비 말은 귓등으로도 안 듣지?"

돌아오는 건 에도라의 핀잔뿐이었지만.

"꼬우면 오빠도 오빠 좋아하는 사람 찾아. 평생 없겠지만."

"야! 내가 여기 묶여서 그렇지, 어디 가면 인기가 많……."

"저기인 것 같네."

"야!"

에도라는·되도 않는 소리를 떠들어 대는 판트를 무시하고 어느 지점에 다다랐다.

겉보기에는 그저 주변과 다를 게 없는 숲길로 보였지만. 혜안을 열고 있는 에도라의 눈에는 너무 선명하게 보였다.

허니콤 형태로 빽빽하게 밀집된 결계의 조각들. 그것들은 커다란 반구 모양을 그리면서 일대 숲을 전부 뒤덮고 있었다.

에도라는 결계 안쪽으로 손을 밀어 넣었다. 원래대로라면 튕겨날 테지만, 길을 제대로 찾아왔다면 그대로 통과될 것 같았다. 그리고 다행히 손은 그대로 허공을 통과했다.

에도라는 천천히 결계 안쪽으로 들어갔다. 판트도 뒤따라 들어선 순간, 두 눈을 크게 떴다.

너무 아름다운 절경이 눈앞에 펼쳐져 있었다. 말로만 듣던 심상 세계에 들어선 순간이었다.

*　　　*　　　*

"왔나?"

연우는 아주 능숙하게 둘을 맞았다. 그런데 뭘 하다 온 건지 옷에 흙먼지가 가득 묻어 있었다. 목소리에도 피곤한 기색이 묻어 나왔다.

"무슨 일 있으세요, 오라버니? 많이 피곤하신 것 같아요."

"이런저런 일을 하다 보니까. 걱정할 일 아니니까 염려 마라."

연우는 손사래를 치면서 에도라를 달래고, 둘을 데리고 곳곳을 안내했다.

그런 연우와 판트 남매를 빤히 지켜보던 브라함은 영 못마땅한 표정이 되었다.

"외부인을 저렇게 함부로 들여서야……."

"왜 그러나? 보기 좋은데. 세샤도 좋아하는 것 같고."

갈리어드가 그런 브라함 옆에 다가가 피식 웃으면서 핀잔을 던졌다.

원래는 타인을 많이 경계하는 편인 세샤였지만. 세샤도 금세 판트 남매와 어우러질 수 있었다.

연우의 친구라는 말에 호기심을 가진 데다가, 판트와 에도라도 아이들과 잘 어울리는 편이었다. 원래 아이들을 좋아하던 판트는 물론, 에도라도 같은 여자이기 때문에 이런저런 놀이거리가 많았던 것이다.

"그런 게 아니었으면 진즉에 내쫓았겠지."

브라함은 팔짱을 끼면서 심드렁하게 대답했다.

하지만 그런 태도와 다르게, 두 눈은 어느새 웃음꽃이 가득한 세샤에 단단히 고정되어 있었다.

어젯밤, 연우는 자신의 동료들이 23층에 왔다면서 혹시 결계 안으로 데려와도 되겠냐고 물었다.

브라함은 어디선가 분명히 자신을 쫓고 있을 엘로힘과 아이테르가 걱정되어 거절했지만, 외뿔부족이라는 말에 갈리어드가 찬성을 하면서 조건부로 입장을 허락했다.

절대 시끄럽게 떠들지 말고, 양식장 인근에는 얼씬도 않을 것. 그리고 만약 엘로힘에게 위치가 발각되어 필요할 시, 도움을 줘야 한다는 조건이었다.

보통 플레이어들이라면 엘로힘이라는 말만 듣고 자리를 피했겠지만, 판트 남매는 뒤도 돌아보지 않고 승낙 표시를 했다.

애당초 레드 드래곤과도 싸울 생각을 했던 외뿔부족이, 엘로힘을 두려워할 이유가 없었다. 판트 남매도 마찬가지였나.

"어쩌면 말이야. 세샤는 외로웠던 것인지도 몰라. 사실 그동안 너무 속세에서 떨어져 지내지 않았나?"

"……."

"그러니 그런 생각도 해 두게나."

브라함은 입을 꾹 다물었다. 여기서 자신이 할 말은 아무것도 없었다.

갈리어드의 말이 맞는지도 몰랐다.

예전에 비해 최근에 세샤가 더 많이 웃고 있는 건 사실이었으니까.

연우가 오기 이전 가장 많이 웃었던 것도 갈리어드와 처음 나타났을 때였다. 브라함에게는 많이 보여 주지 않던 미소였다.

어쩌면.

세샤를 위한다는 생각으로, 오히려 세샤를 더 외롭게 만든 게 아닌가 하는 생각이 문득 들었다.

*　　　*　　　*

"카인. 잠깐 할 말이 있으니까 와라."

연우는 세샤가 판트, 에도라와 어울려 노는 걸 지켜보다 말고, 브라함이 부르는 소리에 고개를 그쪽으로 돌렸다.

마침 셋이 숨바꼭질을 하던 중 판트가 큰 덩치를 제대로 숨기지 못하고 세샤에게 걸리는 우스꽝스러운 상황이 벌어지던 중이었다.

연우는 엉덩이를 털면서 자리에서 일어났다. 에도라에게 잠시 자리를 비우겠다고 말하고, 브라함을 따라 모옥 뒤쪽으로 이동했다.

에도라는 그런 연우의 모습이 사라질 때까지 그에게서 시선을 떼지 못했다.

그러다 뭔가 마음에 들지 않는 듯, 살짝 미간을 찌푸리다가 한숨을 내쉬었다.

정말 땅이 꺼질 것 같은 한숨. 늘 느끼는 것이지만, 참 한결같은 사람이었다. 이럴 때 조금 더 반가워해 주거나, 보고 싶었다는 말이라도 한마디 해 주면 좋을 텐데. 그런 건 기대해 볼 수도 없는 사람이었다.

그러다 에도라는 머리를 털면서 세샤와 판트 쪽으로 시선을 돌리려다, 불쑥 튀어나온 세샤 때문에 화들짝 놀랐다.

하지만 에도라는 재빨리 안색을 회복하고 싱긋 웃었다.

"왜 그러니?"

"언니, 카인 좋아해?"

갑작스러운 질문.

에도라는 눈을 동그랗게 뜨다가 배시시 웃었다.

"왜 그렇게 생각하니?"

"언니 눈이 계속 카인한테서 안 떨어지던걸."

에도라는 자기도 모르게 바람 빠지는 소리를 내고 말았다. 아무래도 이런 어린아이에게까지 들킬 정도로 자신의 마음이 빤히 보이는 모양이었다.

그래도 여자가 자존심이 있지. 더 이상 티를 내지 말아야겠다고 생각할 때.

곧 이어지는 세샤의 말에 다시 묘한 표정이 되고 말았다.

"히히. 내가 도와줄까?"

                    *   *   *

에도라와 세샤가 이런저런 이야기를 나누는 벌이는 사이.

연우는 브라함, 갈리어드와 이야기를 나누고 있었다. 연우를 부를 때 꽤나 진중한 분위기였기 때문에, 중요한 이야기가 아닐까 생각했는데. 예상이 맞았다.

"최근에 결계와 연성진 구축이 거의 마무리되어 가는 것을 알고 있겠지?"

"예."

연우는 고개를 끄덕였다. 모를 수가 없었다. 지난 한 달 동안 옆에서 브라함을 가장 많이 도왔던 사람이 자신이었으니까.

애당초 갈리어드는 정령술을 제외하면 마법에는 문외한
이었고, 세샤는 이런 건 재미없다며 가까이 가지 않았다.

유일하게 연우만 관심을 기울였던 것이다.

현자의 돌을 완성시킬 방법을 찾은 후. 연우는 브라함의
지식을 있는 대로 습득하면서 밤새 에메랄드 타블렛을 해
석하는 데 집중하고, 정리한 것들을 바탕으로 연성진을 구
축하는 데 조금씩 써먹기 시작했다.

덕분에 아직 한 달여밖에 안 되었는데도 불구하고, 연금
술에 대한 지식이 제법 깊어지면서 마법 체계에 대한 이해
도도 깊어진 상태였다.

'연금술의 가장 큰 특징은 구조식이야. 이것을 바탕으로
룬도 다각도로 조합할 수 있었으니까.'

여기에 부와 레베카까지 도와주면서 이미 뼛속에는 상당
한 양의 룬 조합이 완성된 상태였다. 마법 무장의 능률도
꽤 올랐다.

하지만 가장 큰 성과는 이제 슬슬 현자의 돌을 완성시킬
방법이 보인다는 것.

인트레니안 안쪽에 필요한 재료들도 있으니, 조금씩 시
도를 해 보고 있는 중이었다. 물론, 가장 핵심이 될 마력원
이 있어야겠지만.

"다행스럽게 근방에 아이테르나 엘로힘 무리가 나타났다는 소식은 없어. 여전히 우리를 찾는 중이겠지만, 결계가 완성되면 찾더라도 어떻게 섣불리 할 수가 없을 거다."

심상 세계가 완성된다면 이 근방은 오롯이 브라함의 영역이 된다. 그 말은 즉, 성역이 구축될 수도 있다는 뜻.

비록 한정된 공간이라고 해도, 브라흐마라는 위대한 신이 제대로 된 권능을 드러낼 수도 있는 것이다.

그렇게 된다면 아무리 엘로힘이라고 해도, 절대 이길 수가 없었다. 아홉 왕 중 하나인 그들의 수장이 합류하면 모를까.

"그러니 잠시 여기는 맡겨 두고, 필요한 것들을 정리하고 와라. 연성진이 완성되고 나면, 또 그때부터는 정신없이 바쁠 테니까."

연우의 눈이 살짝 커졌다.

이리저리 둘러서 말했지만, 며칠만이라도 잠시 숨을 돌리고 오라는 말이었다.

갈리어드가 피식 웃으면서 브라함에게 핀잔을 던졌다.

"그냥 간단하게 휴가 준다고 하면 될 걸, 뭐가 그렇게 장황해?"

브라함은 팔짱을 끼며 아무 말도 하지 않았다.

"부끄러워하긴."

"……닥쳐라."

연우는 나이에 어울리지 않게 투덕거리는 두 사람을 보면서 가볍게 웃고 말았다.

브라함은 더 이상 이 자리에 있기 싫다는 듯, 지면을 가볍게 박차 훌쩍 자리를 떠났다.

갈리어드는 솔직하지 못한 친구를 보면서 고개를 절레절레 젓다가, 연우에게 말했다.

"원래 솔직하지 못한 놈이니까, 이해해라. 그리고 저놈이 말한 것처럼, 연성진이 완성되고 나면 악마를 소환하는 데 집중할 테니 정신없이 바빠질 거다. 그 안에 미뤄 뒀던 일마저 정리하고 와. 친구들이랑 같이 머리도 식히고."

연우는 고개를 끄덕였다. 그렇지 않아도 드 로이 호수에는 언제 갈까 고민하던 중이었는데. 마침 잘되었다 싶었다.

하지만 그런 생각도 들었다.

알 수 없는 이유로 아직까지 엘로힘이 모습을 비치지 않는 이때. 만약 자신이 자리를 비운 동안 녀석들이 심상 세계가 완성되기 전에 나타나면 위험할지도 몰랐다.

'어떻게 하면 좋을까?'

연우는 잠깐 고민을 하다가, 문득 뭔가가 떠올랐다.

"브라함, 갈리어드."

"왜 그러지?"

"더 할 말이라도 있나?"

고개를 갸웃거리는 두 사람을 보면서. 연우는 가면 아래로 살짝 미소를 지었다.

"악마 소환을 하는 김에, 엘로힘도 같이 정리하는 게 어떻겠습니까? 마침 좋은 생각이 있어서요."

*　　　*　　　*

"으잉? 그러니까 같이 레이드나 뛰러 가자, 이 말이우?"

"싫음 말고."

"으히히! 싫을 리가! 안 그래도 여기 오는 내내 좀이 쑤셔 죽는 줄 알았는데 잘됐지!"

판트는 같이 나가지 않겠냐는 연우의 말에 크게 반색하면서 자리에서 일어났다.

세샤와 놀아 주는 것도 재미있었지만, 역시 그는 두 주먹을 불끈 쥐고 피 튀기는 싸움에 뛰어드는 것이 가장 성미에 잘 맞았다.

특히 최근에는 연우와 같이 어울려 싸워 본 적이 없어서 특히 기대가 되었다.

평소에는 하루가 다르게 변하는 연우의 성장세에 질투심을 내비치기도 했지만, 그만큼 자극을 받는 것도 사실이기 때문에 연우가 얼마나 강해졌는지도 확인해 보고 싶었다.

특히 연우가 21층에서 올포원과 함께 나란히 공동 1위가 된 사건은 외뿔부족도 떠들썩해지게 만들었다.

무왕도 젊은 시절에 해내지 못했던 일을 제자인 연우가 해낸 셈이었으니까. 에도라와 판트의 앞에선 따로 내색하지 않았지만 듣기로는 무왕도 꽤나 억울해했다던가.

그래서 그 말을 들었을 때는 속이 다 시원했지만. 한편으로는 호승심이 강하게 들었다.

언젠가는 따라잡고 싶은 목표. 꺾고 싶은 상대가 바로 연우였다. 그렇다면 자신도 끊임없이 자극을 받고, 스스로를 단련할 필요가 있었다.

연우는 승부욕을 잔뜩 불태우는 판트를 따라서 가볍게 웃다가, 뚱한 표정을 짓는 에도라를 슬쩍 보면서 판트에게 물었다.

"그런데 에도라 표정은 왜 저러지?"

판트는 재미나다는 듯이 히죽 웃었다.

"생각지도 못한 데서 한 방 먹어서 그렇다우."

"……?"

"그런 게 있수다. 하여간 우리 형님, 인기 많아서 좋겠네. 으히히히!"

연우는 어느새 나무 벤치에 누워 곤히 자고 있는 세샤들

보면서, 대략 돌아가는 상황을 깨닫고 가볍게 한숨을 내쉬었다. 이따금 세샤는 나이에 어울리지 않은 돌발적인 발언을 할 때가 종종 있었다. 아무래도 에도라가 세샤에게 무슨 소리를 들었던 모양이었다.

이럴 때는 그냥 모른 척하고 있는 게 정신 건강에 편했다.

세샤는 제 방에 옮겨 두고, 에도라에게도 외출할 것을 이야기했다. 에도라도 곧 화색을 띠면서 연우를 따라가겠다고 의사를 밝혔다.

그렇게 외출 일행이 정해지고, 연우는 브라함과 갈리어드에게 다녀오겠다는 인사를 한 뒤 결계를 나섰다.

여태 하늘 아래에서 맑은 공기만 쐬다가, 다시 만나게 된 붉은 하늘과 텁텁한 공기는 꽤 어색하게 느껴졌다.

연우는 마력회로를 돌려 컨디션을 조절하면서, 마장을 변형시켜 단단한 플레이트 아머 형태로 만들었다. 그리고 늘 등에 걸었던 비그리드는 왼쪽 허리춤에 걸고, 대신에 적당한 크기의 타워 실드를 등에 착용했다.

뿔 달린 투구도 생성되면서 머리 전체를 감쌌다. 가면도 안쪽으로 들어가면서 가려져 잘 보이지 않았다.

색깔도 칠흑빛을 띠면서, 전체적으로 23층의 우중충한 분위기와 잘 어울리는 모습이 되었다.

"엥? 갑자기 왜 그런 모습을 하는 거요?"

"괜히 피곤한데 휘말리기 싫어서."

"응? 아, 괜히 불나방들 꼬일까 봐 그러시는 거구만. 흐흐. 이제 유명 인사가 되었다, 이 말씀이우?"

판트가 히죽대면서 웃었다.

사실 그의 말은 반은 맞고 반은 틀렸다. 유명세는 무시하면 그만이었으니까. 귀찮게 굴면 힘으로 밀어내도 된다.

하지만 연우는 아이테르를 비롯한 엘로힘을 더 경계했다. 23층을 떠나기 전에 아이테르를 어떻게든 잡을 계획이긴 했지만, 아직은 때가 아니었다.

더구나 여태 한 달 넘게 근방에서도 보이지 않았다는 게 수상쩍기도 했다.

그러니 최대한 정체를 숨기면서 조용히 움직일 생각이었다. 특히 드 로이 호수의 각룡은 이제 히든 피스라고 하기에도 민망할 정도로, 많이 알려진 상태였다. 주변에 플레이어들이 많이 모여 있을 가능성이 높았다.

'아니. 아이테르와 싸우면서 한 번 크게 밀렸으니 오히려 적을 수도 있으려나?'

그런 생각을 정리하면서.

연우는 판트, 에도라와 함께 드 로이 호수 쪽으로 이동했다.

*　　*　　*

"그럼 마저 정리하러 가지."

연우를 보내고 난 뒤. 갈리어드는 가볍게 몸을 풀면서 목을 돌렸다. 그러던 그의 눈에 깊은 고민에 잠긴 브라함이 보였다.

"뭘 그렇게 고민하나?"

"아니. 생각하면 생각할수록 신기한 아이인 것 같아서."

"하긴. 그건 그럴 게야. 나도 처음에 그 아이를 만났을 때 그랬으니까."

브라함은 연우가 떠나기 전에 했던 제안을 떠올리는 중이었다.

—엘로힘을 정리한다고? 어떻게?

브라함의 질문에, 연우는 이렇게 대답했다.

—녀석들은 분명 우리를 잡기 위해서 '덫'을 준비 중일 겁니다. 그렇다면 역으로 가야죠. 녀석들을 악마들의 밥으로 던져 주는 겁니다.

그러면서 내놓은 작전은 아주 간단하면서도 효율적이었다. 특히 아이테르를 비롯한 녀석들을 악마들의 '간식거리'로 던져 준다는 대목이 마음에 들었다.

엘로힘을 이루는 자들은 대개 신의 혈통을 타고난 자들. 때문에 아주 소량이라도 신성을 품고 있다. 그렇지 않아도 악마들을 불러들일 때 마족 외에 다른 미끼가 없을까 싶었는데. 마침 악마들이 즐거워할 만한 유희거리를 찾은 셈이었다.

이렇듯, 연우와 대화를 나누다 보면 전혀 생각지도 못한 것들을 얻을 때가 많았다. 연성진을 구축할 때에도 생각했던 것보다 많은 도움을 받았다.

게다가 언제나 부끄럼 많던 세샤의 친구가 되어 주기도 했다. 겉보기엔 너무 무뚝뚝하지만. 그런데도 잔정이 많은 참 고마운 친구였다.

마치 예전의 누군가처럼.

"분명 성격도 전혀 다른데 그놈을 떠올리게 한단 말이지."

갈리어드의 눈가에는 쓸쓸함이 어렸다.

그러다 마당에 서 있는 세샤의 모습이 보였다. 세샤는 연우 등이 사라진 곳을 빤히 바라보고 있는 중이었다.

"그놈이 아직 있었다면. 저 아이를 보고 참 기뻐했을 텐데."

　　　　*　　　*　　　*

"으으. 불편해 죽겠네, 정말."

"입 다물고 그냥 해."

에도라는 투덜대는 판트의 등짝을 세게 두들겼다.

이미 외뿔부족 청람가의 남매가 연우와 함께한다는 소문은 널리 퍼져 있는 상태이기 때문에, 그들도 똑같이 다른 복장으로 정체를 숨긴 상태였다.

에도라는 로브를 푹 뒤집어써서 마법사처럼 꾸민 상태였고, 판트는 뿔을 훤히 드러냈지만 얼굴 생김새가 완전히 달라져 있었다.

원래 선이 굵은 남자다운 인상이었다면, 지금은 중후한 느낌이 물씬 풍기는 중년인의 얼굴이었다.

연우는 감쪽같은 변장에 놀란 눈빛으로 판트에게 물었다.

판트는 간지럽기만 한 얼굴을 벅벅 문지르다가 가볍게 투덜거렸다.

"인피면구란 것이우."

"인피면구?"

"우리 부족에서만 나는 특산물. 아마 밖에는 잘 안 알려졌을 겁니다. 보통 우리 측에서 정체를 숨길 필요가 있거나, 비밀리에 움직일 때 쓰는 거라."

착용하는 것도 꽤 많은 수고를 필요로 하는 것 같았다. 여러 약품을 얼굴에 고루 바르고, 면구를 써서 한 시간 동안 가만히 서서 말려야 했으니까.

게다가 많이 간지러운지, 판트는 수시로 얼굴을 긁어 댔다.

그래도 다른 얼굴로 꾸민 티가 전혀 나지 않을 만큼 자연스러운 데다가, 흡착력도 좋은지 마구 긁어도 벗겨지지 않았다.

'저거라면 나중에 필요할 때 가면 대용으로 쓸 수도 있겠는데.'

연우로서는 구미가 당길 만했다. 애당초 얼굴을 숨기기 위해 가면을 썼지만, 이제는 가면도 유명해져 버렸으니까.

'검은 가면 = 독식자 카인'이라는 공식도 성립해 버린 것 같았다.

그래서 필요할 때에는 하얀 귀신의 얼굴로 갈아 끼우긴 하지만. 그래도 인피면구를 한두 개쯤 갖고 있으면 필요할 때 요긴하게 쓰일 것 같았다.

"혹시 나도 몇 개 구할 수 있을까?"

"사실 외인에게는 절대 안 내주는 비급품이긴 하지만. 뭐, 형님이 내 이 될 라고 하던 아버지도 수지 않겠수?"

연우는 나중에 무왕에게 부탁해 봐야겠다는 생각을 하며 고개를 끄덕였다.

"그나저나."

판트는 사람들로 북적대는 호숫가를 보면서 인상을 잔뜩 구겼다.

"대체 여기는 왜 이렇게 사람이 많은 거유? 좀 짜증 나네. 이렇게 폐허가 된 곳에서 볼 게 뭐가 있다고."

원래 수많은 악마수로 빼곡하게 둘러싸여 있던 드 로이 호수 일대는 연우와 아이테르 등의 싸움으로 폐허가 되어 있었다.

생존력이 뛰어난 악마수이니만큼, 곳곳에 벌써 싹을 틔우는 녀석들도 있긴 했지만.

그래도 이제 마족들도 쉽사리 접근하기를 꺼려 할 정도로 시커먼 황무지였다.

하지만 플레이어들은 그런 것에 전혀 아랑곳하지 않고, 호숫가에 모여 저마다 팀을 이룬 채로 돌아다니는 중이었다. 곳곳에 묘한 신경전을 벌이는 녀석들도 더러 있었다.

"각룡의 출몰 시기라서 그럴 거다."

드 로이 호수에 출몰하는 각룡은 일정 기간 동안 여러 번의 포식으로 강해질 대로 강해진 마족이, 상위 계급으로 변태(變態)하기 위해서 호숫가를 찾으면서 출몰한다.

이를테면, 각룡은 성충으로 거듭나려는 번데기와 같은 신세라고 할 수 있었다.

하지만 각룡의 시기를 제대로 버텨 내기란 쉬운 게 아니어서, 보통 이때 갑갑한 육체를 참지 못하고 제 성격대로 굴다가 죽는 경우가 허다했다.

그리고 버틴다고 해도 더 높은 마족으로 거듭날 뿐이지, 바로 악마가 되는 건 아니었다. 악마까지 성장하기 위해서는 각룡 때와 비슷한 여러 번의 고된 과정을 견뎌야 했다.

그런데다 최근에는 각룡의 존재가 널리 퍼지면서 나타나는 대로 주살되는 터라, 찾기가 더더욱 힘들었다.

그리고 지금이 딱 각룡이 등장할 시기였다. 몇 달마다 한 번씩 찾아오는.

"각룡? 그거 히든 피스라 하지 않았수?"

"이제는 히든 피스라고 하기에 부끄러울 정도로 많이 퍼져 있다고 말하지 않았나?"

"으으. 그건 좀 마음에 안 드는데."

판트는 꼭 좋아하는 음식을 빼앗긴 사람처럼 발을 동동 굴렸다. 그러다 고개를 모로 꺾었다.

"그냥 확 다 쫓아내 버리면 안 되나?"

"그만둬."

연우는 흑시 핀트가 사고를 칠까 확실하게 못을 박았다.

말을 듣지 않으면 그냥 마을로 쫓아내 버릴 거라고. 아니면 따로 움직이던가.

사실 연우라고 그러고 싶은 마음이 왜 없을까.

하지만 아이테르와 엘로힘이 23층에서 떠났다는 게 확실해지지 않은 이상, 최대한 자중해야만 했다.

연우가 아무리 강해졌다고 해도 아직 아이테르 등을 정면에서 싸워서 이길 정도는 아니었다.

사실 첫 충돌에서 갈리어드를 도울 수 있었던 것도, 기습의 이점을 최대한으로 살리면서 불의 파도를 사용했기 때문이었지, 그런 행운이 또다시 주어지지는 않을 것 같았다.

'현자의 돌을 완성시킬 수 있다면. 그런다면 하이 랭커와의 싸움에서도 더 이상 밀리지 않을 수 있어.'

그래서 조금 더 신중에 신중을 기할 필요가 있었다.

'이곳에 엘로힘 녀석들이 섞여 있을지도 모르고.'

연우는 호숫가에 온 뒤로 초감각을 항시 날카롭게 벼르고 있었다. 엘로힘은 오만한 그들의 성격 때문에, 그들만이 가진 특유의 기질 같은 게 있었다. 찾아낸다면 즉각 움직일 생각이었다.

"아마 각룡을 사냥하기 위해서 플레이어들 간에 꽤 복잡한 거래가 오고 가고 있을 거야. 우리는 일단 거기에 편승할 생각이다."

"음? 형님의 인성으로 설마 이것들이랑 같이, 사이좋게, 손에 손잡고 평화롭게 사냥할 생각은 아닐 테고?"

연우는 판트의 말에서 '인성'이라는 단어가 유독 거슬렸지만, 못 들은 척 넘어갔다.

"당연히 스틸해야겠지."

"크! 역시 우리 형님의 불어 터진 인성! 역시 아버지의 제자답수!"

"그 전에 네가 저 호수에 처박혀서 불어 터질 수 있다는 생각은 안 해 봤나?"

"헤헤. 형님, 내가 예전부터 형님을 많이 따르고 있다는 것, 잘 알고 있잖수?"

연우는 두 손을 살짝 비비면서 비굴하게 웃는 판트를 보면서 고개를 절레절레 흔들었다. 갈수록 능글맞아져 가는 것 같았다.

"그러니 일단 당분간은 되도록 시비 다툼은 하지 마. 걸리면 네가 죽는다."

연우가 주먹을 들며 으르렁거렸다.

판트가 능글맞게 웃었다.

"으핫. 형님도 참. 누가 들으면 내가 매번 사고나 치는 놈인 줄 알겠수다. 그런 건 걱정 마쇼. 참을성 하면 또 이 판트 아니우?"

판트는 주먹으로 가슴을 두들기면서 자신만만하게 대답했다.

하지만 그런 모습이, 연우는 왠지 모르게 더 불안했다.

*   *   *

그런 불안이 현실이 되는 건, 불과 한 시간도 지나지 않아서였다.

쾅!

"뭐? 그래서 너네들끼리 다 해 처먹겠다, 이 말이잖아?"

판트는 거들먹거리던 플레이어의 면상을 주먹으로 세게 후려쳤다. 투구가 그대로 박살 날 정도로 강한 충격이었다.

우당탕탕—

"씨발! 저 새끼 쳐!"

"으하하! 그래. 덤벼라, 새끼들아!"

판트는 마구잡이로 달려드는 놈들을 그대로 박살 내기 시작했다.

연우는 그런 모습을 보면서 짜증을 삭여야만 했다. 투구만 아니었다면 관자놀이라도 꾹꾹 눌러 댔을 것이다.

판트가 싸우기 시작한 이유는 간단했다.

갑자기 일련의 무리들이 잔뜩 나타나더니, 앞으로 나타

날 각룡은 자신들이 접수했으니 나머지는 전부 물러나라는 명령을 했기 때문이었다.

수백 미터 밖에서 구경하는 건 봐주겠다는 말도 안 되는 말을 섞어 가면서.

당연히 반발이 따를 수밖에 없었지만, 그렇다고 섣불리 나서는 사람은 없었다.

호숫가를 점거한 무리 중에 랭커가 한 명 끼어 있었다.

얼음 독사, 라오.

뱀처럼 은밀하게 다니면서 적들을 빙독(氷毒)에 중독시킨다고 해서 붙은 별칭이었다.

거기다 배후에 8대 클랜 중 하나인 '혈국'을 두고 있다는 소문까지 있을 정도라, 섣불리 충돌할 엄두도 내지 못했다.

여태 모습을 드러낸 후로 한 번도 입을 뗀 적이 없었지만. 이미 라오가 모습을 비친 것만으로도 이곳은 혈국이 접수했다고밖에 생각할 수 없었다.

아마 각룡이 출몰할 시간에 맞춰서 혈국의 플레이어들이나, 산하 조직들이 나타날 게 분명했다.

결국 여러 플레이어들과 클랜들은 다음 출몰 시기를 기약하면서 발걸음을 돌려야만 했다.

하지만.

거기에 가만히 있을 판트가 아니었다.

누군가가 앞을 가로막는다면 우선 부숴 놓고 봐야 속이 풀리는 성격답게, 혈국만 믿고 자신의 눈을 똑바로 보면서 도발하는 놈의 면상을 후려친 것이다. 선수필승. 판트가 가장 좋아하는 말이었다.

당연히 난리가 날 수밖에 없었다.

플레이어들은 버럭 소리를 지르면서 판트에게 달려들었다. 하지만 판트는 오히려 잘됐다는 듯, 주먹을 불끈 쥐면서 덤비는 놈들을 모조리 두들겨 팼다.

11층에서부터 쭉 올라오면서 받은 보상으로 제법 능력치도 올랐던 건지, 주먹을 휘두를 때마다 강렬한 뇌기가 터져 나왔다.

콰르릉—

에도라는 손바닥으로 이마를 짚었다. 층계를 오르는 내내 하루가 멀다 하고 똑같이 보던 모습이라, 이제는 신물이 날 지경이었다. 저 천둥벌거숭이 같은 놈은 시비를 걸지 않으면 어디 좀이 쑤시는 병이라도 있는 걸까.

사실 판트가 무왕이나 연우에게 인성을 운운하는 것 자체가 잘못된 거였다. 그러고 보니 장로들이 무왕의 많은 자식들 중에서 젊은 시절의 무왕과 가장 가까운 성격을 가진 게 판트라는 말을 하긴 했었다.

그러다 에도라는 슬쩍 연우를 돌아봤다. 조금 걱정스러운 목소리가 섞였다.

"오라버니, 저거……."

"아니. 기다려."

연우는 손을 뻗어서 말려야 하지 않을까 하는 에도라의 말을 막았다.

그도 판트가 말을 듣지 않고 깽판을 치기 시작할 때부터 말릴까 하는 생각을 잠깐 하긴 했지만. 이렇게 보니 차라리 잘되었다는 생각이 들었다.

'혈국이라. 저것들이 갑자기 여기서 튀어나올 줄은 생각도 못 했는데.'

혈국(血國)은 스스로를 '나라'라고 지칭하는 자들이었다. 어느 멸망한 세계의 후예라고 자처하는 그들은 이렇다 할 영토도, 주권도 없지만. 언젠가 잃어버린 땅을 되찾겠다면서, 언제나 불타는 사명감을 가슴에 품고 살았다.

혈국이 추구하는 바는 아주 간단했다.

약속받은 땅의 도래(到來).

지금은 사라지고 없는 세계를, 언젠가 탑에서 되살리겠디고 신인하는 자들이있다.

어떻게 보면 사라져 버린 옛 허상에 사로잡혀 살아가는 유랑민이라고 할 수 있는 이들.

하지만 오히려 그렇기 때문에 그들은 언제나 사명감에 불타 살았고, 나라를 복원시키기 위해서는 강한 무력을 필요로 한다는 생각에 자기 단련을 게을리하지 않았다.

게다가 집단적인 성격도 아주 강해서, 모두가 그들과 부딪치기를 꺼려 하는 편이었다.

그런 자들이 갑작스레 나타났다.

23층에서 엘로힘과 혈국이 같이 나타났다?

'그것도 하필 이런 시기에? 우연히? 말도 안 되는 소리.'

아무리 드 로이 호수의 각룡이 유명하다고 해도, 혈국의 산하 조직을 시키면 시켰지 그들의 랭커가 직접 움직일 정도는 아니었다.

그런데도 나타난 이유가 있다면.

'엘로힘과 관련이 있거나. 아니면 브라함 때문일지도. 그것도 아니면 나를 스카우트하러 왔던지.'

엘로힘의 눈길도 피해야 하는 이때. 혈국까지 나타났다면 저들의 정확한 속내가 뭔지를 확실히 알아야만 했다.

그래서 판트가 사고를 좀 치더라도, 저들이 어떻게 나오는지를 보고 판단을 할 생각이었다.

그리고 어쩌면.

'재미난 그림을 그릴 수 있을지도 모르고.'

이런 저층 구간에서 만난 엘로힘과 혈국. 자존심이 강하기로는 8대 클랜에서도 손꼽힌다는 놈들이 마주치도록 유도한다면. 어쩌면 재미난 장면을 볼 수 있을지도 몰랐다.

'문제는 라오라는 저 랭커가 무슨 생각을 하고 있는지 모르겠다는 건데.'

라오는 수하들이 계속 나가떨어지는데도 불구하고, 가만히 앉은 채 꿈쩍도 않았다.

판트의 기세에 눌려 덤빌 엄두도 내지 못한 자들은 그런 라오를 힐끔힐끔 돌아봤다.

차마 말은 하지 못해도 도와 달라는 눈빛.

하지만 라오는 무신경한 눈빛만 하고 있을 뿐. 전혀 개입할 의사를 내비치지 않았다. 그냥 무심하게 상황을 지켜볼 뿐이었다.

쾅!

결국 마지막까지 달려들던 녀석이 판트의 주먹 한 방에 양팔이 부러진 채 나가떨어진 뒤, 더는 누구도 달려들지 못했다.

우드득. 우득.

"뭐야, 이거? 설마 끝이야? 아까 진에 자신민민하게 근

소리칠 때는 언제고, 지금은 꽁무니를 말아?"

판트는 한쪽 입꼬리를 말아 올리면서 차갑게 말했다. 앞으로 성큼 한 발자국 나서자, 일정 간격을 두고 그를 견제하던 플레이어들도 본능적으로 뒤로 주춤 물러섰다.

수십 명이나 되는 플레이어들이 단 한 명의 기세도 견디지 못하고 겁을 먹다니. 전부 얼굴이 뻘겋게 달아올랐다.

그러다 비교적 용감한 녀석이 버럭 소리를 질렀다. 물론, 다리는 후들후들 떨리는 중이었다.

"너, 이 새끼……! 우리를 건드리고도 무, 무사할 거 가, 같아?"

판트의 비웃음이 더 커졌다.

"무사하지 않으면?"

"우, 우리 뒤엔 혀, 혈국이 있다고!"

"그래? 아이고. 그거참 무섭네. 그런데 어쩌나? 내 뒤엔 보다시피 외뿔부족이 있는데. 너희는 그런 나를 건드렸으니, 이제 외뿔부족과 혈국의 전쟁만 남은 셈인가?"

인피면구로 얼굴을 가리고 있어도, 뿔까지 숨긴 건 아니었다.

"히이익!"

소리를 치던 녀석의 안색이 시퍼렇게 질렸다. 바닥에 철퍼덕 주저앉은 녀석에게서는 진한 노린내까지 났다.

판트는 '쯧' 하고 혀를 찼다. 고작 이런 되도 않는 협박에 질려 무너지는 꼴이라니. 저래서 대체 뭘 하려는 건지.

"뭐. 안 오겠다면."

파직, 파지직—

꽉 쥔 판트의 주먹을 따라 샛노란 뇌전이 튀어 오르기 시작했다.

"이쪽이 다시 가든가 하지."

판트는 무지막지한 패기를 잔뜩 흘리면서 다시 한 걸음을 내디뎠다. 다른 플레이어들의 안색이 시퍼렇게 질릴 때.

여태 가만히 있던 라오가 자리에서 일어났다.

판트는 양 주먹을 맞부딪치면서 크게 웃었다.

"오! 드디어 대가리가 등장하시나? 안 그래도 랭커와 싸우면 재밌겠……! 엥?"

하지만 라오는 판트가 뭐라고 떠들건 말건 간에, 그를 휙 하고 지나치더니 갑자기 연우 앞에 뚝 섰다.

투구 아래의 눈과 시선을 마주쳤다. 연우의 눈이 묘한 빛을 발했다.

"이 이상 기 싸움을 할 필요는 없는 것 같은데. 이만하면 어떨까?"

동시에 연우만 들을 수 있도록 내보낸 어기전성이 연우의 의념 속으로 스며들었다.

『우리의 황제께서 너와 브라함을 초빙하고자 하신다. 어떤가, 독식자?』

투구와 가면에 가려져 있지만, 연우는 살짝 표정이 굳었다. 자신을 알아본다고?

분명 연우는 아이테르 등과 부딪친 뒤에 재빨리 종적을 감췄었다. 하지만 그런데도 혈국에서 그의 행방을 알고 있다면. 다른 곳에서도 연우와 브라함이 엮였다는 것을 알고 있을 가능성이 높았다.

그만큼 브라함이 주목을 받고 있는 걸까. 아니면 자신이 주목받기 때문일까?

'어쩌면 둘 다일 수도.'

하지만 그런 것을 떠나서, 이렇게 정체를 숨겼는데 바로 알아볼 정도는 아니라고 생각했다. 혹시 내부에 간자라도 있으면 또 모를까.

아니면 심상 결계 근처에서 자신을 살펴보고 있었던 걸까? 그렇다면 초감각을 속인 것이기 때문에 더 조심해야 했다.

그런 연우의 의심을 불식시키려는 듯, 라오는 곧바로 뒷말을 붙였다.

『그대가 여기 있단 사실은 외부에 크게 알려지지 않았으니 걱정은 하지 않아도 된다.』

아니다.

이미 이들에게 알려졌다는 것만으로도, 종적은 노출된 것이나 다름없었다.

『하지만 그대는 그대가 얼마나 많은 이목을 끌고 있는지는 명확히 알아야 한다. 하물며 한창 화젯거리인 브라함과 함께 섞인 이상, 더 큰 관심을 부를 수밖에 없지.』

연우의 눈이 살짝 커졌다. 역시. 브라함이 세샤를 데리고 있는 사실을 엘로힘만 알고 있을 리 없었다.

엘로힘이 가장 먼저 파악했을지는 모른다. 하지만 청화도가 무너지면서 8대 클랜 간의 묘한 균형이 무너진 이때. 서로 간의 움직임을 면밀히 살피는 다른 클랜들이 이를 놓칠 리가 없었다.

'결국 예상했던 것보다 훨씬 거대 클랜들이 이 일에 관여하고 있다는 게, 내가 놓친 포인트였어.'

라오의 말은 계속 이어졌다.

『마지막 남은 용인은 그만큼 관심을 부를 수밖에 없으니까. 아마 레드 드래곤을 제외하면, 관심을 안 가질 수가 없을 거다.』

『……』

『그래도 엘로힘이 전면에 나서고 있어서 섣불리 개입하지 못하던 중이었지. 그러다 우연히 그대가 이번 일에 개입하게 된 것을 확인하게 된 거고.』

연우는 이맛살을 살짝 찌푸렸다.

『내가 브라함과 함께 있다는 사실을 알고 있는 클랜은 몇 곳이나 되지?』

『글쎄. 다들 하나같이 쥐새끼처럼 숨어 있기 바쁘니 알 수가 있나. 하지만. 없다고는 못 하겠지.』

연우는 입을 꾹 다물었다.

결국 알 만한 곳은 다 알 거란 뜻이었다. 몰랐어도 어디선가 알게 되었을 거고.

'역시 21층에서의 기록이 컸어.'

1위를 노릴 때부터 각오는 했었다. 올포원의 환영을 꺾거나, 그에 준하는 성적을 이루면 당연히 주목을 받을 수밖에 없을 테니까.

하지만 그래도 저층 구간이다 보니 거대 클랜이 주목할 정도는 아닐 거라고 생각했었는데.

아무래도 자신이 생각했던 것보다 훨씬 정도가 심한 것 같았다.

'앞으로 움직이는 데 더 각별히 주의를 기울여야겠는데.'

연우는 자신이 조금 안일한 면이 있었다는 것을 인정해야만 했다.

갈리어드를 구했을 때, 아이테르와 충돌한 것만으로도 이미 그는 모두의 관심을 받기 시작한 것이다. 아이테르가 자존심상 다른 곳에다 발설하지 않았다고 해도, 결국 어떻게든 알려질 수밖에 없었던 것이다.

당시에 정체를 지금처럼 숨겼으면 되지 않았을까 하는 생각도 잠깐 들었지만.

그렇게 급박하던 순간에 정체를 바꾸기도 쉽지 않을 뿐더러, 숨겼다고 해도 아마 금세 알아챘을 게 분명했다.

하지만 그렇다고 해도, 아직 이 이상 크게 튀어서는 안된다. 그랬다가는 의심을 살 수 있었다.

힘이 더 많이 비축될 때까지, 의심은 최대한 피해야만 했다. 때가 될 때까지 더 깊게 몸을 눌러 둘 필요가 있었다.

'하지만 브라함과 엮인 이상, 계속 시선을 완전히 피할 수도 없을 테고. 진퇴양난이로군.'

연우의 머릿속이 복잡하게 돌아갔다.

이제 어떻게 하면 좋을까 하는 생각. 여러 생각들이 복잡하게 들었지만, 결국 연우는 한 가지 결론밖에 내릴 수 없었다.

'어차피 계속 피할 수는 없어.'

스르르—

연우는 자신의 몸을 둘러싸고 있던 바상의 변장을 풀었

다. 플레이트 아머가 사라지고, 원래 그를 상징하던 검은 옷이 드러났다.

갑작스러운 태도 변화에, 판트와 에도라가 연우를 돌아 봤다.

"엥?"

"오라버니?"

"복잡하게 할 필요가 없어졌다."

연우의 말에 판트는 인상을 팍 구겼다.

"에이씨. 이거 붙이느라 꽤 고생했는데."

판트는 손톱으로 목 부근을 박박 긁어 대더니 신경질적 으로 인피면구를 뜯어 바닥에다 버렸다. 에도라도 대충 돌 아가는 상황을 깨닫고, 로브의 후드를 뒤로 젖혔다. 외뿔과 아름다운 보라색 눈이 드러났다.

라오는 연우가 이렇게 순순히 모습을 드러낼 줄은 생각 못 했는지 눈을 동그랗게 뜨다가, 곧 가볍게 피식 웃으면서 박수를 쳤다.

짜악!

그러자 판트와 대립을 하던 플레이어들이 서로 눈치를 보다가, 곧 사방으로 흩어지면서 주변을 경계하기 시작했 다.

"이제 이쪽을 감시하던 눈길은 모두 사라졌을 거야. 이야기를 나누기 훨씬 편하겠군."

아무래도 라오와 혈국의 플레이어들이 소란을 부린 건,
연우와의 대면 장소를 만들기 위해서인 것 같았다.

연우가 라오를 보면서 물었다.

"몇 가지만 묻지."

아무리 그가 감시를 받고 있는 중이라고 해도, 풀리지 않
는 의문은 여전히 있었다.

라오가 고개를 끄덕였다.

"얼마든지."

"브라함이 있는 곳, 정확하게 알고 있나?"

라오는 고개를 가로저었다.

"23층 어딘가에 용인을 위해서 심상 결계를 구축했다는
것만 알 뿐. 대략적인 위치 외에 정확한 건 몰라. 알았다면
진즉에 우리가 먼저 나서서 접촉했겠지."

"그럼 내가 드 로이 호수로 올 거란 건 어떻게 알았지?"

"그대가 가진 습관 때문에."

"내 습관?"

"그래. 독식자만이 가진 습관. 유명한 히든 피스는 다 해
치워야 직성이 풀리지 않나? 그럼 당연히 여기 올 거라고
예상했지. 물론, 오지 않을 가능성도 절반은 점쳐 뒀지만."

절반의 가능성을 믿고 그가 투입되있나는 의미였다.

"그럼 난 어떻게 알아본 거지? 분명히 겉모습은 제대로 감춰졌을 텐데."

"아, 그건 어쩔 수 없었다고 생각해. 내 스킬 때문이니까."

라오는 손으로 자신의 양 눈을 가리켰다. 순간, 녀석의 검은 동공이 잘게 분리되면서 마치 곤충의 눈처럼 겹눈이 되었다.

연우는 그게 뭔지 깨닫고 가볍게 혀를 찼다.

〈아홉 뱀의 눈〉. 상대의 특성이나 특징을 간파하는 스킬이었다. 용마안이나 혜안에 비할 바는 아니었지만, 그래도 꽤 상위 스킬에 속했다.

그제야 라오가 왜 이곳에 투입되었는지 비로소 알 것 같았다. 저런 스킬을 갖고 있다면, 아무리 연우 등이 정체를 숨겼어도 금세 알아챌 수 있을 테니까.

'처음에 판트가 날뛸 때 가만히 있었던 것도 날 찾기 위해서였어.'

라오가 빙그레 웃으면서 말했다.

"그럼 질문은 끝났지?"

"대충은."

"하면 다시 정식으로 인사하지. 나는 황제 폐하의 사절로 온 남작 라오라 한다. 그대와 브라함을 초빙하고자 이곳에 왔다. 우리의 황제께서는 그대에게 지대한 관심을 보이고 계신다."

혈국의 플레이어들은 총 8개의 작위로 분류되었다. 병사, 기사, 남·자·백·후·공의 오등작(五等爵), 그리고 황제.

특히 여기서 '황제'는 딱 한 사람밖에 없었다.

'식탐황제.'

원하는 건 뭐든지 집어삼킨다는 탐욕의 군주.

식탐황제는 군주의 특성을 몇 번씩이나 진화시키면서 극성싸시 단련한 자였다. 밑에 수많은 신하와 백성을 두고, 군대를 자유롭게 휘두를 수 있었다.

머릿수만 따진다면 레드 드래곤에 버금가거나, 어쩌면 더 많을지도 몰랐다. 차이점이 있다면 50층 이후에만 관심을 두는 레드 드래곤과 다르게, 녀석은 저층 구간에도 쉽게 손을 뻗친다는 점이었다.

어쩌면 스스로 '나라'라고 칭하는 것도 무리는 아니었다.

그리고 녀석이 가진 가장 큰 특징은 끝없는 식탐(Gluttony)이었다……

······식탐황제는 언제나 허기에 차 있었다. 그래서 손에 닿는 건 뭐든지 삼키려 했다. 거기에는 당연히 사람도 섞여 있었다.

하지만 식탐황제가 지닌 진정한 무서운 점은, '소화'가 이뤄진 것을 자신의 식대로 개화시킬 수 있다는 점이었다.

식탐황제는 언제나 허기에 굶주려 있었다. 그래서 늘 많은 것들을 포식했다. 과연 저대로 몸이 버텨 낼까 싶을 정도로.

하지만 그러면서도 입맛이 아주 까다로워서 미식가이기도 했으니. 혈국은 언제나 황제의 그런 변덕으로 고생을 한다는 말도 있었다.

동생과 부딪쳤을 때에도 마찬가지였다.

식탐황제는 동생을 두고 '별미'라고 지칭하며, 그를 삼켜 가진 모든 것들을 가로채려 했다. 하늘 날개, 빛의 파도, 심지어 용의 각성까지도.

식인으로 능력을 갈취하는 특성이라니. 아홉 왕 중에서 마군의 대주교와 함께 가장 미쳤다는 평가를 받을 만했다.

그런 식탐황제가, 연우와 브라함을 보고 싶어 한다고?

'아직도 용을 먹는 것에 미련을 가지고 있나? 정말 미친 놈이야.'

세상의 모든 호화 만찬을 다 즐긴 식탐황제였지만. 유일하게 먹어보지 못한 '고기' 중 하나가 바로 용의 고기였다. 그게 동생을 탐냈던 가장 큰 이유였다.

그런데 여전히 미련을 버리지 못한 모양이었다. 브라함을 보고 싶다고? 틀렸다. 녀석은 세샤를 보고 싶은 것이다.

엘로힘에 이어 혈국까지. 어떻게 이런 미친놈들하고만 엮이는 건지.

그런 연우의 차가운 눈빛을 읽은 걸까.

라오는 웃으면서 가볍게 손사래를 쳤다.

"뭘 우려하는지 알아. 우리의 황제께서 그대와 일행들을 해하시려는 게 아닐까 두려운 거지? 하지만 걱정 마. 그런 건 전부 우릴 모함하기 위해 주변에서 만든 헛소문일 뿐이니까."

라오는 주먹으로 가슴팍을 세게 쳤다.

"우리는 제국이다. 그리고 언젠가 탑을 영토로 삼을, 위대한 전사들이기도 하지. 그런 우리가 초빙한 손님들에게 위해를 끼칠까? 그런 신의 없는 짓은 절대 하지 않아. 그건 내 명예와 황제 폐하의 이름에 걸고 맹세하지."

자신들에게 필요한 부분만 쏙 고르고 말을 바꾸는 혈국의 '외교 논리'는 이미 탑에서도 유명했다. 즉, 헛소리였다.

"황제께서는 그대의 잠재력과 용맹함, 추방자 브라함의 지혜, 용인의 미래까지. 전부 제국의 앞날에 큰 도움이 될 거라고 생각하신다. 하지만 처음부터 등용을 제안하면 거부감부터 들 게 분명하지. 해서 같이 만찬이나 들면서 교분을 먼저 가지고 싶어 하시는 것이다. 이 정도라면 그대에게도 나쁘지는 않을 텐데?"

연우는 바로 대답하지 않았다. 그의 머릿속으로 한 가지 생각이 스쳐 지나갔다.

엘로힘뿐만 아니라 여러 세력들이 23층을 같이 예의 주시하고 있다면, 최대한 많은 정보를 뽑아내야만 했다.

'엘로힘의 방해를 비껴 낼 방패막이로도 쓸 만할 것 같고.'

그러기 위해서는

"좋아. 일단은 긍정적으로 생각해 보지."

라오의 미소가 퍼졌다.

"호오."

"그래도 아직 확답은 못 줘. 브라함과 용인은 내가 어떻게 할 수 있는 사람들이 아니니까."

"추방자의 고집이 대단하다는 것이야, 이미 알 사람들은 다 아는 사실. 긍정적으로 검토를 해 준다는 것만으로도 감사한 일이지. 게다가."

라오는 말을 살짝 끊었다가, 목소리에 잔뜩 힘을 줬다.

"그대는 갈리어드와 사이가 가깝지 않은가? 황제께서는 갈리어드에게도 지대한 관심을 보이시니, 그와 함께 설득한다면 얼마든지 좋게 생각하실 것이다."

연우는 가만히 고개를 끄덕였다. 하지만 머릿속은 빠르게 돌아갔다.

'나와 갈리어드의 사이도 알고 있단 말이지? 튜토리얼에서의 일까지 파악하고 있다면, 꽤나 조사를 철저하게 했단 뜻인데.'

역시. 앞으로 움직이는 데 있어 더 조심을 기해야 할 필요가 있었다.

그래도 다행히 만족에 찬 미소를 짓는 라오를 보니, 최소한 환심을 사는 건 성공한 것 같았다.

단순한 걸까, 아니면 자신의 제안을 거절하지 않을 거라는 자신감이 있었던 걸까.

연우는 후자라고 생각했다. 그들의 황제를 향한 충성심은, 보통 마신을 향한 마군의 광신과 비교되곤 했으니까. 거부할 거라는 생각은 머릿속에 있지도 않았겠지.

그래서 연우는 슬쩍 흘러가듯이, 아무렇지 않게 질문을 툭 던졌다.

"그런데 여러 세력들이 관심을 두고 있다면. 엘로힘 말고도 23층에 온 자들이 있나?"

"아직은 간을 보는 정도로만. 있다 해도 끄나풀만 몇 보냈을 뿐이지. 엘로힘의 견제가 꽤 심하거든. 그들과 정말 무력적 충돌을 벌일 게 아니라면 괜히 직접적으로 개입하는 것은 피하려 하니까."

"혈국은 부딪칠 생각이 있는 거군."

"황제께서 그렇게 마음을 먹으셨으니까. 그만큼 그대와 동료들에게 깊은 관심을 두고 있단 뜻이자 배려가 아니겠나."

라오는 그것이 정말 둘도 없을 은덕이라는 듯, 잔뜩 상기된 얼굴이 되었다. 연우는 조금 어이가 없었지만.

'간만 보고 있다지만. 기회가 보인다 싶을 때에는 바로 개입을 하려 들겠지.'

연우는 그것이 혈국과 엘로힘이 충돌할 때, 혹은 엘로힘의 압박에 브라함과 용인이 위험해질 때가 아닐까 하고 생각했다. 그것도 아니라면 심상 결계의 정확한 위치가 노출될 때를 노리는 것일 수도 있었다.

그 뒤로도 연우는 라오에게 몇 가지 질문을 더 던졌고, 그때마다 라오는 별것 아니라는 듯이 대답을 했다.

덕분에 연우는 돌아가는 상황을 빠르게 판단할 수 있었다.

'이거 생각했던 것보다 판이 훨씬 큰데.'

라오는 자신이 사절로 나섰다고 했지만, 사실 총책임자는 따로 있다고 했다.

후작 칼리번. 본명은 달리 알려지지 않았다. 다만, 영웅의 신검에 빗대어질 정도로 선후 관계를 칼처럼 확실하게 자르는 냉철한 성격으로 유명해 상대하기가 많이 까다로울 것 같았다.

게다가 엘로힘에서도 지원 병력이 추가되었다. 현재 혈국이 파악한 것만 해도 헤메라가 있었고, 그 외에 몇 명이나 더 투입될지는 아직 알 수 없다고 했다.

다만, 한 가지만은 확실한 것 같았다.

엘로힘 내에서도 프로토게노이 족이 이번 일에 유달리 관심을 크게 두고 있다는 것.

'11층 때도 그렇지만, 위에서 자기들끼리 치고받고 있기에도 모자랄 놈들이 왜 자꾸 저층 구간에서 어슬렁거리는 건지.'

연우는 조금 짜증이 났지만, 내색하지는 않았다. 다만, 그런 생각이 문득 들었다. 어쩌면 이번 일은 여기서 끝나지 않게 될지도 모르겠다는 생각.

전장에서만 맡을 수 있었던 피 냄새가 코끝에서 느껴지는 것 같았다.

그렇게.

연우는 알아낼 만한 정보는 모두 알아내고, 천천히 자리에서 일어났다.

"좋아. 덕분에 많은 걸 알았어. 말했듯이, 브라함 등에게는 일단 좋게 말해 보지."

하지만 연우는 말꼬리를 슬쩍 흘리면서 차후에 빠져나갈수 있는 구멍을 만드는 것을 잊지 않았다.

"다만, 그 전에 먼저 해야 할 일이 있어서."

"각룡 말인가?"

연우는 고개를 끄덕였다.

"그래. 우리에게 꽤 중요한 것이라."

"필요하다면 병력을 지원해 줄 수도 있다만. 제국에서 조사한 바로는, 랭커라 해도 꽤 상대하기 까다로울 것이라더군. 22층의 크라켄보다 더 지독하다는 말도 있고."

라오가 슬쩍 손길을 뻗으려 했지만, 연우는 단호하게 거절했다. 쓸데없이 빚을 질 이유는 없었다.

라오는 어쩔 수 없다는 듯, 한 발 뒤로 물러섰다. 그러면서 이 주변은 자신들이 지키고 있을 테니 마음 놓고 레이드를 하라고 친절하게 설명까지 덧붙였다.

하지만 연우는 그것이 자신의 전력을 파악하려는 술수라는 것을 알기에 속으로 가볍게 코웃음을 쳤다.

독식자의 전력? 궁금하겠지. 크게 알려지지 않은 데다가, 올포원의 환영과 대등하다니까. 미리 파악해 놓는다면 여러모로 좋을 것이다.

하지만.

'글쎄. 뜻대로 될까?'

가면 아래, 연우는 가볍게 피식 웃음을 흘렸다. 8대 클랜에 엿 먹이는 일을 계획하는 건, 언제나 즐거운 일이었다.

*　　　*　　　*

"그럼 이제부터 뭘 하면 되우?"

알려진 각룡의 크기는 대략 80미터. 판트는 벌써부터 거대 몬스터를 레이드한다는 사실에 잔뜩 흥분한 상태였다.

여기에.

"아주 간단해."

연우는 피식 웃으면서 말했다.

"그냥 먹혀."

"으잉?"

"온다."

연우의 말에 가장 먼저 반응한 건, 판트와 에도라였다.

각사 가셔온 상비를 점검하던 중, 연우의 말이 떨어지기 무섭게 즉각적으로 자리에서 일어난 것이다. 파지직, 판트를 따라 뇌기가 감돌았고, 에도라는 조용히 신마도를 뽑았다.

라오는 그런 두 남매의 태도가 이해가 가질 않았다. 분명히 자신은 아무것도 느끼질 못했으니까. 그가 자랑하는 스킬, 아홉 뱀의 눈은 위기도 빠르게 감지한다. 그런데도 여태 자신이 알지 못했다는 것은 아무 이상도 없을 거란 뜻이었다.

라오는 연우가 착각을 했겠거니 하고 여겼다. 각룡은 크라켄에 못지않은, 아니, 그보다 더한 체급과 힘을 자랑한다고 알려져 있다.

당연히 아무리 독식자라고 해도, 긴장할 수밖에 없는 몬스터였다. 비록 그가 솔로 플레이로 이미 22층에서 크라켄을 잡았다는 소문은 있었지만, 혈국에서는 다른 도움이 있었겠거니 하고 여기는 중이었다.

'만약 그 소문이 사실이라면, 이참에 독식자의 실력을 확인할 수도 있을 테고.'

연우가 가진 특성, 스킬, 속성…… 심지어 사용할 아티팩트의 특징들까지. 전부 포착할 셈이었다. 칼리번 후작이 그를 여기에다 괜히 투입시킨 게 아니었다.

그래서 각룡이 나타날 때까지 다시 주변 경계를 하라고 명을 내리려는데.

'음?'

라오는 갑자기 호수의 수면 위로 기포가 올라오기 시작하자 눈을 크게 떴다. 기포는 점차 커져 가면서 드넓은 호수 전체를 뒤덮었다.

그리고 수면 아래에서 거대한 뭔가가 올라오는 게 느껴졌다.

'정말이었다고?'

라오는 자신의 스킬도 감지하지 못한 각룡의 등장을 눈치챈 연우의 실력이 도무지 믿기지가 않았지만, 즉각적으로 대처했다.

"모두 제자리에서 대기! 외부의 기습으로부터 유의하라!"

연우가 브라함과 손을 잡으면서부터 엘로힘이 그를 노린다는 건 알고 있었다. 그렇다면 각룡이 나타날 무렵, 한창 정신이 없을 때를 노릴 가능성이 컸다.

혈국의 플레이어들도 라오로부터 몇 번씩이나 신신당부를 들었기 때문에, 하나같이 병기를 쥐면서 공통된 스킬을 발동시켰다.

"함성이 멈추고, 붉은 깃발이 타올랐네. 전장의 화신처럼……!"

〈승리의 군가〉

혈국에 소속되는 플레이어라면 누구나 익히는 클랜 스킬로, 군가를 부르는 동안 공격력과 방어력에 버프 효과를 주고, 저주 공격에 높은 면역을 지니게 되는 특징을 지니고 있었다.

하지만 이것은 외부에 알려진 특징일 뿐.

이 스킬에는 더 큰 장점이 있었다.

바로 군가를 같이 부르는 플레이어의 수가 많으면 많을수록 버프 효과도 크게 늘어나, 집단 최면 상태에 빠진다는 점이었다.

마치 서로 간의 정신과 정신이 이어지는 듯한 기묘한 감각. 집단 최면에 빠진 동안, 플레이어들은 모두 통솔자의 충실한 칼이 되어 날을 벼린다.

전부 죽음을 두려워하지 않는 용맹한 전사가 되는 것이다.

그래서 혈국과 부딪치는 클랜들은 절대 이 스킬이 발동하지 못하게 애를 쓰는 편이었다. 뜻대로 되는 경우는 거의 없었지만.

화아아—

그들 주변으로 마법진이 짙게 깔리면서 화려한 이펙트가 터지는 가운데.

라오는 삼십여 명이나 되는 수하들의 생사권이 손에 쥐여진 묘한 느낌을 받으면서. 스킬을 쉴 새 없이 발동시키며 언제 있을지 모를 적의 기습에 대비했다.

그 순간, 갑자기 거칠게 수면을 뚫고 위로 치솟는 녀석이 있었다.

콰앙!

장장 80미터는 될 것 같은 거대한 형체가 호수 위로 우뚝 서서 지상을 내려다보았다.

너무 가까운 나머지 길쭉한 그림자만 관찰할 수 있을 뿐. 라오는 정확한 녀석의 생김새를 확인하기 위해 고개를 높이 들었다.

사족 보행에 목과 꼬리가 제 몸뚱이보다도 훨씬 긴 아룡 형태를 가진 녀석이었다. 탄탄한 비늘이나 가죽은 칼이 조금도 들어가지 않을 것처럼 단단해 보였다.

크오오!

마치 자신의 등장을 알리려는 듯, 거친 포효를 내질렀다.

그 순간, 연우가 불의 날개를 활짝 펼치면서 녀석의 머리가 있는 쪽으로 세차게 몸을 날렸다. 판트와 에도라도 재빨리 녀석의 몸뚱이를 타면서 머리 쪽으로 달려 올라갔다.

라오는 주변 경계를 수하들에게 모두 맡기고, 마력을 있는 대로 눈가에 담았다.

독식자와 차기 외뿔부족 왕으로 거론되는 왕자, 왕녀의 실력을 직접 확인해 볼 수 있는 좋은 기회였다.

그런데.

쩌억—

각룡이 커다란 아가리를 크게 벌리면서 연우 등을 단번에 집어삼켰다.

'뭐지, 이건?'

라오의 표정이 딱딱하게 굳었다. 직접 자신의 눈으로 봐도 믿을 수 없는 광경이 벌어졌다. 입을 찢고 튀어나올 줄 알았던 연우 등이 아무런 저항도 하지 않았던 것이다.

'먹혔다고?'

뭔가 일이 이상하게 돌아간다.

라오의 머릿속이 복잡해졌다.

*　　　*　　　*

"으윽. 이거 진짜 기분 더러워 죽겠네."

판트는 몸에 잔뜩 묻은 침이 기분 나쁜 듯 인상을 와락 찡그렸다. 이리저리 털어 봐도 여전히 퀴퀴한 냄새가 났다.

연우가 하라는 소리를 하지 않았더라면 절대 시도하지 않았을 방법이었다.

"그래도…… 뭔가 좀 신기하긴 하네. 악마는 악마란 건가."

그러다 판트는 주변을 둘러보면서 작게 중얼거렸다.

붉은 하늘. 넓은 평야. 누렇게 메마른 풀잎들이 보였다. 각룡의 배 속이라고는 절대 생각하기 힘든 장소였다.

처음 연우가 각룡에게 잡아먹히라고 했을 때. 판트는 그가 장난을 치는 줄로만 알았다.

세상에 레이드를 하는데 일부러 먹히는 경우가 어디 있단 말인가. 우스갯소리로 몬스터가 너무 크면 위장 속으로 들어가서 안에서부터 휘저으면 되지 않겠냐는 말이 있긴 하지만, 보통 그런 무식한 짓을 저지르는 경우는 없었다.

대개 위장으로 넘어가기도 전에 단단한 이빨에 으스러지거나, 어떻게 삼켜졌다고 해도 소화액에 단숨에 녹아 버릴 테니까.

하지만.

연우는 진지하게 먹히라고 당부했다.

알려진 대로 밖에서 잡아도 되지만, 그래서는 정작 가장 중요한 부위를 놓친다고.

그래서 판트는 물었었다.

그 중요한 부위가 무엇이냐고.

그러자 연우는 이렇게 대답했다.

—녀석의 마핵(魔核).

　마핵이라면 보통 심장이나 내단을 의미했다.
　하지만 판트가 알기로 각룡의 심장은 분명 목의 아래쪽을 가르면 나온다.
　연우는 판트의 말에 아니라고 말했다.

　　—각룡의 심장이라 할 수 있는 부분은 총 다섯 개
　야. 하지만 체외에서 구할 수 있는 건 하나. 남은 네
　개를 구하기 위해서는 녀석의 정신체에 접촉해야 해.

　히든 피스 속의 히든 피스.
　연우는 그렇게 표현했다.
　그래서 밑져야 본전이라는 마음에 들어와 본 건데. 아무래도 연우의 말이 맞았던 것 같았다.
　'다섯 개라.'
　각룡은 마족이 악마로 진화하기 위해 겪는 과정 중 하나라고 했다.
　그렇다면 단단한 외피와 다르게 내부는 갖가지 마족들이 복잡하게 뒤엉킨 정신체라고 해도 무방했다.
　이를테면.

'심상 세계 같은 건가?'

판트는 브라함이 구축했던 심상 세계를 떠올리다가 바짝 긴장했다. 심상 세계는 원주인이 왕이 되는 세상. 침입자는 그만큼 커다란 페널티를 입을 수밖에 없었다.

물론, 충계의 난이도가 있으니 진짜 심상 세계라고 볼 수는 없겠지만. 그래도 '사념 공간' 정도는 된다고 봐도 무방했다.

사실 단 세 명이서 깰 수 있는 저층 구간의 난이도는 아니었다.

판트는 정신 똑바로 차려야겠다는 생각에, 두 손으로 양 뺨을 가볍게 두들기면서 주변을 훑었다.

시간이 꽤 지났는데도 불구하고, 아직 자신 외에는 아무도 없었다.

"그런데 이 양반은 어디로 간 거지? 혹시 에도라랑 잘못 들어와서 위장으로 향한 건 아닐……."

"비 맞은 중처럼 뭘 그렇게 중얼거리지?"

그때, 판트 옆으로 연우가 가볍게 착지했다. 어딜 돌아다니다 왔는지 불의 날개가 후끈한 열기를 내면서 사라졌다. 에도라는 연우 바로 옆에 찰싹 달라붙어 있었다. 즐거워 죽겠다는 표정이었다.

"왔수? 넌 또 왜 그러고 있나?"

에도라는 피식 웃는 판트를 보면서 살짝 미간을 좁혔다.

"뭐야, 그 아니꼬운 얼굴은?"

"아니. 너는 이참에 위장에 가지, 뭐 하러 왔나 싶어서."

에도라는 연우 몰래 주먹 감자를 날리면서 입 모양을 벙긋거렸다. '죽을래?' 물론, 판트는 못 본 척 무시하고 다시 연우를 돌아봤다.

연우는 한 손에 사람 머리통만 한 크기의 이상한 구체(球體)를 들고 있었다. 어디서 뜯어왔는지, 세포 같은 게 덕지덕지 붙어 있었다.

"그런데 손에 들고 있는 건 뭐유?"

"심장."

"응? 아니, 뭐, 여기 들어온 지 얼마나 되었다고……."

판트는 고개를 절레절레 흔들었다. 정말이지 보면 볼수록 대단한 인간이었다.

자신은 처음 여기 들어왔을 때 정신 차린다고 경황이 없었는데. 그사이에 벌써 하나를 해결하고 온 것이다.

연우는 마핵을 바닥에다 아무렇게나 툭 던졌다.

그러자 시야 아래쪽으로 메시지가 떠올랐다.

['심장(핵)'을 발견했습니다.]

[히든 퀘스트 / 각룡 섬멸]

내용: 탐험가 '드 로이'는 오랜 관찰 끝에, 악마의 숲에 거주하는 마족들이 아주 오래전부터 본능적으로 일정한 주기마다 호숫가에 모여 서로의 우열을 가리는 관습이 있다는 것을 발견할 수 있었습니다.

이때 모인 마족들은 모두 숲에서 열 손가락에 꼽히는 포식자들이며, 그들은 호숫가에서 일정한 의식을 치른 뒤, 호수 속으로 뛰어들어 한 마리가 남을 때까지 서로를 잡아먹습니다.

그리고 유일하게 살아남은 마족은 이성이 조금씩 뜨이면서 상위 개체로 거듭나기 위한 기나긴 시간 동안 영면에 들어갑니다.

하지만 영면 동안 외부의 다른 천적들로부터 공격받을 수도 있는 일. 그렇기 때문에 마족들은 몸을 보호하기 위해 호수의 에너지를 빨아들여 잠시 동안 '각룡'이라는 존재로 변태하게 됩니다.

각룡은 단단한 외피를 두르고, 성정이 포악하여 근처에 다가오는 생명체는 모두 죽이는 습성이 있습니다. 또한, 생명력이 질겨 체외의 심장을 잃어도 다시 금세 재생할 수 있습니다.

이것을 완전히 퇴치하기 위해서는 많은 수고를 필

요로 합니다.

하지만 당신은 각룡을 잡기 위해 대단한 용기를 가지고 홀로 각룡의 사념 공간으로 뛰어들었습니다.

지금부터 제한 시간 동안 정신체의 계속된 공격을 피해 심장을 모두 찾아 제거하세요. 다섯 개의 심장을 모두 찾아야만 사념 공간을 무사히 탈출할 수 있습니다.

실패 시, 탐험가 '드 로이'와 마찬가지로 사념 공간에 영영 갇혀 각룡의 영양분으로 전락하게 됩니다.

참가 자격: 드 로이 호수자의 방문객, 각룡 레이드 참가자.

제한 시간: 5시간

보상:

1. 각룡의 심장 ×5

2. 각룡의 외피, 뿔

3. 탐험가 '드 로이'의 일지 + ???

[현재까지 발견한 심장 수: 1/5]

탐험가 드 로이는 탑이 열렸을 무렵의 초창기 플레이어로, 23층 스테이지의 비밀을 대거 풀어낸 사람으로 유명했다. 특히 마족과 악마 간의 관계를 밝혀내서, 마법학 내 '악마학' 이라는 소수 분류를 만들어 낸 장본인이기도 했다.

다만, 퀘스트에서 거창하게 뜬 것과 다르게 드 로이의 일지는 사실상 별 내용이 없다고 '알려져' 있었다.

그냥 날짜마다 어떤 탐험을 했는지가 적혀 있는 게 전부였으니까.

10월 2일 맑음. 오늘은 17층의 땅을 캤다. 아무것도 없었다. 10월 5일 흐림. 오늘은 지하 7미터까지 깊게 파고 들어갔다. 맥을 잘못 짚은 것 같다······.

전부 이런 내용이 전부였던 일지였지만, 비에라는 드 로이의 탐험 일지는 반드시 모아야 한다고 몇 번이나 신신당부했었다.

악마학을 공부하기 위해서는 필수라면서.

각룡도 히든 피스, 각룡을 제대로 잡는 법도 히든 피스, 그리고 그 속에서 탐험 일지의 비밀을 푸는 것도 히든 피스. 총 3단계로 장치된 것이니만큼, 모든 트랩을 해제했을 때의 효과는 아주 대단했다.

동생은 비에라 듄의 도움을 받아 '진짜' 악마학에 접촉할 수 있었다. 악마와 교류를 가지며, 그들의 새로운 마법을 배울 수 있었던 기회.

평소 드 로이는 마법학을 좋아했지만 마법사들과는 문제가 있었고, 그래서 마탑에 빼앗기다시피 하면서 헌정했던 악마학도 짜깁기에 불과한 것이었기 때문에, 그의 일지가 가지는 의미는 더 컸다.

'용과 악마한테서 동시에 마법을 배울 생각을 하다니. 아무리 내 동생이라지만…… 미친놈이지.'

게다가 동생이 만났던 악마도 대단한 자였다.

'동부의 대공, 아가레스.'

악마의 사회를 구성하는 커다란 4개 주축 중 하나인, '르 인페르날'. 솔로몬의 72악마로 더 유명한 그들 중 서열 2위에 해당하는 마왕 아가레스.

고룡 칼라투스와 대공 아가레스의 사랑을 받았던 만큼, 동생이 그렇게 빠른 성장을 이뤘던 것도 이해는 갔다.

물론, 연우는 드 로이의 악마학을 손에 넣는다고 해서 악마와 직접 계약을 맺을 생각은 없었다.

악마학이라고 해서 전부 악마에게 영혼을 저당 잡히거나 하는 내용만 있는 건 아니었으니까.

오히려 그 속에도 수많은 여러 갈래와 사용법이 있었다.

동생도 그중 하나였다. 녀석은 아가레스의 힘을 빌리는 정도였지 진짜 계약을 맺은 건 아니었고, 연우도 그와 마찬가지로 악마학을 다른 방식으로 사용할 생각이었다.

'세샤가 건강을 되찾은 뒤, 새로운 악마를 잡아 현자의 돌을 완성시킬 수 있다면. 그때부터 쓴다.'

브라함의 연성진이 있는 이상, 이미 연우는 현자의 돌을 완성할 생각을 하고 있었다. 그렇다면 그것을 더 잘 활용할 방법도 있어야 했고, 그래서 찾은 것이 악마학이었다.

물론, 모든 게 연우의 뜻대로 돌아가지 않을지도 몰랐다.

악마들도 바부가 아닌 이상에야, 브라함이 자신들을 노리고 있다는 것을 모를 리 없을 테니. 하지만 브라함은 그런 것까지 염두에 두며 계획을 짰고, 연우는 연성진 구축을 도와주며 옆에서 계획을 보완하는 데 힘썼다. 숟가락 하나 정도 얹을 자격은 있었다.

무엇보다.

연우는 브라함과 함께, 악마들을 오롯한 형태로 이 충계에 소환할 자신이 있었다.

그렇다면 마의 인자를 습득하는 것은 물론, 드 로이의 탐험 일지도 반드시 필요했다.

[새로운 마족들이 나타납니다.]

[주의! 몬스터 러시에서 살아남으십시오.]

그때, 새로운 메시지와 함께, 저 멀리 능선 너머로 새카
만 물결이 다가오기 시작했다.

키에에엑!

수백 혹은 수천 마리는 훌쩍 넘을 것 같은 마족 군단. 하
나같이 기괴한 모습을 한 녀석들은 연우 일행을 잡아먹기
위해 맹렬한 속도로 달려오고 있었다.

생각했던 것보다 훨씬 많은 숫자에, 판트와 에도라도 바
짝 긴장한 기색이 역력했다.

하지만 연우에게는 그들을 당해 낼 손쉬운 방법이 있었
다.

왼손을 활짝 펼쳤다. 간만에 모습을 드러낸 바토리의 흡
혈검이 배고프다는 듯이 톱니 이빨을 훤히 드러냈다.

찰칵, 찰칵—

"삼켜라."

연우는 왼손을 지면에다 갖다 댔다. 그 순간, 톱니 이빨
이 땅바닥에 박히면서 에너지 드레인을 시도했다.

꾸우우웅!

세상이 울렸다.

사념 공간은 격렬하게 요동치면서 이리저리 비틀리기까지 했다. 당연히 서 있던 판트와 에도라는 자세를 바짝 낮추면서 가까스로 균형을 잡아야만 했다.

　"이런 건 말 좀 하고 하라고, 이 양반아!"

　판트는 볼썽사납게 넘어지려다 말고 겨우 자세를 잡으면서 연우에게 울컥한 나머지 소리를 지르고 말았다.

　하지만 연우를 보는 눈길은 경악으로 가득 차 있었다.

　각룡의 사념 공간을 이루고 있던 세계 전체가 크게 비틀리면서, 와류 형태를 그리며 연우에게로 쏟아지고 있었다.

　공간이 한 점으로 쓸려 가는 광경은 어떻게 말로 표현할 수 없을 정도로 위압적이었다.

　그리고 그 속에는 수천 마리는 될 것 같던 마족 군단도 섞여 있었으니.

　끼아악!

　녀석들은 고무줄처럼 이리저리 늘어나다가 결국 길게 쭉 찢어지면서 연우의 왼쪽 손바닥으로 빨려 들어갔다.

　바토리의 흡혈검!

　모든 에너지 종류를 빨아들인다는 스킬답게, 연우의 망막에는 쉴 새 없이 메시지가 떠올랐다.

　　[마족91을 흡수했습니다.]

[마족1,021을 흡수했습니다.]

[드 로이 호수 각룡의 사념체를 빠른 속도로 갈취
합니다.]

......

[힘이 2만큼 올랐습니다.]

[민첩이 1만큼 올랐습니다.]

......

[드 로이 호수의 각룡이 '저주:최면'을 시도합니
다.]

['냉혈' 특성으로 불발됩니다!]

[드 로이 호수의 각룡이 '저주:혼란'을 시도합니
다.]

['냉혈' 특성으로 불발됩니다!]

각룡의 입장에서는 자신의 사념 공간 안에 들어온 연우
등이 웬 떡이냐고 생각했을지도 모른다.

아직 육체적인 행위에 익숙지 않은 녀석으로서는 사념
공간에서 더 강한 힘을 발휘할 수 있을 테니까. 핵이 되는
심장이 전부 사념 공간 안에 있는 게 바로 그 증거였다.

그래서 각룡은 연우 등을 삼키고, 여태 흡수했던 마족 군

단을 활용해서 그들을 흡수할 생각이었다.

하지만 그건 연우를 모르기 때문에 빚어진 참사였다.

연우는 정신계 공격에 있어 절대적인 면역력을 자랑하는 냉혈을 지니고 있었고, 역으로 받아칠 수 있는 스킬까지 갖고 있었다.

각룡으로서는 자신의 약점을 훤히 드러낸 셈이나 마찬가지였다. 이걸 놓으라며 이리저리 몸을 비틀어 봐도, 저주를 잇달아 걸어도, 바토리의 흡혈검은 절대 먹잇감을 놓지 않았다.

오히려 요동치는 녀석의 숨통을 한시라도 빨리 끊으려는 듯, 더 깊숙하게 이빨을 밀어 넣으면서 탐욕스럽게 녀석의 사념과 정기를 갈취했다.

판트와 에도라는 잠시 멍하니 그 광경을 바라봤다. 80미터나 되는 거체를 너무 손쉽게 잡는 모습이 비정상적으로 느껴졌다.

그때, 연우가 어기전성을 보냈다. 육성은 각룡이 내뱉는 울음소리에 묻혀 잘 들리지 않았다.

『앞에 집중해. 이제부터 너희들이 할 일이 중요하니까.』

판트와 에도라는 번뜩 정신을 차리고, 연우의 말마따나 앞을 주시하기 시작했다. 이리저리 뒤틀리는 공간 사이로, 두 개의 빛이 위로 솟고 있었다.

『앞에 두 개의 포인트가 보일 거다. 녀석의 심장이 숨겨진 위치니까, 수거해 와. 다만, 어떤 트랩이 숨겨져 있을지 모르니까 조심하고.』

판트와 에도라가 눈을 반짝였다. 사실 연우가 다 하고 있어서 자신들이 굳이 들어올 이유가 있었나 싶었는데.

아무래도 연우가 사념 공간을 단단히 붙들어 놓는 동안 자신들이 움직이는 작전이었던 모양이다.

"맡겨만 두슈! 말끔하게 잘라다가 가져올 테니."

판트는 흥미진진한 얼굴로 가슴팍을 두들기더니 좌측에 있는 심장 쪽으로 움직였다. 에도라는 반대쪽인 우측으로 움직였다.

팟—

여전히 공간에 찢기지 않은 몇몇 마족들이 둘을 잡기 위해서 와락 달려들었다.

"으랏차차! 비키란 말이다, 이 찌끄러기들아!"

콰르릉!

판트는 간만에 뇌기를 힘껏 발산하면서 앞으로 튀어나갔다. 마족들이 갈가리 찢겨 나가면서 탄내가 진동했다.

에도라는 신마도를 크게 아래로 내리쳤다. 그러자 공간이 단절되면서 선상에 놓여 있던 마족들이 모조리 썰려 나갔다. 팔극권의 단천. 어린 시절부터 팔극권을 꾸준히 단련

했던 그녀는 사실 검술에 있어서 달인 급의 명사였다.

파스스—

그때, 연우의 뒤편으로 샤논과 한령이 나타났다.

「이런 건 우리들한테 시켜도 되지 않아? 굳이 저 두 사람까지 끌어들일 필욘 없었을 것 같은데.」

한령이 샤논의 말에 동의한다는 듯이 고개를 끄덕였다.

사실 여태껏 두 사람이 지켜본 연우는 이렇게 인심이 넉넉한 사람이 아니었다.

아무리 친한 지인이 있더라도, 히든 피스가 있다면 혼자서 독식하려는 편이었다. 둘에게 나눠 줄 때도 있었지만, 어치피 그들은 연우에게 예속된 입장이니 그들의 발전이 곧 연우의 전력 강화여서 별 차이 없었다.

연우는 어느새 마족들을 가로지르면서 원하던 포인트에 도착하는 판트와 에도라를 보면서 말했다.

『더 집중해야 할 게 있어서.』

「집중?」

판트와 에도라는 곧 빛무리에 잠기면서 자취를 감췄다. 심장을 보호하고 있는 트랩이 발동되었다. 아마 지금쯤 둘은 다른 사념 공간으로 이동되어 다른 시련을 진행 중일 것이다.

연우는 더 이상 목격지기 없다는 것을 깨닫고, 고개를 들어 샤논을 응시했다.

『어. 꽤 큰 놈이 있거든.』

샤논은 이게 무슨 소린가 싶다가 곧 말뜻을 알아채고 살짝 놀랐다.

연우가 두 사람에게 맡긴 심장은 총 셋. 하나는 찾았으니, 나머지 하나가 남는다.

그리고 그 하나는 아마도…….

「설마 본체를?」

『그래. 본체에 집중하느라 정신이 없을 텐데, 그새 다른 심장들을 어떻게 찾겠어?』

그 순간, 연우를 둘러싸고 있던 마지막 공간이 뜯기면서 주변으로 어둠이 내려앉았다.

그리고.

연우와 샤논, 한령은 자기도 모르게 시선을 아래로 내렸다.

지면에서부터 우울하고 음습한 기운이 풍기고 있었다. 여태 상대했던 것과는 비교도 할 수 없는 강렬한 사념. 연우는 뇌리를 쿡쿡 쑤셔 대는 저주를 억지로 밀어냈다.

곧 어둠 사이로 두 개의 실선이 쭉 그어지더니 위아래로 활짝 펼쳐졌다.

거대한 동공이 구르면서 연우를 포착했다. 짙은 분노가

풍겼다. 그를 잡아먹고자 하는 강렬한 허기가 느껴졌다.

저것이 바로 각룡이라는 흉포한 번데기 안에서, 변태, 아니, 진화를 꿈꾸며 기운을 한창 갈무리 중인 본체였다.

드 로이 호수의 각룡은 워낙에 유명해져서 이제는 23층의 명물로 통할 정도였다. 그리고 일정 주기마다 나타나는 녀석을 사냥해서 부산물을 얻는 게 관습처럼 굳어졌다.

하지만 그들은 알까?

사실 그동안 그들이 잡았던 각룡은 대부분 같은 것, 한 마리였다는 것을.

각룡은 진화하려는 마족이 겉으로 내세운 허상이다. 아무리 잡는다고 해도 심장 한 개만 내어 줄 뿐. 본체가 남아 있는 이상, 얼마든지 다시 심장을 만들어 내어 재생할 수 있다.

즉, 플레이어들이 그동안 잡았던 건 찌꺼기에 불과했던 것이다.

하지만 동생은 이 사실을 비에라 듄의 도움으로 알게 되었고, 진짜 본체를 잡아 마의 인자를 손에 넣을 수 있었다.

그리고 그로부터 다시 수 년이 지난 지금.

새롭게 출몰한 본체는 당시에 동생이 잡았던 녀석에 못지않게, 아니, 그보다 더 강렬한 투기를 발산 중이었다.

'그 전에 폭발에 휘말려 죽은 놈들 때문인가?'

마족의 잔해를 흡수하는 녀석이기도 하니 불의 파도와 광명의 신벌이 부딪쳤을 때 휩쓸린 마족을 삼켰을지도 모르겠다. 아니면 그 근처에서 살던 브라함의 영향 때문인지도.

확실한 건 제법 건실한 놈이 걸렸단 뜻이었다. 연우의 입가에 흡족한 미소가 떠올랐다.

하지만.

녀석은 깊은 영면에서 깨어난 것에 화가 단단히 났던지, 들끓는 음성으로 연우를 노려봤다.

『너…… 는…… 누구…… 냐?』

금방이라도 연우를 잡아먹을 것처럼 으르렁거렸지만.

연우의 눈에는 맛난 횟감이 힘차게 펄떡이는 것으로밖에 보이지 않았다.

"영역 선포."

2차 각성을 시도했다. 용의 기운이 열풍에 실려 잔뜩 퍼져 나가면서 녀석의 머리 위를 뒤덮었고, 연우의 그림자도 길게 늘어나면서 레베카와 부를 비롯한 괴이 군단이 일제히 모습을 드러냈다.

녀석이 다시 한번 더 강렬한 투기를 발산했다. 천적인 용종이 나타나자 본능이 먼저 튀어나왔다.

연우는 비그리드를 세게 아래로 내리쳤다. 불의 파도가 잔뜩 퍼져 나오면서 작렬했다.

레이드가 시작되었다.

＊　　＊　　＊

연우가 각룡의 본체를 상대하면서 얻고자 하는 것은 총 세 가지였다.

첫째는 마의 인자, 둘째는 드 로이의 악마학, 그리고 마지막 셋째는 악마와 '비교적 가까운' 녀석과의 전투 경험이었다.

물론, 아무리 본체라고 해도 악마와 비교할 건 되지 못한다.

마족이 최소한 하급 악마라도 되기 위해서는 헤아릴 수도 없을 만큼 많은 마족을 삼키면서 변태에 변태를 거듭해야 하고, 또 그에 못지않은 세월 동안 농익어야만 했다.

그러니 이런 녀석과 백날 싸워 봤자 진짜 악마와는 엄청난 격차가 있을 테지만.

이깃민 해도 언우에게는 큰 노움이 될 것 같았다. 현자의 돌을 완성하기 위해서는 아주 약간이라도 악마에 대한 경험이 필요했다.

콰콰콰—

그때, 저 아래에서부터 시커먼 촉수 서너 개가 길쭉하게 치솟으면서 연우를 노렸다.

하나하나가 수백 년 묵은 거목처럼 굵직하고 탄탄한 것들. 그러면서도 탄력이 강해 제멋대로 방향 전환이 가능했다. 크라켄의 다리보다 훨씬 끈질겼다.

특히 연우의 용마안에는 너무 선명하게 보였다. 촉수의 표피 끝에 무수히 나 있는 돌기에 맺힌 점성 액체들이.

단순히 보는 것만으로도, 연우의 등골을 오싹하게 만드는 물질이었다.

'마독(魔毒). 저걸 만들어 낼 거라고는 생각 못 했는데.'

마독은 보통 악마가 분비하는 물질로, 한 줌만으로도 오우거를 통째로 녹일 만큼 지독한 맹독이었다. 또한, 어떻게 버틴다고 해도 골수에 스며들어 사지를 마비시키고, 때로는 정신계에 침투해서 마성(魔性)을 일으키는 성질이 있기도 했다.

그래서 구하기가 매우 까다롭고, 비싼 값에 거래되었다.

그런데 녀석은 대체 어떻게 된 영문인지, 각룡이 된 지 얼마 되지 않았을 텐데도 불구하고 벌써 다량의 마독을 분비하는 중이었다.

'이건 단순히 나나 브라함 때문에 생긴 문제가 아니야. 마치 다른 누군가가 일부러 이렇게 키운 것 같은……!'

더구나 가장 큰 문제점은 마독은 특히 용종에게 더할 나위 없이 치명적인 독이라는 점이었다. 악마들이 용종을 수월하게 사냥하기 위해서 개발한 탓이었다.

그래서 연우도 섣불리 녀석이 내뻗는 촉수와 맞부딪치지 않았다.

불의 날개를 한껏 펼치면서 빠르게 이동, 촉수를 될 수 있는 대로 피했다. 그의 비행 실력은 이전보다 훨씬 원활해져 있었다.

그동안 연우가 마법 무장을 위해 추가로 새긴 마법은 셋.

레비테이션.

플라이.

리프트&드래그 컨트롤.

아예 자체적으로 비행과 관련된 마법들을 차례로 새겨 놓고, 여기에 양력과 항력을 임의대로 조절할 수 있는 방안까지 구조식을 만들어 새겼다.

덕분에 꽤 많은 늑골의 표면을 할애해야 했지만, 효과는 확실했다.

연우는 최대한 촉수에 노출되지 않는 선에서 공격을 피헤 기면시, 불의 파도를 잇날아 노해 냈다.

콰아앙—

콰쾅! 쾅!

비그리드를 잇달아 내려칠 때마다 불의 파도가 작렬하면서 촉수를 잘라 내고 불태우기를 반복했다.

그럼 녀석이 다시 촉수를 생성해 내뻗었지만, 그때도 연우는 이리저리 피해 다녔다.

샤논과 한령, 그리고 부와 괴이 군단도 마찬가지였다. 녀석들은 오히려 더 맹활약을 벌였다. 수시로 불꽃이 터질 때마다 생겨나는 그림자 속으로 숨었다가 다시 나타나면서 공격을 해 대는 통에, 녀석을 이루고 있던 표피가 수없이 갈라지면서 핏물이 위로 튀었다.

특히 레베카는 가장 큰 맹활약을 벌이는 중이었다.

『신이시여, 빛을!』

케르눈노스 신의 신력을 한껏 드러내면서 화살을 있는 대로 퍼부었다. 원래 그녀는 사냥 신의 사도답게, 십팔반병기로 분류되는 다양한 무기에 능통해 있었다.

활의 시위를 튕길 때마다 빛이 소낙비처럼 쉴 새 없이 쏟아지면서 본체의 표면에다 구멍을 있는 대로 뚫어 놓았다.

문제라면 녀석의 사념 공간이니만큼, 케르눈노스 신의 신력을 제대로 행사할 수 없다는 점이었지만.

그것만으로도 각룡의 본체에는 막대한 타격을 입혔다.

쿠어어엉!

다시 한번 더 녀석이 크게 요동쳤다. 고통에 몸부림을 치고 있었다.

그때, 꿀렁이던 표피 사이로 퀭한 구멍이 열렸다. 그 위로 구릿빛 피부를 가진 인간 형체가 일어섰다. 이목구비가 없었지만, 연우는 녀석이 자신을 노려보고 있다는 느낌을 받았다.

결이 녀석을 따라 잔뜩 뭉쳐 있었다. 마핵. 심장이었다.

그때, 녀석의 등 뒤로 여러 쌍의 날개 같은 것이 돋아나더니, 손에도 길쭉한 검이 생겨났다. 그리고 사방으로 아이기스를 닮은 방패들이 나타났다.

「저거, 아무래도 주인 흉내 내는 거 같은데?」

아마 이대로 싸워서는 절대 이길 수 없다는 것을 눈치챈 것이겠지. 그러니 사념 공간에 얽힌 연우의 패턴과 데이터를 해석해서 비슷한 모습으로 나타난 것 같았다.

샤논이 재미나다는 듯이 웃어 댔다. 마치 21층으로 되돌아와 새롭게 생겼을 연우의 환영을 만나는 기분이었다.

하지만 샤논의 웃음소리는 길게 이어지지 못했다.

여태 길게 내뻗던 촉수들이 갑자기 안쪽으로 뭉치더니 샤논과 한령을 닮은 모습으로 변했다. 부, 레베카, 괴이 군단까지 고스란히 재현뇌였나.

「우리까지 따라 하는군.」

「으음. 저건 좀 기분 나쁜데?」

문제는 그렇게 생성된 일련의 무리들 옆으로 똑같은 무리들이 계속 생성되는 중이라는 점이었다. 마치 공장에서 공산품을 마구 찍어 내듯이.

당연히 샤논의 웃음소리는 뚝 그쳤고, 목소리엔 짜증이 섞였다. 한령도 마찬가지였다. 레베카도 동감한다는 듯이 고개를 끄덕였다.

한편으로는 정말 사념 공간에 들어섰다는 것을 체감할 수 있었다.

저런 녀석들을 자꾸 찍어 내면 찍어 낼수록, 불리해지는 건 이쪽일 테니.

하지만 연우는 잘되었다 싶었다.

여태껏 꽁꽁 숨겨 뒀던 마지막 심장을 드러냈다는 건 죽음을 불사했다는 뜻.

녀석은 최후의 발악에 발악을 거듭하고 있는 중일 뿐이었다.

[검의 정화]
[여신의 창칼]

적으로 지정된 녀석들로부터 막대한 양의 살의를 흡수하면서 생성된 투기가 사념 공간을 가득 물들였다. 여기에 아테나 신의 가호까지 곁들면서, 마구 증폭된 투기는 마침내 각룡의 사념량을 역전하고 말았다.

[사념 공간에 대한 찬탈을 시도합니다.]
[저항이 극심합니다.]
[저항이 극심합니다.]
……

각룡은 뒤늦게 자신의 실수를 깨닫고 어떻게든 저항하려 했지만.

녀석이 쏟아 내는 사념량이 많아지면 많아질수록, 덩달아 연우의 투기도 곱절로 증폭하기 때문에 도저히 거스를 수가 없었다.

쿠어어!

결국 녀석이 비명을 지르고 말았다.

[저항을 진압하여 찬탈하는 데 성공했습니다.]
[사념 공간의 새로운 주인이 되었습니다.]

오로지 각룡으로만 가득하던 사념 공간이, 단숨에 연우의 색으로 물들기 시작했다.

그리고.

『......!』

녀석의 사념이 경악하는 것이 느껴졌다.

연우는 그것을 보면서 비웃음을 던졌다.

그러면서 입맛을 다셨다.

녀석의 사념 공간이었을 때에는 처치하기가 아주 까다로운 놈이었지만. 이제 주인이 바뀐 공간에 갇힌 이상, 녀석은 다 잡힌 물고기나 다름없었다.

연우의 눈에는 이곳이 전부 맛난 것으로 가득한 만찬회장으로 보였다.

눈가가 탐욕으로 번들거렸다. 입술을 가볍게 핥는 붉은 혀 사이로 송곳니가 훤히 드러났다.

이제, 만찬을 즐길 차례였다.

사념 공간을 찬탈하는 건 그렇게 어렵지 않았다.

이미 연우는 바토리의 흡혈검을 통해 녀석의 사념을 일부 빨아들이면서 정보를 어느 정도 해석해 둔 상태였고, 초감각의 새로운 옵션인 '동기화'를 사용해서 기질을 해석한 정보대로 흉내 낼 수 있었다.

그리고 검의 정화와 여신의 창칼을 이용해 투기를 단번

에 증폭시키면서 사념 공간을 빼앗을 수 있었던 것이다.

연우는 불의 날개를 한껏 크게 펼쳤다. 그리고 거세게 아래쪽으로 몸을 날렸다.

쾅—

불길이 사방으로 번져 나갔다.

녀석들도 잠깐 흠칫거리는가 싶더니 곧 칼을 강하게 움켜쥐면서 몸을 날렸다.

사념 공간의 주인이 바뀌었다는 것을 알았을 때까지만 하더라도 충격에 젖은 모습이었지만, 이렇게 된 이상 조금이라도 빨리 연우를 집어삼키고 공간을 되찾아야겠다고 생각한 것 같았다.

하지만 녀석들이 착각한 점이 있었다. 공간의 주인이 바뀌었다는 건, 곧 그들 모두가 연우의 손바닥 위에 올라와 있다는 뜻이었다.

순간 녀석들에게 상당한 디버프가 걸렸다.

마치 엄청난 중력을 만난 것처럼 행동이 굼떠지고, 정신이 저주에 걸려 혼란 상태에 잠기기 시작했다.

연우는 그런 녀석들을 단번에 베어 넘겼다.

베어진 존재들은 흐릿해지더니 작은 입자로 잘게 쪼개져서 연우에게로 스며들었다.

[마의 인자를 터득하는 데 성공했습니다.]
[용의 인자가 마의 인자를 흡수하여 작은 영향을 받습니다. 세포가 특이 변화를 일으킵니다.]

[마의 인자를 터득했습니다.]
[마의 인자를 터득했습니다.]
......

녀석들은 하나하나가 정신체이니만큼 부서지는 족족 사념 공간으로 스며들었고, 그럴 때마다 연우는 체내에서부터 아주 조금씩이지만 어떤 변화가 일어난다는 것을 느낄 수 있었다.

용의 인자가 처음 깨어났을 때에 육체가 용혈과 용문을 얻어 용골과 용맥을 개화했듯이, 새롭게 새겨진 마의 인자는 용의 인자를 자극하면서 형질을 조금씩 바꿔 나갔다.

원래대로라면 보라색 마귀꽃과 각룡의 심장, 그리고 크라켄의 심장을 적절히 섞어서 흡수를 해야 했겠지만.

그 전에 마의 인자에 대한 내성이 생기도록 해 둘 필요가 있었다.

콰콰쾅!

그리고 연우를 따라 샤논과 한령, 괴이 군단도 더 크게 날뛰기 시작했다.

연우가 마의 인자를 터득하면 터득할수록, 그들에게는 더 큰 힘이 들어왔기 때문에 즐겁게 날뛸 수밖에 없었다.

각룡의 심장은 처음으로 위험하다는 느낌을 받고 말았다. 불과 방금 전까지만 하더라도 자신의 단잠을 방해한 녀석들을 집어삼키려는 탐욕으로 가득했지만, 지금은 되레 자신이 먹히겠다는 생각밖에 들지 않았다.

그러다 녀석은 자신이 느끼고 있는 감정이 무엇인지 깨닫고 말았다.

공포.

악마가 되어야 하는 자신이 공포를 느낀다고? 있을 수 없는 일이었다. 악마는 생명체가 발산하는 공포와 혼란을 먹고 사는 존재. 그런 이가 공포를 느낀다는 건, 존재를 부정하는 일이었다.

하지만 녀석은 도저히 연우를 이길 자신이 없었다. 아니, 싸울 엄두조차 나지 않았다. 분신들이 어떻게든 악착같이 달려들고 있었지만, 연우는 맹렬한 속도로 쫓아오면서 자신을 잡아먹으려 하고 있었다.

그래서 녀석은 뒤도 돌아보지 않고 도망치기 시작했다. 조금이라도 더 멀리. 연우의 손길이 닿지 않는 곳으로 도망칠 생각이었다.

과연 역전된 사념 공간 안에서 연우의 눈길이 닿지 않는 곳이 있을까 싶었지만, 일단은 이곳을 무사히 빠져나가는 게 급선무였다.

설사 각룡의 형태를 버린다고 하더라도. 여태껏 쌓은 것들이 아까웠지만, 그깟 마족들이야 언제든지 다시 먹어 치우면 그만이었다.

하지만.

"어딜 가려고?"

녀석이 어떻게 발을 떼기도 전에, 어느새 연우가 그의 눈앞에 서서 차갑게 웃고 있었다.

새카만 가면이 마치 악마의 탈처럼 기괴하게 보였다. 그 속에 있는 눈동자에 비친 자신의 모습은 잔뜩 겁에 질려 있었다.

연우가 손을 뻗어 재빨리 녀석의 머리를 움켜쥐었다. 그리고 마력회로를 크게 돌리면서 불의 파도를 한껏 전개했다.

*　　　*　　　*

"대체…… 무슨 일이 벌어지고 있는 거지?"

라오는 딱딱해진 표정으로 각룡을 올려다봤다.

처음 연우와 판트, 에도라가 잡아먹혔을 때까지만 해도, 그는 뭔가 일이 복잡하게 꼬였다고 생각했다.

그래서 처음에는 수하들과 함께 레이드를 개시하려고 했다.

단순히 연우를 구하기 위해서가 아니었다. 그가 브라함이 있는 곳의 위치를 알고 있으니 아직 죽도록 놔둬선 안 되기 때문이었다.

탑에 유일하게 남은 용인의 존재. 엘로힘과 마찬가지로 혈국도 탐낼 수밖에 없었고, 특히 식탐황제의 관심이 너무 컸다. 충성스러운 신하로서 주군의 기대를 저버릴 수는 없었다.

하지만 라오는 명령을 내리려다 말고 다시 수하들을 정지시켜야만 했다.

각룡이 갑자기 이상 증세를 보이기 시작했다. 제멋대로 이리저리 몸을 비틀더니, 주변 땅에다가 대가리를 처박아 댔다. 뭔가를 억지로 게워 내려는 듯한 모습이었다.

그 순간, 깨달았다.

연우 일행이 각룡의 체내에서 뭔가를 저지르고 있단 사실을.

뭘 하고 있는지는 알 수 없지만, 각룡은 아주 고통스러워 보였다. 이따금 목이 빳빳하게 굳을 때에는 금방이라도 머리가 부서지는 게 아닐까 싶을 정도였다.

라오는 애당초 목표로 했던 연우의 실력을 확인할 수 없어서 입맛을 다셨다. 한편으로는 대체 저 안에서 무슨 일이 벌어지고 있는지 아주 궁금했다.

지금의 레이드는 그로서도 전혀 들어 보지 못했던 방식이었으니까. 그만큼 위험할 텐데도 거리낌 없이 도전한 게 대단해 보일 정도였다.

그래서 라오는 조금 더 상황을 지켜보고자 했다. 뭔가 일이 뜻대로 돌아가지 않는 것 같다면 그때 나서도 부족하지 않을 것 같았다.

하지만.

타악—

라오는 더 이상 맘 편하게 각룡을 지켜볼 수가 없었다.

갑자기 주변으로 낯선 기척들이 몰려왔다. 이질적이면서도 신성한 기운. 엘로힘이었다.

곧 나뭇가지가 바스러지는 소리와 함께 녀석들이 나타났다.

"혈국이 외뿔부족과 손을 잡았다는 말은 못 들었는데?"

하이 엘프, 런트는 인상을 팍 찡그리면서 라오와 혈국의 플레이어들을 노려봤다. 어느새 엘로힘의 플레이어들은 일대를 빼곡하게 채우면서 그들을 에워싸고 있는 중이었다.

이곳은 이전에 갈리어드를 잡으려다 연우에게 치욕을 당

한 장소이기도 했다. 그 때문에 연우를 잡으러 먼 길을 온 런트의 두 눈은 불을 뿜고 있었다.

라오는 가볍게 혀를 찼다. 하필이면 이럴 때 등장할 줄은. 게다가 하나같이 내뿜는 살의도 만만치 않았다.

라오는 재빨리 수하들에게 턱짓을 했다. 혈국은 전부 검을 뽑으면서 엘로힘의 앞을 가로막았다.

양쪽 진영이 내뿜는 살기로 호숫가 일대의 공기가 들끓었다.

"외뿔부족과 손을 잡고 싶은 마음이야 굴뚝같긴 하지. 하지만 아직 그건 못 했고, 대신에 독식자와는 거의 손을 잡긴 했다만."

"뭐?"

전혀 생각지 못한 말에, 런트의 인상이 딱딱하게 굳었다. 고귀하다는 하이 엘프답지 않은 모습이었다.

독식자. 그 이름을 들으면 아직도 얼굴에 나 있는 상처가 화끈거리는 것 같았다. 녀석의 습격으로 입었던 상처였다.

"그 말이 무슨 의미인지 모르는 건가?"

"왜 모른다고 생각하지?"

라오가 차갑게 웃었다.

"당연히, 여차하면 그대들과 전면전도 불사할 거란 뜻이지."

순간, 라오를 따라 매서운 한파가 몰아치기 시작했다. 얼음 입자들이 서로 응결되고, 바닥엔 서서히 빙판이 깔렸다. 살이 에일 것 같은 칼바람은 당장에라도 예리한 날을 드러내 그들을 난도질할 것 같았다.

런트는 들고 있던 창을 바닥에다 세게 내리쳤다. 그러자 맹렬한 투기가 뻗쳐 나가면서 한파를 옆으로 비껴가게 만들었다.

"다시 한번 더 경고한다. 그 자리에서 비키지 않는다면, 엘로힘은 이번 건에 대해 혈국에 책임을 물을 수밖에 없다."

런트는 당장이라도 창을 쥐고 공격하고 싶은 마음이 굴뚝같았지만. 거대 클랜과 거대 클랜 간의 대립은 자칫 큰 전쟁으로 치달을 수 있기 때문에 조심스러울 수밖에 없었다.

특히 엘로힘처럼 원로원과 민회, 집정관이라는 독특한 3각 권력 기구 체재를 갖고 있는 곳은 각 소속원들의 재량권이 큰 편이었지만, 그만큼 책임 권한도 크기 때문에 함부로 행동할 수 없었다.

그래서 몇 번이고 되묻는 것이었다.

하지만.

"그것 아나?"

혈국처럼 수장에게 모든 권한이 집중되는 중앙 집권 체재인 곳에서는 엘로힘의 능률이 바닥을 기는 것으로밖에 비치지 않았다.

"너희 엘로힘이란 것들은 하나부터 열까지, 쫑알쫑알 따지는 게 너무 많아서 짜증 난다는 거?"

쾅!

라오는 거세게 지면을 내리찍었다. 그러자 거대한 빙판이 갈라지면서 뾰족한 얼음 가시 수백 개가 덤불밭처럼 일어났다. 얼음 가루가 사방으로 튀고, 칼바람이 더 매섭게 휘몰아쳤다.

〈얼음 가시밭〉. 라오가 자랑하는 시그니처 스킬이었다.

그것을 전면전의 개시로 받아들인 런트와 엘로힘은 일제히 사방으로 흩어졌다.

그리고 그 뒤를 혈국의 플레이어들이 바짝 쫓았다. 승리의 군가를 부르기 시작한 그들의 발밑으로 마법진이 짙게 깔리면서 막대한 버프 효과가 실렸다. 그들의 눈가에 시커먼 그늘이 졌다. 행동에 가속도가 붙었다.

콰콰쾅―

혈국의 플레이어들은 어째서 자신들이 사나운 맹수라 불리는지 보여 주겠다는 듯, 난폭한 플레이 스타일을 보였다.

칼을 휘누를 때마다 매서운 광풍이 휘몰아치고, 악마수

와 얼음 가시가 죄다 터져 나갔다.

사방으로 비산한 얼음 조각들은 뒤에서 날아온 칼바람에 실려 다시 그들을 엄호하기까지 하니. 엘로힘의 플레이어들은 사각지대를 교묘하게 노리는 칼바람까지 일일이 응대해야만 했다.

라오도 움직였다. 얼음 가시밭 사이를 표홀하게 돌아다니면서 런트를 쫓는 모습은 독사처럼 은밀하고 날카로웠다.

손을 휘두를 때마다 튀어 오르는 얼음은 닿는 모든 것들을 얼려서 터뜨렸다. 저기에 노출되는 순간 팔다리 한두 개쯤은 금세 떨어져 나갈 것 같았다.

콰콰콰—

그래서 런트는 뒤로 물러나면서 창을 거칠게 휘둘렀다. 아르드바르. 어느 영웅으로부터 전해졌다는 창이 시린 빛을 뿌리면서 다가오던 얼음 가시와 화살을 모조리 분쇄했다.

그리고 런트는 오른손으로 창의 가장 끝을 잡으면서 비틀어 커다란 원을 그렸다. 창날에서 발산된 빛이 그린 원륜(圓輪)은 눈부신 폭발을 일으키면서 그대로 라오에게 작렬했다.

부서진 얼음 조각들이 아무렇게나 튀어 오르고, 칼바람이 방향을 잃고 곳곳에서 헝클어졌다.

여기에 라오는 합장하듯이 양손을 맞부딪치는 것으로 응수했다. 갈 길을 잃었던 칼바람이 얼음 조각들을 한 지점으로 모으면서 거대한 소용돌이를 그렸다.

〈얼음 폭풍〉. 강렬한 회오리바람 속에 적을 가두고, 날카로운 얼음 조각으로 분쇄까지 시켜 버리는 스킬이었다.

콰아앙!

라오는 이것으로 런트를 잡았다고 생각했다. 얼음 폭풍 속에 갇힌 자치고 무사했던 사람은 아무도 없었으니까.

그래서 강렬했던 얼음 폭풍이 끝나고 공기가 가라앉은 공간에서 시체를 확인하려 할 때, 라오는 두 눈을 크게 뜨고 말았다.

"……!"

당연히 그 속에 피투성이가 된 채로 있을 거라 생각했던 런트가 없었다.

순간, 등골을 타고 흐르는 섬뜩한 느낌에, 라오는 본능적으로 몸을 뒤로 물렸다. 하지만 늦어 버렸다. 왼쪽 어깨가 화끈거리는 고통과 함께 왼팔이 허공으로 튀어 올랐다.

푸우우!

피 분수가 뿜어지는 자리 아래로, 런트가 공간을 가르면서 나타나고 있었다. 아니, 정확하게는 굴절된 빛이 사라지고 있다.

그 순간, 라오는 자신이 속았다는 사실을 깨달았다. 빛의 착란을 이용한 환영술. 애초 자신이 런트라고 생각했던 건 가짜였던 것이다.

'대체 언제?'

아홉 뱀의 눈을 속인 것이기 때문에, 라오는 혼란스러울 수밖에 없었다.

그리고 혈국의 플레이어들 대부분이 방금 라오의 상황과 비슷한 일을 겪었던지, 곳곳에서 비명 소리가 퍼졌다. 승리의 군가로 이어져 있던 연결 고리도 절반 가까이가 통째로 끊어졌다.

런트는 일그러진 얼굴을 한 라오에게 비웃음을 던지고, 그를 비껴 나 단숨에 호숫가 쪽으로 달렸다.

그리고 뒤따라서 얼음 가시 사이사이로 엘로힘의 플레이어들이 나타났다.

애당초 이들의 목표는 연우. 이미 전력이 절반 이상이나 망가진 혈국에 더 이상 신경 쓸 필요가 없었다.

"전원, 호숫가로 이동해!"

라오는 재빨리 상처를 지혈하면서 수하들을 움직였다. 연우가 죽는 건 아무래도 상관없다. 하지만 혈국의 이름을 걸고 나선 임무를 망친다는 것은 절대 있을 수 없는 치욕이었다.

수하들이 엘로힘을 바짝 뒤쫓았다. 노랫소리에 광기가

실리면서 마력을 있는 대로 쥐어짜 달렸다.

하지만 런트와 엘로힘은 어느새 각룡이 있는 곳에 다다르고 있었고, 그들은 일제히 파괴력 짙은 최고 스킬을 가동할 준비를 마친 상태였다.

일점사(一點射). 모든 공격을 한 지점에 쏟아부어 각룡을 통째로 부숴 버릴 참이었다. 그런다면 그 속에 있을 연우 등도 한꺼번에 쏟아질 테니까.

그 순간.

꾸우웅!

미친놈처럼 이리저리 몸을 마구 비틀어 대던 각룡이 목을 빳빳하게 세우더니, 갑자기 괴상한 비명을 질렀다.

무시무시한 음파는 호수에 격랑을 일으키고, 이쪽으로 달려오던 엘로힘의 모든 마력을 강제로 헝클어뜨렸다.

공격 스킬을 준비하고 있던 플레이어들은 반발력 때문에 큰 내상을 입으며 피를 잔뜩 쏟고 말았다.

몇몇은 제자리에 고꾸라지면서 경악에 찬 눈빛으로 각룡을 올려다보았다. 그리고 그 순간.

그들은 똑똑히 볼 수 있었다.

80미터도 넘는 각룡의 거체 표피 위로 큰 균열이 일어나더니, 그 속에서 용암처럼 시뻘건 불길이 이글거리며 나타나는 것을.

드 로이 호수를 단숨에 끓게 만들 정도로 강렬한 열기. 그리고 곧 폭발이 일어나면서 각룡을 터뜨리고, 주변에 있는 모든 것을 통째로 집어삼키고 말았다.

근처에 있던 엘로힘은 물론, 뒤늦게 달려오던 라오와 혈국까지. 깡그리. 전부.

"컥, 커컥……!"

런트는 도저히 자신이 무슨 일을 겪었는지 당최 이해를 할 수가 없었다.

분명히 다 끝났다고 생각했었다. 자신에게 수치를 주었던 그놈의 머리통을 드디어 자를 수 있다고 생각했었는데. 그것 하나만 보고 여기까지 달려온 셈이었는데.

하지만 각룡에서 갑자기 시작된 폭발은 모든 것을 집어삼키고 말았다.

그렇게 깊고 넓던 호수는 통째로 증발해서 바닥을 보였고, 일대는 이전의 폭발로 망가졌던 것이 한 번 더 망가져 온통 폐허가 되어 버렸다.

같이 달리던 수하들은 통째로 불길에 녹아 버린 듯 시체조차 찾을 수가 없었다. 그건 혈국도 마찬가지였다.

그리고.

숨을 헐떡이는 런트 위에서, 연우가 무심한 눈길로 그를 내려다보고 있었다.

한쪽 발로 그의 어깨를 찍어 누르면서. 악마처럼 새카만 가면 너머로, 두 눈은 도깨비불처럼 빛나고 있었다.

런트는 어떻게든 자리에서 일어나고 싶었다.

자신은 위대한 신 프레이의 후예. 저런 보잘것없는 인간 따위에게 이렇듯 허망하게 스러져서는 안 되었다. 혈통도 족보도 없는 천한 것들은 언제나 자신을 올려다보고 공경하는 태도를 보여야지, 저딴 눈빛을 갖고 있으면 안 되는 것이었다.

하지만 연우는 그딴 바람 따위는 녀석의 어깨와 함께 짓밟았다. 발에다 잔뜩 힘을 줬다. 우드득. 런트의 몸이 더 깊숙하게 땅에 박혔다.

"크아아악!"

런트는 끔찍한 고통에 비명을 질렀다. 불길을 겨우 버텨 내긴 했지만 잔뜩 화상을 입은 상태였는데. 거기다 강제로 피부를 짓이기까지 하니 사지를 통째로 찢는 것 같았다.

하지만 연우는 그러거나 말거나, 더 강하게 발에다 힘을 주었다. 어깨뼈가 수수깡처럼 부러지면서 몸이 기이한 각도로 틀어졌다.

"그러게 누가 날 따라오랬나? 다쳤으면 그냥 조용히 처박혀 있을 것이지. 왜 괜히 쫓아와서 고생을 하지?"

"죽인나, 죽인나아!"

"너희들은 멍청해도 너무 멍청해. 그 오만함이 언젠가 너희들을 전부 파멸시킬 거야."

런트는 연우의 말 따위는 전혀 귀에 들어오지 않았다. 그저 끔찍한 고통에서 빠져나오고 싶다는 생각과 이딴 치욕을 끝내고 싶다는 생각으로만 가득했다.

그리고 마지막 남은 자존심은 런트에게 악바리 정신만 가져다줬다.

"흐흐! 으흐흐흐! 그래, 죽여라! 죽여! 하지만! 날! 날 여기서 잡았다고 다 끝났다고 생각지 마라! 난 여기서 죽어도, 네놈의 동료들은 지금쯤 아이테르 님에게 무……!"

"알고 있어."

하지만 연우는 싸늘하게 조소를 던지면서 런트의 마지막 남은 희망을 싹둑 잘라 버렸다.

별안간 런트의 눈이 부릅떠졌다. 눈가로 불안감이 스쳤다.

"그런 생각 안 해 봤나?"

그런 녀석을 보면서. 연우는 한쪽 입꼬리를 말아 올렸다.

"이게 전부 함정일지도 모른다고."

"무슨……!"

런트는 연우가 무슨 말을 하는지 더 자세히 알기 위해 소리를 질렀지만, 연우는 더 이상 대답하기 귀찮다는 듯 비그리드를 가볍게 휘둘렀다.

스걱!

런트의 머리통이 분리되어 바닥을 굴렀다. 경악에 찬 표정 그대로. 피가 잔뜩 쏟아지면서 검은 땅을 붉게 물들였다.

그때, 그 위로 연우의 그림자가 길게 늘어나면서 시체와 영혼을 모두 집어삼켰다.

「으흐흐. 오늘 완전 노다지 캐는 기분인데? 꽤 짭짤해?」

「간만에 배 좀 채울 수 있겠군.」

하이 엘프의 영혼에 이어 그에 부족해도 역시나 지고종인 다수의 영혼, 여기에 혈국의 플레이어들까지.

하나같이 뛰어난 실력을 지닌 놈들이었기 때문에, 샤논과 한령은 희희낙락할 수밖에 없었다. 그것도 전부 별다른 힘을 들이지 않고 어부지리로 얻은 놈들이었다.

엘로힘을 잡기 위한 덫.

사실 연우가 갈리어드와 브라함에게 제안했던 계획은 아주 간단했다.

연우가 미끼가 되어 움직이면 엘로힘도 당연히 병력을 분산할 것이다. 그렇다면 그때 각개격파를 노리자는 것이었다.

물론, 말처럼 쉬운 건 아니었다. 연우와 판트, 에도라 단 세 명이서 몇이나 될지 모르는 추격대를 상대하기란 버거울 수도 있을 테니까.

하지만 연우는 엘로힘과 마찬가지로 브라함과 세샤에게 관심을 두고 있는 다른 클랜이 분명히 있을 거라고 예측하고 있었다.

그게 혈국이라고까지 생각지는 못했지만. 그래도 연우의 생각은 정확하게 들어맞았고, 이렇듯 공멸을 유도할 수 있었다.

그리고 사실 설사 혈국 같은 클랜이 나타나지 않는다고 해도, 각룡에 내재된 마기를 폭발시켜 주변을 초토화시키는 것을 염두에 뒀기 때문에 전혀 걱정하지 않았다.

연우는 천천히 다른 쪽으로 발길을 돌렸다. 아직까지 숨이 붙어 있는 녀석이 있었다. 라오였다.

"어…… 째서…… 우리까지……!"

라오는 겨우겨우 숨을 헐떡이면서 믿기지 않는다는 표정으로 연우를 봤다. 절명하기 일보 직전이었지만, 마지막 남은 궁금증은 풀고 싶었다.

분명히 이 전까지만 해도 분위기가 아주 좋았다고 생각했으니까. 또한, 그들은 연우를 도와주기까지 했다. 도무지 그가 왜 이러는지 이해가 되질 않았다.

여기에 대한 질문에.

"이거면 대답이 되나?"

연우는 천천히 가면을 벗었다.

"……!"

연우의 얼굴을 알아본 라오의 눈가에 경악이 잔뜩 퍼졌다. 죽은 줄로만 알았던 얼굴이 거기에 있었다.

그러다 딱딱하게 굳어 버린 얼굴은 뭔가를 깨닫고 깊은 탄식을 늘어놓았다.

"그…… 런가. 우리는…… 이제 너에게 철저하게 이용만 당하다…… 엘로힘과 상잔을 겪겠……!"

라오는 미간을 관통한 비그리드에 머리를 뒤로 꺾으면서 절명했다.

마지막까지 남았던 의식이 염려하는 바는 단 하나였다.

이제부터 연우로 인해 혈국과 엘로힘의 사이는 파국으로 치달을 거란 것. 부디 주군께서 그런 파국을 슬기롭게 잘 빠져나오셨으면 하는 바람뿐이었다.

하지만 연우는 그런 라오의 바람 따위는 코웃음으로 가볍게 무시하고, 준비했던 스킬을 발동했다.

[초감각― 동기화]

그러자 거짓말처럼 그의 기질이 라오처럼 변했다. 그 상태에서 연우는 빠르게 움직이면서 곳곳에다 흔적을 남기기 시작했다. 그리고 그다음에는 런트와 다른 플레이어들을 차례대로 흉내 냈다.

마치 격렬하게 전투를 치른 흔적처럼 보였다.

아마 잘 모르는 사람이 뒤늦게 도착해서 본다면 두 세력 간의 충돌로, 각룡이 폭발해 공멸하고 만 것으로 보일 것이다.

그런다면 가뜩이나 신경전 가득하던 엘로힘과 혈국의 갈등도 더 깊어지겠지.

'이왕에 만들 판이라면 더 크게 키워야지. 아주 크게.'

정우의 얼굴을 한 연우의 눈동자는, 어느 때보다 예리하게 빛나고 있었다.

*　　*　　*

"기어코 와 버렸군."

브라함은 수정 구슬을 통해 비치는 광경을 보고 혀를 가볍게 찼다. 아이테르와 엘로힘이 결계를 통과하고 있는 것이 보였다.

녀석들이 지나는 곳은 심상 세계의 뒤쪽에 설치된 양식장이었다.

애당초 그곳은 보라색 마귀꽃을 재배하고 악마를 소환하

기 위해 만들었지만, 한편으로는 언제 침입할지 모르는 엘로힘을 상대하기 위해 만든 곳이기도 했다.

어떻게 생각한 것을 크게 벗어나질 못하는지. 이곳이 그의 심상 세계라는 것을 알면서도 걸어 들어온다는 건, 그만큼 오만한 걸까, 아니면 멍청하단 걸까.

어쩌면 오만함과 멍청함에는 큰 차이가 없을지도 모른다는 생각이 들었다.

갈리어드도 슬쩍 수정 구슬을 보고 피식 웃음을 흘렸다.

"그새 전력을 보충한 모양인데? 그런데 헤메라도 같이 왔나? 서로 죽이네 마네 하더니. 그래도 쌍둥이라는 건가?"

하긴 아무리 치고받고 싸워도 세상에 서로 믿고 의지할 곳은 피를 나눈 형제밖에는 없는 법이지. 갈리어드는 그렇게 납득을 하고 고개를 끄덕였다.

하지만 브라함은 가당치도 않다는 듯 코웃음을 쳤다.

"형제애? 웃기는 소리. 오만함을 넘다 못해 자기애밖에 남지 않은 저놈들에게 그런 감정이 남아 있을까 봐?"

"그럼?"

"자기 이익에 필요하다면 부모 자식도 잡아먹는 게 저놈들이다. 보나 마나 아이테르가 궁지에 몰린 걸 알고 헤메라가 접근한 걸 거다. 때에 따라서는……."

브라함의 한쪽 입술이 크게 비틀렸다. 비웃음이었다.

"일을 전부 끝내고 나서 아이테르를 죽이려 들지도 모르겠는데."

갈리어드의 눈이 살짝 커졌다.

"설마? 그렇게까지……."

"아니. 너는 아직 신의 사회라는 것을 몰라. 충분히 그러고도 남을 거다. 저놈들은 절대 결과물을 나눠 먹지 않아."

브라함은 단호하게 고개를 가로저었다.

그의 눈에는 벌써부터 아이테르와 헤메라의 미래가 보이는 것 같았다. 이미 서로 간에 눈치를 살피는 것만 봐도 알 수 있었다.

더구나 전력적으로도 헤메라 쪽이 훨씬 우위로 보였다. 여차하면 바로 아이테르를 칠 것 같았다. 아마 모르긴 몰라도, 아이테르도 그때를 방비해 뭔가 한 수를 준비 중일 것이다.

신의 사회가 딱 저랬다. 올림포스, 천교, 데바, 아스가르드…… 다양한 명칭을 가진 여러 개의 만신전이 있었지만, 결국 그들은 모두 똑같았다.

아마 신이란 존재의 근본이 그러할 것이다. 신위, 신격, 신성, 신화. 그것들만이 98층에 억류된 그들을 증명해 줄 테니.

그리고 그런 신으로부터 갈라져 나온 엘로힘도 다를 수가 없었다. 필요하다면 서로가 서로를 잡아먹는 마굴. 차라리 동족을 위해서라면 목숨도 바칠 수 있는 마군이 나을지도 몰랐다.

갈리어드는 그런 친구를 보면서 입을 꾹 다물었다. 그는 친구가 가진 아픔을 누구보다 잘 알고 있었다.

브라함은 팔짱을 낀 채로 마저 말을 이어 나갔다.

"더 웃긴 건, 저놈들은 콩가루처럼 보이긴 해도, 일단 한 가지 공통된 목표가 생기면, 우선 그것부터 쟁취하고 난 뒤에 싸울 생각을 한다는 거지. 넌 우선 세샤나 잘 챙기고 있어라."

"그러지."

갈리어드는 고개를 끄덕이고 잠시 자리를 비웠다. 저들이 노리는 건 세샤였다. 되도록 눈에 띄지 않는 곳에 보호해 둘 참이었다.

브라함은 갈리어드와 세샤의 기척이 사라진 것을 확인한 뒤에야 천천히 수성의 서를 펼쳤다.

오늘로서 저들을 제물 삼아 세샤의 모든 병을 치료할 것이다. 그것이 녀석의 어미인 아난타에게 해 줄 수 있는 마지막 선물일 것이다.

그리고.

이제는 죽고 없는 그 녀석에 대한 속죄이기도 했다.

화아악!

수성의 서가 시린 빛을 발했다.

브라함의 의식이 천천히 아래로 가라앉으면서, 결계 내부에 걸쳐져 있던 모든 심상 세계가 돌아가기 시작했다.

끼릭, 끼릭—

마치 기름칠을 하지 않은 톱니바퀴가 억지로 굴러가는 듯한 소리와 함께.

*　　*　　*

화아아—

"모두 긴장하라."

아이테르의 지시에 따라 뒤따라 걷던 헤메라와 수하들의 표정이 딱딱하게 굳었다.

그들도 전부 느낄 수 있었다. 방금 전 숲의 공기가 확 변한 것을. 심상 세계에 걸쳐져 있던 마법이 일제히 가동되었단 뜻이었다.

아마 지금부터 본격적인 공격이 시작될 게 분명했다.

브라함의 영토로 들어온 이상, 어차피 각오는 해 뒀었다.

하지만 각오만 하던 것과 직접 들어온 것은 큰 차이가 있었다.

공기는 폐부를 쥐어짤 것처럼 텁텁했고, 이따금 뇌리를 쿡쿡 쑤셔 대는 저주는 마력의 소모를 너무 낭비시켰다.

특히 앞이 보이지 않을 만큼 빽빽하게 들어선 나무와 검은 하늘, 그리고 짙은 안개는 방향 감각까지 흐리게 만들었다.

처음 연우가 왔을 때와는 전혀 달라진 환경. 〈안개 속의 미로〉. 침입자를 상대할 때를 대비해 만든 대규모 마법진이었다.

"정말 짜증 나 죽겠네. 여기."

헤메라는 인상을 구기면서 대수롭지 않은 듯 투덜거렸지만, 눈빛은 예리하게 빛나는 중이었다.

안개를 물리치기 위해 빛의 정령인 '윌 오 위스프'를 계속 불러냈지만, 그럴 때마다 정령은 눈앞의 안개에 고스란히 녹아내리고 말았다.

윌 오 위스프는 단순히 어둠만 물리치는 게 아니라, 항마와 축귀에도 탁월한 효과가 있었다.

그런데도 이렇게 쉽게 사라진다는 것이 의미하는 건 단하나.

'신성을 드러내고 있다는 뜻.'

브라흐마 신의 신성이 갖춰질 정도로 심상 세계가 만들

어진 상태라면. 이 자리에 있는 그들 모두가 조심할 필요가
있었다.

그때.

"하빌? 얘가 어디 갔지? 하빌!"

갑자기 수하 중 한 명이 멈춰 서 어수선하게 주변을 두리
번거리기 시작했다.

아이테르와 헤메라는 발걸음을 멈추고 그쪽으로 시선을
돌렸다.

"무슨 일이냐?"

"그, 그것이 하빌이 갑자기 아까 전부터 보이질 않습니
다!"

"뭐?"

헤메라의 고운 미간이 좁혀지는 가운데, 다른 데에서도
수하들이 놀라 소리쳤다.

"눔판도 갑자기 사라졌습니다. 분명 아까 전까지만 해도
바로 옆에서 같이 걷고 있었는데……!"

"란도 마찬가지입니다!"

갑작스러운 수하들의 실종.

헤메라는 3인 1조로 절대 떨어지지 말라고 명령을 내리
려 했다.

하지만.

"무, 뭐야, 이거?"

갑자기 누스라는 플레이어가 기겁을 하면서 칼을 뽑았다. 모두의 시선이 그쪽으로 향했다. 누스가 안색이 시퍼렇게 질린 채로 소리쳤다.

"탄한이! 탄한이 갑자기 뭔가에 가로채였습니다!"

"제길. 전부 한곳에 뭉쳐! 절대 떨어지지 말고!"

안개가 집어삼키는 것은 윌 오 위스프만이 아니었다. 플레이어도 삼키고 있었다.

위기감을 느낀 그들은 아이테르의 지시에 따라 한곳으로 뭉쳤다. 하나같이 병장기를 빼어 들면서 어디서 닥칠지 모르는 기습에 대비했다.

하지만 주변 경계를 강화시켰어도 불안감은 계속 증폭되었다. 이사이에도 바로 옆에 있던 동료가 하나둘씩 사라지고 있었다.

헤메라는 이렇게 있어서는 안 되겠다는 생각에, 수하들을 돌아봤다. 원래대로라면 브라함을 만날 때까지 최대한 숨겨 두려 했지만, 당장 쓰지 않으면 자신이 위험해질 것 같았다.

게다가 아까 전부터 몸에서 힘이 조금씩 빠져나가는 느낌이었다. 마치 항아리에 자그마한 구멍이 생겨 그곳으로 물이 새어 나가는 듯한 기분.

뭔가 이상했다.

'이 안개, 아니, 이 땅에 뭔가가 있다. 내 신성을 먹어 치우는 뭔가가……!'

헤메라는 브라함이 부족한 신성을 채우기 위해 그들의 신성을 갈취하고 있는 중이 아닌가 하고 생각했다. 그게 아니더라도 그와 비슷한 뭔가가 이뤄지는 게 분명했다.

이대로 계속 있는다면 모든 힘을 송두리째 빼앗겨 말라 죽고 말 것이다.

헤메라의 눈빛을 받은 수하들은 가만히 고개를 끄덕이더니 뜻을 알 수 없는 주문을 외기 시작했다.

그러자 헤메라의 몸이 서서히 광휘에 젖기 시작했다. 신은 신도들의 신앙을 먹고 산다. 프로토게노이 족이 비록 신의 사회에서 축출되어 격이 한참 떨어진 지 오래라지만, 그래도 여전히 강한 신성을 품고 있었다.

그래서 프로토게노이 족의 열 개 가문은 언제나 신성을 강화시킬 수 있는 신도들을 많이 모으고자 했다.

그들은 대개 가문에 소속된 가신들이었고, 이들은 헤메라의 가신들로서 언제나 자신들의 신앙은 물론, 필요하다면 순교라는 이름 아래, 목숨까지 바칠 수 있는 자들이었다.

"제길……."

아이테르는 그런 가신들을 이전 전투에서 상당수 잃었기 때문에 질투 섞인 시선으로 헤메라를 바라봤다. 그러면서도 한편으로는 섬뜩한 느낌을 받아야만 했다. 헤메라의 신성이 자신이 알고 있던 것보다 훨씬 깊어진 것 같았다.

그사이, 헤메라는 모든 준비를 끝내고, 손바닥을 활짝 폈다. 그녀의 신성, '낮'이 구현되면서 사방을 환하게 밝혔다.

"백광."

화아악!

그들을 둘러싸고 있던 안개가 걷히기 시작했다. 음산했던 기운까지 지우개로 지운 것처럼 말끔하게 사라지면서, 밝은 숲의 정경이 훤히 드러났다.

"됐⋯⋯!"

헤메라의 수하들은 살짝 수척해진 얼굴로 환호성을 터뜨렸다. 하지만 그러다 곧 다시 딱딱하게 인상을 굳혀야만 했다.

안개가 사라진 자리. 빽빽한 숲 사이사이로 헤아릴 수도 없을 만큼 많은 도깨비불이 피어오르고 있었다.

마치 23층 스테이지에 있는 모든 마족들을 끌고 오기라도 한 듯. 보랏빛으로 반짝이는 상급 마족 수만 마리와 수십 마리의 각룡들이 그들을 보며 입맛을 다시고 있었다.

"제기랄! 대체 이게 뭐야!"

"젠장!"

아이테르와 헤메라 등은 쉴 새 없이 쏟아지는 마족들의 공세에 도무지 정신을 차릴 수가 없었다.

그들 모두 마족쯤은 쉽게 찢어버릴 수 있을 정도로 강했지만. 압도적인 머릿수 앞에서는 그런 실력 차이도 가려지기 마련이었다.

더구나 수십 마리의 각룡이 일제히 내뿜는 불길은 그들을 마치게 만들 정도였다.

가뜩이나 마기가 섞여서 조금 스치는 것만으로도 악영향을 끼치게 만들었는데.

어느 순간부턴가 그들이 딛고 있는 땅까지 늪처럼 질퍽질퍽해지면서 자꾸만 발이 아래로 가라앉고 있었다.

덕분에 한 번 움직이더라도 더 많은 에너지를 소비해야 하는 데다가, 이따금 땅을 뚫고 튀어나오는 마족들도 있어서 정신이 어지러웠다.

하지만 정작 그들을 가장 미치게 만드는 건 따로 있었다.

마족들을 베어 낼 때마다 튀어 오르는 살점과 혈액 속에 섞인 마독이었다.

마독은 단순히 용종에게만 위험한 게 아니었다.

한 번 중독되고 나면 골수까지 침범해 사지를 녹이고, 신성까지 타락시키는 특성을 지니고 있었다.

그러니 그들에게도 충분히 치명타를 입힐 수 있었다.

그런 마독들이 쉴 새 없이 튀어 오르면서 그들을 위협했다. 땅은 자꾸만 내려앉고, 불길은 하늘을 뒤덮으면서 내려왔다.

"아아악!"

헤메라는 정말이지 미쳐 버릴 지경이었다. 처음 심상 결계를 통과할 때까지만 해도 이럴 거라고는 생각도 못 했다.

별다른 방해 없이 결계를 통과시켜 줘서 불안감이 들긴 했지만, 그렇다고 해도 브라함이 자신을 어떻게 할 수 없을 거란 자신이 있었다.

최근에 개방한 권능이 있었고, 언제든 신성을 조달할 수 있는 수하들이 있었으니까.

하지만 백광을 비롯한 권능은 발현할 때에만 잠깐 큰 효과를 발휘할 뿐.

수십 마리의 마족이 사라진 자리로 수백 마리의 마족이 더 물밀 듯이 꾸역꾸역 머리를 디밀어 대는 통에 신력이 자꾸만 메말라갔다.

거기다 암암리에 그녀의 신성을 앗아 가는 보이지 않는 손길은 자꾸만 발을 무겁게 만들었으니.

피로도가 계속 누적되면서 정신력이 어느새 바닥을 기었다.

['저주: 혼란'에 노출되었습니다. 극심한 혼
란을 겪습니다.]
　　['저주: 공포'에 노출되었습니다. 극심한 두
려움을 겪습니다.]
　　……

빼앗긴 신성과 신력은 심상 세계의 마법진에 동력으로
제공된다.

그럼 마법진의 영향을 받은 악마수는 더 강한 마족과 각
룡을 쏟아 내고, 헤메라 등은 그들을 상대하다가 마독에 중
독되고 다시 신성을 빼앗기고 만다. 그럼 마법진은 다시 악
마수를 키우는 식이었다.

이 숲에 구성된 순환 구조는 그들이 죽어야만 끝날 수 있
는 수레바퀴였다.

게다가 무슨 짓을 하고 있는 건지, 마법진 속에는 짙은
악마의 냄새도 물씬 풍기고 있었다.

어쩌면 그들을 제물 삼아 악마 같은 것을 소환하려는 건
지도 몰랐다.

그제야 헤메라는 자신들이 얼마나 터무니없는 짓을 저질
렀는지 깨달을 수 있었다.

이곳은 덫이었다.

그들을 서서히 말려 죽이기 위해 설치된 덫.

부수는 건 이런 전력으로는 절대 안 된다. 일족의 수장이나 집정관이 직접 나서야만 하는 수준이었다.

'이대로는. 이대로는 안 돼!'

헤메라는 이를 악물었다. 이미 백옥처럼 새하얗던 그녀의 피부는 꺼멓게 죽었고, 한쪽 눈은 마독에 녹아 거리를 가늠하기 힘든 수준이 되었다.

마음 같아서는 수하들에게 일제히 도망치라고 하고 싶었다.

뭉치면 뭉쳐 있을수록 활동 반경이 좁아지고, 마독에 노출되기 쉬웠으니까. 이대로 있다가는 다 같이 죽는 꼴밖에 되지 않았다.

차라리 각자 제 살길을 찾는 게 나을지도 몰랐다.

하지만 그런다고 해도 미래가 달라지지는 않을 것 같았다.

아니, 어쩌면 마족과 가룡의 틈바구니에 섞여 시체도 남기지 못하고 뜯어 먹힐지 몰랐다.

대체 어떻게 하면 좋을까.

구원 요청을 하고 싶어도 결계에 들어선 순간부터 외부 통신은 일절 단절되었다. 앞이 너무 막막했다.

그래도 어떻게든 활로를 열어야겠다는 생각에 마지막 남

은 신성을 쥐어짰다.

일단은 여기서 탈출해 위험성을 알리는 게 급선무였다.

원로원의 불신임? 두렵기는 하지만, 그래도 목숨을 잃는
것보단 나았다.

하지만 헤메라는 권능을 발현할 새가 없었다. 갑자기 뒤
에서 서늘한 느낌이 들더니, 새하얀 창날이 가슴을 뚫고 앞
으로 튀어나왔다.

퍽!

"컥……! 아이…… 테르, 너 무슨……?"

헤메라는 믿기지 않는다는 표정으로 억지로 고개를 돌렸
다. 쌍둥이 오빠, 아이테르가 차갑게 웃으면서 그녀를 보고
있었다.

수하들이 그녀의 이름을 다급하게 외치면서 다가오려 했
지만, 어느새 진형이 붕괴되면서 그들 모두 마족들 틈바구
니에 갇히고 말았다.

"백광? 그거 분명히 원로원에 압류된 상태였을 텐데, 어
느새 네가 갖고 있었단 말이지?"

〈백광〉. 그들 남매의 가문이 찢어지기 직전, 원래 가문
의 당주였던 아버지가 갖고 있다가 박탈당하고 말았던 권
능.

"그걸로 마지막에 내 뒤통수를 치려 했고? 만약 이런 일

을 겪지 않았다면, 끝까지 모르다가 당할 뻔했어. 못된 누이."

헤메라는 이를 악물었다. 사실 용인만 확보하고 나면 아이테르를 죽여 입막음할 생각이긴 했다.

공적은 나누는 것보다 홀로 독차지하는 쪽이 훨씬 크게 얻을 수 있으니까. 그리고 그건 아이테르도 마찬가지일 거라고 생각했다.

하지만 상황이 상황이니만큼 어쩔 수 없이 숨겨 뒀던 권능을 개방했고, 아이테르도 뒤통수를 치지 못할 거라고 여겼는데.

아이테르는 그걸 보란 듯이 어기고 말았다. 차갑게 웃는 녀석의 눈가는 탐욕으로 번들거리고 있었다.

헤메라는 이를 악물었다.

"내가…… 죽으면 너도…… 죽어!"

"아니. 난 산다."

"뭐……?"

"누이, 네 덕분에 말이지."

순간, 아이테르의 미간에 새하얀 멍울이 지더니 좌우로 길게 찢어지면서 기괴한 문장을 그렸다.

삼각 도형 속에 마치 눈을 뜬 것처럼 둥근 원 3개가 나란히 박힌 문장.

그 순간, 헤메라는 헛바람을 들이켜고 말았다.

생각지도 못한 문장이었으니까. 엘로힘에게는 오랜 숙적이라 할 수 있는 자들의 것이었다.

"너……!"

"세상 모든 것은 언젠가 이 땅에 강림하실 위대한 신의 소유물에 지나지 않나니."

아이테르는 손을 뻗어 헤메라의 머리를 우악스럽게 쥐었다.

"그것을 탐하려는 자, 바스러져라."

화아아—

헤메라는 소리를 지르기도 전에 머리부터 가볍게 부서지면서 흩어졌다.

어떻게 말릴 새도 없이 이뤄진 죽음. 아이테르는 쌍둥이 동생을 죽였는데도 불구하고, 눈 하나 깜빡하지 않았다.

곧 하늘을 따라 녹색 포탈이 활짝 열렸다.

그리고 그 아래로 세 명의 인물들이 나타났다.

커다란 로브를 두르고. 머리는 후드로 뒤집어쓰고 있어 정체를 알아보기 힘든 자들이었다.

하지만 그들을 본 순간, 헤메라의 수하들은 하나같이 경악성을 토해 내고 말았다.

저들을 따라 감도는 수상쩍은 기운이 그들의 마독 중독

을 더 심하게 만들고 있었다.

"마, 마군!"

하지만 그들의 경악 따위는 아무렇지 않다는 듯이.

아이테르는 그들에게 한쪽 무릎을 꿇으면서 고개를 조아렸다.

"주교님들을 뵙습니다."

"……!"

"……!"

소리 없는 비명이 퍼졌다.

마군의 주교. 최고 간부들이 강림한 것이다. 그것을 엘로힘의 원로 의원이나 되는 아이테르가 불렀다는 건, 도저히 있을 수가 없는 일이었다.

하지만 세 주교는 당연하다는 듯이 가만히 고개를 끄덕였다.

그중에 검은 로브를 쓴 자가 나서면서 물었다. 착 가라앉은 목소리라 남자인지 여자인지 구분하기 어려웠다.

"옥체는?"

아이테르는 이마로 땅바닥을 찧었다.

"죄송합니다. 저의 불찰로 인해 아직 확보하지 못했습니다."

"어쩔 수 없군."

주교는 가볍게 혀를 차고, 남은 둘에게 턱짓을 했다.

"쓸어라."

명령을 받은 두 주교는 나란히 앞으로 달리기 시작했다. 그러자 강렬한 기파가 휘몰아치면서 앞에 있던 마족과 각룡을 모조리 쓸어 나갔다.

마독도, 짙은 안개도, 두 사람에게는 그저 파도 앞의 모래성처럼 부질없기만 했다.

그때, 검은 로브를 쓴 주교가 한쪽으로 고개를 들었다.

아무것도 없는 빈 허공이었지만, 로브 사이로 언뜻 드러난 차가운 눈은 예리하게 그 너머에 있는 것을 주시하고 있었다.

"브라흐마. 소꿉장난은 여기까지다."

*   *   *

"아, 안 돼!"

갈리어드는 세샤를 데리고 안전한 곳으로 피신을 하던 중이었다. 그런데 갑자기 세샤가 걸음을 멈추더니 갈리어드의 소맷자락을 단단히 붙잡았다.

"왜 그러니, 세샤?"

세샤가 바들바들 떨고 있었다. 창백해진 얼굴 위로 식은 땀이 흘렀다.

"브, 브라함이 위험해요!"

"뭐?"

갈리어드의 눈이 커졌다. 그는 알고 있었다. 이따금 세샤가 아무렇지 않게 내뱉는 한마디 한마디는 절대 무시할 만한 게 아니라는 것을.

세샤는 남들이 가지지 못한 초감각적인 지각 능력을 가지고 있었다. 그리고 정확도도 아주 높았다.

보통 용종이나 용인은 가지지 않은 이 아이만의 선천적인 능력. 브라함은 이걸 두고 어쩌면 '예지' 특성에 가까워질지도 모른다고 했었다.

하지만 갈리어드는 섣불리 세샤의 말을 따를 수가 없었다. 적들이 원하는 건 세샤지, 브라함이 아니었다.

하지만 세샤는 덜덜 떨리는 목소리로, 다급하게 소리쳤다.

"브라함에게 가야 해요! 제발!"

*　　　*　　　*

한 손에 수성의 서를 펼쳐 놓고 있던 브라함의 눈이 번뜩 뜨였다.

'계산 미스로군, 이건.'

마군의 등장은 전혀 생각지도 못한 전개였다. 특히 주교급 인사가 나서는 것은 더더욱.

애당초 이곳에 설치된 대부분의 마법진은 엘로힘을 상대하기 위한 것들이었다.

오만한 엘로힘은 언제나 다른 누구와 손을 잡는 걸 꺼려한다. 그래서 여태껏 암묵적인 단일 행동을 한 적은 있었어도, 동맹을 맺은 적은 없었다.

그리고 당연한 말이지만, 굴복 따윈 있을 수도 없는 일이었다.

아이테르는 그런 곳의 최고 의결 기관인 원로원 소속의 의원이었다. 그런 자가 숙적인 마군으로 전향할 거라고는 생각할 수도 없었다.

하지만 이미 일은 벌어진 상태였다.

더구나 세 주교를 영접하는 아이테르의 자세는 아주 공손했다. 마음속 깊이 따르고 있단 뜻이었다.

그밖에도 쉽사리 이해가 되지 않는 점은 더 있었다. 아이테르 등이 들어오고 나서 분명히 결계를 닫아 뒀을 텐데.

대체 저놈들은 어떻게 안으로 들어올 수 있었던 거지?

결계가 부서지거나, 외부에서 심상 결계에 침투한 흔적도 없었다. 헤메라를 제물로 삼았다는 것 외에는 알 수 있는 게 없었다.

탁!

"어쩔 수 없지."

브라함은 펼쳐 놨던 수성의 서를 도로 덮으면서 자리에서 일어났다.

주교씩이나 되는 자들을 그냥 제자리에 앉아 상대할 수는 없는 일이다. 그것도 세 명이라면 전력을 다해야 했다.

수정 구슬 옆에 나란히 놓인 모래시계를 봤다. 위 칸에서 떨어진 모래가 아래 칸에 거의 다 쌓인 상태였다.

저게 다 떨어지면 비로소 소환 마법진이 가동될 예정이었는데. 시간을 좀 더 들여야 할 듯싶었다.

아니, 차라리 잘되었는지도 몰랐다. 어차피 언젠가 상대해야 할 놈들이었다면 지금 미리 처리해 두는 게 좋았다. 소환진의 가동을 시작할 때쯤에 난입하면 골치만 아팠다.

악마도 주교의 영혼을 가져다준다면 더 좋아하겠지.

브라함은 그렇게 생각을 정리하면서 녀석들이 있는 곳으로 통로를 열려 했다.

바로 그때.

『브라흐마. 장난은 여기까지다.』

갑자기 수정 구슬 속에서 주교 한 명이 이쪽을 정확히 보면서 비웃음을 짓고 있었다.

그의 얼굴을 확인한 순간, 브라함의 눈이 커졌다.

"······킨드레드?"

〈다음 권에 계속〉

『제왕록』,『무림에 가다』시리즈의 작가 박정수
그가 거침없는 현대 판타지로 돌아왔다!

『신화의 전장』

주먹을 믿지 마라.
우리가 살아가는 이 땅에 인간을 벗어난 자들이 존재한다.

★
dream
books
드림북스

E의탄 / ETAN

ORIGINAL FANTASY STORY & ADVENTURE

쥬논 판타지 장편소설

〈흡혈왕 바하문트〉, 〈샤피로〉, 〈하라간〉을 잇는
쥬논의 사대신수 시리즈, 그 마지막 이야기!

혹독한 훈련을 받고 가문을 위한 희생양으로서
다른 차원으로 보내진 이탄.
듀라한으로 다시 태어난 그는 신관이 되어
본래 세계로 돌아갈 방법을 찾기 시작한다.

dream
books
드림북스